Le destin
de Linus Hoppe

Du même auteur chez Bayard Éditions Jeunesse :

– *Le destin de Linus Hoppe* (2001), coll. « Estampille ».

– *La seconde vie de Linus Hoppe* (2002), coll. « Estampille ».

– *La tribu* (2004), coll. « Estampille ».

– *Les larmes de l'assassin* (2003), coll. « Millézime ».

– *Pépites* (2005), coll. « Millézime ».

Chez d'autres éditeurs :

– *La Princetta et le Capitaine* (2004), Hachette Jeunesse.

– *La vie comme elle vient* (2004), L'École des Loisirs.

Illustration de couverture :
Benjamin Carré

Anne-Laure Bondoux

Le destin de Linus Hoppe

BAYARD JEUNESSE

Ouvrage publié originellement
par Bayard Éditions Jeunesse sous les titres :
Le destin de Linus Hoppe, © 2001 ;
La seconde vie de Linus Hoppe, © 2002.

3, rue Bayard, 75008 Paris
ISBN : 978-2-7470-2612-3
Dépôt légal : mars 2008

Loi 49-956 du 16 juillet 1949
sur les publications destinées à la jeunesse.

Chapitre 1

Assis au troisième étage du train qui le ramène chez lui, Linus Hoppe se bouche le nez. Les autres passagers n'y prêtent plus attention, mais lui, il ne s'habitue pas au parfum d'ambiance vanillé qui flotte dans la rame. Cette odeur douceâtre qui imprègne jusqu'aux vêtements des voyageurs le rend malade. « Bien sûr, se dit-il, il fallait faire quelque chose pour masquer les effluves pestilentiels qui remontent de la zone industrielle enterrée, mais pourquoi avoir choisi la vanille ? » C'est à se demander si les dirigeants de la Compagnie transurbaine se sont déjà aventurés dans les transports depuis qu'ils ont décidé d'installer les diffuseurs...

Le train glisse sans bruit, au gré des tunnels. Au-delà des vitres, il n'y a rien à voir sur des kilomètres, que l'obscurité régulièrement piquetée par le scintillement des loupiotes fixées sur les parois. Autrefois, au début des années 2000, le train débouchait à l'air libre dès sa sortie de Paris. Mais aujourd'hui la réglementation est plus stricte : tout ce qui pourrait gâcher le paysage est profondément enfoui. Les anciennes voies ferrées sont devenues des lieux de promenade.

Linus ouvre son ordinateur de poche. Le trajet dure vingt minutes jusqu'à sa station de banlieue ; il a amplement le temps de relire ses cours de la journée.

– Salut, Linus, ma petite puce ! braille soudain l'ordinateur.

Linus baisse précipitamment le volume. Plusieurs personnes ont tourné la tête dans sa direction. Linus leur adresse un sourire gêné. Encore une blague de Chem ! Il ne se passe pas une journée sans que ce petit malin ne lui trafique ses programmes. Cette fois, ce n'est pas méchant, mais, l'autre jour, il a failli lui bousiller son écran tactile.

« Franchement, Chem, lui a dit Linus, tu pourrais exercer ton génie de l'informatique sur quelqu'un d'autre ! »

Chem a pouffé dans son écharpe : « Les autres me casseraient la figure ! Tu es le seul de toute l'école qui fasse encore preuve d'un peu d'humour ! »

Linus soupire. Chem a raison : depuis le début de l'année, l'ambiance de la classe se détériore de jour en jour. Les élèves se jettent des regards méfiants, chacun bosse dans son coin et les salles de cours prennent des allures de champ de bataille. Cela se passe sans violence physique, car personne ne veut se faire exclure du système. Les coups portés restent sournois : on ne compte plus les blessures d'amour-propre, les mesquineries, les bleus à l'âme, les agressions mentales... Évidemment, l'humour n'a pas sa place dans cette arène !

« Ils ont tous la trouille, rouspète souvent Chem. Cet examen de fin d'année les rend dingues. »

L'Examen de fin d'année ! Linus ne pense qu'à ça, lui aussi.

Son passage devant le Grand Ordonnateur aura lieu dans trois mois. Sa vie basculera alors d'un côté ou de l'autre, en fonction de son résultat. Une évaluation supérieure à 150 lui garantira son maintien en sphère 1 : sa vie n'en sera que peu changée. Il continuera à habiter chez lui, auprès de ses parents et de sa sœur Mieg, évaluée à 185 il y a deux ans. Il poursuivra ses études dans la capitale ; plus tard, il obtiendra des prêts bancaires mirobolants pour acheter une maison en zone protégée et accédera à un poste de responsabilité, comme ses parents. Une note inférieure à 150, en revanche, aurait des conséquences que lui-même ne parvient pas à imaginer. Une chose est sûre : il devrait quitter son foyer en zone protégée, et qui sait ce qui l'attendrait alors... ?

Mais, pour être honnête, Linus ne risque pas grand-chose. Sans faire d'efforts particuliers, il se situe toujours parmi les meilleurs élèves. Il n'a jamais eu d'ennui avec les profs, jamais d'avertissement, et ses absences restent exceptionnelles. D'après ses parents, l'Examen ne sera qu'une simple formalité.

« N'empêche..., pense Linus, il pourrait y avoir un accident. »

Depuis plusieurs mois, le mot « accident » surgit régulièrement au détour de ses pensées. Il ne recouvre pour l'instant aucune réalité concrète. Il se présente seulement à son esprit, inattendu, à la fois inquiétant et tentant comme un billet d'avion vers une destination exotique.

Ses réflexions l'ayant complètement absorbé, Linus s'aperçoit qu'il n'a plus le temps de revoir ses cours. Le train s'arrêtera dans cinq minutes. Autant refermer l'ordinateur.

– À bientôt, ma puce ! murmure la voix synthétique.

Décidément, Chem est un marrant. Et, malgré ses taquineries, sans doute le meilleur copain que Linus se soit fait à l'école. Le problème, c'est qu'à force de jouer les fortes têtes, Chem risque de ne pas être admis dans la bonne sphère. Tout le monde sait que les insoumis sont envoyés en sphère 3. Là-bas, ils endurent un traitement spécial : une discipline de fer, des brimades. Ceux qui finissent par plier sont de nouveau évalués : les plus chanceux réintègrent la sphère 1. Quant aux autres, nul ne sait ce qu'ils deviennent. Mais les menaces des profs ne changent rien à l'attitude de Chem. Il continue à croiser les bras et à sourire avec arrogance.

Lorsque Linus s'inquiète, il lui donne une tape dans le dos et il s'écrie : « Mais, moi, j'en fais ce que je veux, de ton Grand Ordonnateur ! N'oublie pas que je suis un génie de l'informatique, ma puce ! Si je veux, je lui fais péter les circuits ! »

Par la vitre Linus aperçoit le halo lumineux qui annonce l'approche de la gare. Il secoue la tête. Bien sûr, Chem fanfaronne. Personne n'a jamais pu abuser le Grand Ordonnateur... Ça se saurait !

Il boutonne son blouson, range son ordinateur dans son cartable et descend les marches jusqu'au premier étage du train. Les portes coulissent en chuintant, et Linus se retrouve sur le quai. Ici, plus de vanille, il peut de nouveau respirer par le nez, ouf ! ouf ! Il passe son badge d'identification dans la fente du portillon. « Identification : Linus Hoppe. Accès en zone protégée autorisé. Bonne soirée », dit le portillon. Se frayant un chemin à travers la foule, Linus se dirige vers les ascenseurs.

– Hé, Linus ! appelle soudain une voix familière.

C'est Mieg, sa grande sœur, qui rentre également de ses cours. Elle arrive vers lui, souriante et joyeuse, comme d'habitude. Sur ses longues boucles de cheveux noirs, elle porte le bonnet rouge aux insignes de l'ISA, l'Institut Supérieur d'Architecture.

– Bonne journée ? demande-t-elle en embrassant Linus sur la joue.

– Ni bonne ni mauvaise. Il n'y avait pas de frites à la cantine, la pauvre Iona a eu une autre sale note en bio-techs, ce crétin de Rodrigue a fait pleurer Marny, et Chem a encore joué avec mes programmes. La routine, tu vois.

Mieg fronce les sourcils :

– Je te trouve bien blasé pour un gamin de quatorze ans !

Linus hausse les épaules. L'ascenseur vient d'arriver. Ils sont poussés par la foule, qui s'entasse à l'intérieur.

– Moi, dit Mieg, l'année de mon Examen, j'étais très excitée. Je travaillais dur, mais c'était tellement passionnant ! Tu n'as pas l'air de comprendre à quel point le jeu en vaut la chandelle.

Linus regarde ses pieds et la multitude des pieds qui l'entourent. Rien qu'à leurs chaussures, on devine que ces gens vivent en zone protégée. Ils ont le pied sobre, propre et confortable de l'élite.

– Tu m'écoutes ? demande Mieg, légèrement agacée.

– Excuse-moi, je suis fatigué.

Enfin, l'ascenseur libère tout le monde. Linus se laisse porter par la vague et respire avec bonheur le froid sec du dehors.

– Tu vas prendre un bain régénérant à la maison, dit Mieg en ajustant son bonnet. Et puis je te ferai un bon cocktail ultravitaminé à ma façon, tu veux ?

Linus marche sur le bord du trottoir, le nez en l'air. Entre les branches nues des arbres, la lune d'hiver se lève déjà. Tout est calme. On entend seulement le déclic des volets roulants qui se ferment aux fenêtres des maisons, le miaulement d'un chat, un rire, et les notes d'un piano qui s'échappent d'une habitation d'artiste.

– Il n'y a pas de meilleur endroit au monde, non ? murmure Mieg, qui a remarqué que Linus était ailleurs.

Ils font le reste du chemin en silence, chacun appréciant à sa manière la sérénité artificielle de la zone protégée.

Chapitre 2

Plongé jusqu'au cou dans la mousse du bain bouillonnant, les yeux mi-clos, Linus se laisse envahir par le bien-être. Ses parents ne sont pas encore rentrés, mais une délicieuse odeur de poulet rôti émane de la cuisine et s'infiltre sous la porte. Le four s'est mis en route tout seul, soigneusement programmé pour que l'on n'ait plus qu'à se servir aux alentours de 20 h 30.

Dans la pièce voisine, Mieg a mis de la musique, et les sons apaisants du sitar indien ajoutent à l'atmosphère relaxante de la maison.

Dans la salle de bains, les feuilles des plantes vertes se couvrent peu à peu de fines gouttes d'humidité. Il ne manque que les cris des oiseaux pour qu'on se croie en pleine jungle équatoriale. « Est-il possible de se sentir malheureux dans un tel décor ? » se demande Linus. Il aimerait pouvoir répondre « non ! », mais il hésite. Mieg, elle, a choisi son camp depuis longtemps. Elle ira loin ; c'est ce que lui prédisent ses professeurs, qui la voient déjà entrer dans l'Ordre des Grands Bâtisseurs, la plus fameuse confrérie d'architectes d'Europe.

« Et moi ? s'interroge Linus. Quelles sont les grandes choses que j'ai envie de faire ? Ai-je seulement besoin de faire de grandes choses ? »

– Toc toc ! dit soudain Mieg derrière la porte. Je t'apporte le cocktail vitaminé !

Linus rassemble la mousse au-dessus de son corps.

– Entre, dit-il.

Mieg entre dans la salle de bains en poussant une desserte. Le verre où tangue un liquide vert pomme est posé dessus.

– Goûte ça ! Je l'ai encore amélioré !

Linus reste immobile dans l'eau, comme pris dans un sarcophage de mousse.

– Merci, dit-il. Je vais le boire. Ça t'ennuierait de sortir, maintenant ?

– Oh, pardon..., rigole Mieg. J'oubliais que monsieur Linus n'aime plus se montrer tout nu !

– Et alors ? se renfrogne Linus. J'ai le droit, non ?

– Parfaitement le droit, répond Mieg sans que ça l'empêche de s'asseoir au bord de la baignoire. Tu es devenu tellement pudique ces derniers temps ! Tu ne me racontes même plus tes histoires de cœur. Je ne suis plus ta confidente ?

– Je n'ai rien à te confier.

– Tu n'es pas amoureux ?

– Non ! Sors, s'il te plaît !

– Dommage... Je me disais que ça pouvait expliquer ton humeur changeante.

Mieg envoie une poignée de mousse sur le visage de son frère et sort de la salle de bains en riant. Linus s'essuie le front et se redresse. Mieg s'est toujours mêlée de ce qui ne la regarde pas. Auparavant, il trouvait agréable de tout lui raconter. Mais, maintenant, il peut se débrouiller tout seul, comme un grand, merci ! Et puis, amoureux, lui ? Ça ne risque pas ! Les filles de la classe sont soit désagréables, soit stupides, soit trop jolies pour s'intéresser à lui. Pas la peine de s'emballer.

Linus absorbe le contenu du verre. C'est un peu amer, mais très rafraîchissant. Mieg, en plus de toutes ses qualités intellectuelles, a toujours fait preuve d'un indéniable talent pour innover en matière de cuisine. « Décidément, elle est parfaite ! » se dit Linus. Elle a vraiment sa place dans la sphère 1.

Lorsqu'il sort de la salle de bains dix minutes plus tard, il entend la voix de son père, en bas, dans le salon. Il descend et le trouve en pleine conversation avec sa grand-mère, dont le visage rond et bronzé est affiché sur l'écran géant de l'ordinateur familial.

– Salut, papa ! lance Linus.

Puis, faisant un signe vers l'écran :

– Salut, Mamé !

– Bonjour, mon chéri ! sourit Mamé. Comment vas-tu ?

– Ça va.

– Tes cours ?

– Ça va.

– Tu pourrais te montrer un peu plus bavard, intervient son père en le regardant de travers. Tu as passé une mauvaise journée ?

– Je suis juste fatigué, soupire Linus.

Mamé s'agite sur l'écran.

– Tu devrais venir me rejoindre ! dit-elle. Le soleil et le grand air de Floride te feraient du bien !

– Allons, maman ! intervient M. Hoppe. Tu sais bien qu'il ne peut pas s'absenter. Il a son examen dans trois mois ! Après, peut-être... Nous verrons.

Mamé fait une grimace exaspérée :

– Si ça ne tenait qu'à moi, je supprimerais tout ça, et plus personne ne se ruinerait la santé à passer cet examen !

– Peut-être, maman, rétorque le père de Linus, mais il faudrait aussi que tu réformes toute la société, et, là, c'est toi qui risquerais d'y laisser ta santé ! De toute façon, Linus réussira, ce n'est pas un problème. Il viendra passer les vacances chez toi si tu veux.

– N'empêche que, de mon temps, personne ne se faisait calculer par le Grand Ordonnateur et...

– Et la vie n'était certainement pas meilleure !

Linus quitte la pièce, las d'entendre l'éternelle conversation entre son père et sa grand-mère. Oui, sans doute, il ira passer les vacances en Floride, et l'air lui fera du bien. À moins que... Un « accident » est si vite arrivé !

Un sourire narquois aux lèvres, Linus entre dans la cuisine au moment où le four sonne pour annoncer la fin de la cuisson. Le poulet est rôti, son père déconnecte l'ordinateur, les clés de sa mère tintent dans l'entrée, on va pouvoir passer à table.

Chapitre 3

– C'est peut-être mon cocktail ! s'affole Mieg en se penchant sur Linus, plié en deux dans son lit. Il était tellement à plat hier soir... J'ai mélangé pas mal de trucs.

– Linus, dit Mme Hoppe. Où as-tu mal ? Au ventre ?

Linus gémit. Tandis que sa mère lui caresse le front et arrange son oreiller, il serre les dents et grimace.

– Oh là là, je suis désolée, petit frère..., continue Mieg.

Le père de Linus, encore en pyjama malgré l'heure tardive, entre dans la chambre, un feuillet à la main.

– J'ai consulté le serveur du centre antipoison, dit-il. Si la liste des ingrédients de Mieg est complète, il n'a pas pu s'empoisonner.

– Ouf ! soupire Mieg.

– Mais j'ai mal ! se plaint Linus.

– Bon, dit M. Hoppe. Tu vas rester au chaud ce matin. Moi, il faut que je décampe.

– Moi aussi, déclare Mme Hoppe, ennuyée. J'ai un rendez-vous important, mais je reviendrai à midi. En attendant, je vais te donner un analgésique, mon Linus, tu veux ? Je téléphonerai à l'école pour leur expliquer. Après tout, c'est la première fois que tu es absent cette année. Ils ne feront pas de difficultés.

Mieg, déjà emmitouflée dans son manteau, pose un baiser sur le front de Linus.

– Si ça se trouve, tu couvais quelque chose hier. C'est pour ça que tu n'étais pas dans ton assiette.

Linus ne répond rien. Il ferme les yeux. Dans un instant, il sera seul, tranquille. Il n'avait jamais simulé de maux de ventre, mais il faut croire qu'il est bon comédien. Quand tout le monde sera parti, il aura la matinée pour réfléchir... et peut-être pour agir.

Sa mère entre, un patch d'aspirine dans une main et son porte-document en cuir dans l'autre. Linus colle le patch sur son bras.

– Ça va aller ? demande sa mère en enfilant ses chaussures.

– Hum...

– Sûr ?

– Sûr. Je vais dormir.

Mme Hoppe jette un œil sur sa montre, embrasse son fils et disparaît. Linus l'entend fermer la porte. Dans le couloir, la veilleuse de l'alarme centrale passe au vert : maintenant que la maison est verrouillée, Linus peut se lever. Il enfile un pull, une paire de chaussettes, décolle son patch et descend à la cuisine pour manger quelque chose. En réalité, il se sent plutôt en forme. Cette petite comédie n'était pas préméditée, et il est encore tout étonné de se trouver là, dans le silence de la maison. L'idée lui est venue au moment où son réveil a sonné. Il a subitement senti le besoin d'échapper au rythme perpétuel des jours : le train, l'école, les profs, les autres, la foule, ce tourbillon dévastateur qui assomme et empêche de réfléchir. Un nouveau mot s'est soudain dressé devant lui, comme un mur au fond d'une impasse : le mot « destin ». Et il lui a semblé que ce mot méritait bien qu'on lui accorde une matinée.

Linus pénètre dans le salon. Ses parents, en bons citoyens de sphère 1, disposent d'une bibliothèque conséquente. Les livres, impeccablement rangés, ont été choisis pour les couleurs harmonieuses de leurs tranches, bien plus que pour leur contenu. Il existe tant d'autres façons d'obtenir des renseignements ! Seul Linus, lorsqu'il s'ennuie, dérange l'ordre savant des ouvrages et se plonge au hasard dans la lecture. Mais, aujourd'hui, ce n'est pas par hasard qu'il s'empare du premier volume du dictionnaire encyclopédique. Il pose le bon vieux *Robert* sur la table et cherche la définition exacte de son mot.

DESTIN (n. m.) – **1.** Puissance qui, selon certaines croyances, fixerait de façon irrévocable le cours des événements. **2.** Ensemble des événements qui composent la vie d'un être humain, considérés comme résultant de causes distinctes de sa volonté. **3.** Le cours de l'existence considéré comme pouvant être modifié par celui qui la vit.

Linus regarde par la fenêtre. La rue est déserte, propre, rangée comme une chambre d'enfant modèle. S'il n'y avait pas de vent pour agiter les branches des arbres et faire voler les dernières feuilles mortes, on jurerait avoir une photo sous les yeux. « C'est curieux, se dit Linus, cette définition est contradictoire. D'un côté, elle dit qu'on ne peut pas agir sur son destin, et, de l'autre, qu'on peut en modifier le cours. » Se reportant à nouveau au dictionnaire, il cherche le mot « accident ».

ACCIDENT (n. m.) – **1.** Événement fortuit, imprévisible. **2.** Événement imprévu et soudain qui entraîne des dégâts, des dangers.

Des dégâts et des dangers. Linus s'aperçoit brusquement qu'il n'a jamais eu d'accident. Aussi loin qu'il se souvienne, il ne s'est jamais trouvé dans une situation inattendue. Comment cela est-il possible en quatorze années ? Chem, par exemple, a connu des moments difficiles, il a souffert. C'est peut-être pour ça qu'il semble si détaché de tout. Mais lui, Linus, rien. Sa vie s'est déroulée de manière rectiligne, impeccable, suivant les pointillés. Il devrait sans doute s'en réjouir !

Profondément troublé, Linus range le dictionnaire et remonte dans sa chambre. Là, il allume son ordinateur et se connecte au FME, le Forum Mondial d'Échange. Il indique le thème dont il souhaite s'entretenir : *Accident*, puis tape son message : « Cherche correspondant (si possible environ quatorze ans, vivant en France) ayant eu un ou plusieurs accidents et pouvant témoigner des modifications que cela a entraînées dans sa vie. »

Il donne son adresse électronique et envoie le message. Il n'y a plus qu'à attendre les réponses.

Chapitre 4

Il est 11 h 30. Plusieurs messages sont parvenus à Linus en réponse à sa demande. Ils proviennent d'Istanbul, de Madrid et de Varsovie. Un Italien raconte comment il s'est fait renverser par une voiture, du temps où ces engins traversaient encore les villes à toute allure, une Polonaise se répand sur son accident de ski... Déçu, Linus est en train de se dire qu'il aurait dû formuler sa demande plus précisément, quand un nouveau correspondant se connecte :

« Salu à tousse ! J'abite dans la zone sub-ur-bène de Paris. J'ai catorze ans. Je m'appele

Yosh. Mon axident à moi sé passer quand j'avé deux ans. Ma mère ma raconter que quelcechose sé casser dans ma tète. Une sorte de vène, je sé pas bien. Ma mère dis que cé ça qui ma randu stupid. Depuis, jé du mâle à l'école. Cé à cose de mon axident. »

Linus se retient de rire en voyant la quantité de fautes d'orthographe. C'est incroyable, il n'a jamais lu un texte pareil ! Ce Yosh doit être la risée de son école.

– En voilà un qui va se faire rétamer par le Grand Ordonnateur ! s'esclaffe-t-il à voix haute.

Cependant, sa curiosité est piquée. Il relit attentivement le message. Yosh n'est peut-être pas aussi stupide qu'il a l'air de le dire. En tout cas, c'est le seul qui réponde exactement à la question ! Linus s'apprête à lui demander davantage d'informations quand la veilleuse du couloir passe au rouge. Aussitôt après, il entend sa mère rentrer. Il tape précipitamment le message suivant :

« Salut Yosh ! J'aimerais rester en contact. Impossible pour le moment. À ce soir ! »

Il éteint son ordinateur et se précipite dans son lit, s'enfouissant la tête sous sa couette comme s'il dormait. Peu après, sa mère ouvre doucement la porte de sa chambre.

– Tu dors, Linus ?

N'obtenant pas de réponse, elle referme la porte et s'en va sur la pointe des pieds. À coup sûr, elle aura apporté du travail, et Linus ne risque pas de la voir pointer son nez avant deux bonnes heures. Il rejette la couette à ses pieds et croise les bras derrière sa nuque.

« Quel est mon destin ? se demande-t-il. Puis-je encore modifier les choses ? Et Chem ? Et Yosh ? » Tout semble se passer comme si l'histoire était écrite d'avance. C'est la première fois qu'il le perçoit si clairement ; mais, surtout, c'est la première fois que son avenir lui saute ainsi à la face, préfabriqué, prémâché, aussi insipide qu'un steak au soja.

Seul dans son lit, Linus se prend à rire. Devant ses yeux, des images défilent :

Séquence 1 : Linus a vingt ans. Il a grandi, et maintenant il dépasse son père. Il vient d'achever de brillantes études de droit. Grâce à un prêt bancaire, il s'achète un local et y installe son cabinet de juriste. Aux termes de la loi, il peut demander une dérogation pour continuer à vivre chez ses parents en attendant de gagner suffisamment sa vie.

Séquence 2 : Linus a trente ans. Il est maintenant un juriste célèbre et reconnu. Il gagne beaucoup d'argent, passe ses vacances au Mexique et va bientôt se marier. Sa future femme ressemble à sa mère, en plus jeune, elle est également brillante et pratique le yoga.

Séquence 3 : Linus a quarante ans. Son cabinet est si prospère qu'il n'a même plus besoin d'y aller ; il fait travailler des jeunes à sa place. Ses deux enfants (un garçon et une fille, c'est l'idéal) raflent les meilleures notes à l'école. Ils passeront bientôt devant le Grand Ordonnateur et tout recommencera, éternellement.

« STOP ! » crie mentalement Linus.

Il a beau être couché dans son lit, il a l'impression désagréable d'être monté sur un manège qui ne s'arrête jamais. D'être vissé dessus, comme un cochon en résine. À chaque tour, il peut croire que le paysage a changé, il peut espérer descendre ; mais non. Rien ne change, il est impossible de descendre, et la musique entêtante du manège finit par étourdir le petit cochon. Il tournicote, toujours aussi rose et aussi souriant, mais il ne va nulle part.

– À moins qu'il n'y ait un « axident », dit Linus tout haut.

D'après le dictionnaire, l'accident est un fruit du hasard. En ce cas, peut-on appeler « accident » un événement qui serait prémédité ?

– Disons plutôt que j'ai décidé de modifier le cours de mon destin, dit-il encore. Il me reste trois mois pour y parvenir.

Chapitre 5

– T'es timbré, dit seulement Chem à Linus le lundi suivant.

Ils sont dans la cour de l'école, assis sur un banc recouvert de givre, les fesses au frais. Les autres élèves ont préféré passer le temps de pause à l'intérieur, dans la salle de musculation ou devant les écrans de la médiathèque.

– Je croyais que tu me comprendrais, répond Linus en baissant la tête. Tu dis toujours que tu refuses le système !

– Je le refuse pour moi ! s'écrie Chem. Mais toi, vraiment, ce serait trop bête.

– Pourquoi ?

– Parce que, ma puce... C'est comme ça. À ta place, j'arrêterais de penser à ces conneries.

– Des conneries ? Tu me déçois, Chem. Je croyais que tu étais sincère. En réalité, t'es juste une grande gueule.

Linus se lève, secoue son pantalon et, tournant le dos à Chem, se dirige vers la cantine.

– Attends ! l'appelle Chem. Je viens manger avec toi.

– Hors de question. Je n'ai plus rien à te dire.

Chem rattrape Linus, le prend par le bras et se plante devant lui :

– Admettons que tu ne dises pas de conneries. Admettons que je te comprenne. Admettons que je veuille bien t'aider. Alors, on mange ensemble, et tu me racontes ce qui s'est passé dans ta tête de Linus depuis la semaine dernière, d'accord ?

Linus le dévisage, méfiant. Avec ses dix centimètres de plus, son blouson extra-large et ses deux écharpes enroulées autour du cou, Chem ressemble à un bûcheron de l'ancien temps. Devant lui, Linus a l'air aussi frêle qu'un sapin nain.

– C'est d'accord, cède Linus. Mais promets-moi de m'écouter jusqu'au bout, sans m'interrompre.

– Je le jure ! dit Chem, une main sur le cœur.

Dans la cantine, il fait très chaud. Chem déroule une de ses écharpes et garde l'autre, comme toujours. Ceux qui le connaissent sont habitués à le voir comme ça. Mais Linus se souvient encore du jour où il lui a demandé sur un ton moqueur pourquoi il n'enlevait pas cette écharpe. On était en plein mois de juin, Chem avait-il peur de s'enrhumer ? « Tu tiens vraiment à savoir ce qu'il y a dessous ? » avait lancé Chem d'une voix tranchante.

Avant même que Linus ait eu le temps de répondre, il avait soulevé un peu l'écharpe. Linus se rappelle avoir blêmi. Le cou de Chem n'était plus qu'une énorme cicatrice pâle et boursouflée.

Bien plus tard, Chem lui avait donné une explication. Il y avait eu un incendie, chez lui, une nuit. Il avait cinq ans. Il aurait pu s'en tirer sans blessure si dans sa fuite il ne s'était pas empêtré dans un pan de rideau enflammé. Après des mois d'hôpital et deux opérations, la vie avait repris. Mais plus rien n'était comme avant.

L'incendie ayant détruit la maison, il avait fallu tout recommencer à zéro. Le pire, c'est que les parents de Chem, jugés responsables de l'accident, s'étaient vu interdire par le Grand Tribunal de faire un autre enfant. Pour Chem, qui rêvait d'avoir une petite sœur, cette décision de justice restait aujourd'hui encore une véritable blessure. Cela, très peu de gens le savaient.

Assis en face de Chem, Linus mange en silence.

– Alors ? demande Chem.

– Je pense à ton accident.

– Je te remercie d'y penser à ma place ! Pour ma part, j'essaie de l'oublier.

– J'ai fait la connaissance d'un gars sur le FME. Il s'appelle Yosh. Lui aussi, il a eu un accident quand il était petit. J'ai passé mon week-end à parler de ça avec lui.

– Eh ben ! Je comprends que tu sois devenu neurasthénique, mon pauvre Linus !

– Tu as promis de ne pas m'interrompre !

– Excuse...

– Tu m'écoutes jusqu'au bout ?

– Jusqu'au bout. Tu ne manges pas ton fromage ?

– Chem ! Prends mon fromage et tais-toi.

– Merci quand même. Et, au fait, bon appétit !

– D'après ce qu'il en dit, Yosh a eu une lésion cérébrale à l'âge de deux ans. Il ignore comment ça s'est produit, tout ce qu'il sait, c'est qu'il a failli en mourir. Il s'en est sorti, mais les médecins ont expliqué à ses parents qu'il serait handicapé mental.

– C'est gai ! ne peut pas s'empêcher de commenter Chem.

– Ses parents se sont occupés de lui, mais toujours comme d'un bébé. En fait, les séquelles ne devaient pas être si graves que ça. Il a pu remarcher, il a retrouvé la parole, et il a même été admis à l'école. Mais ses parents, qui ne m'ont pas l'air bien futés, continuent de le traiter comme un débile. Bien sûr, il a des problèmes d'expression. Moi, je n'ai vu que son courrier. C'est bourré de fautes, je te jure, c'est dingue ! N'empêche, Yosh n'est pas si bête. Il passe son temps sur la ligne du FME, à discuter avec des gens du monde entier. Il connaît pas mal de trucs. À l'école, il est largué parce qu'il est lent. On a parlé de l'Examen. Il dit que s'il est admis en sphère 2, il sera déjà bien content !

– Bon, et alors ? demande Chem la bouche pleine.

– Alors, je voudrais bien être à sa place.

Chem s'étrangle dans son verre d'eau.

– À la place d'un débile ?

– Mais puisque je te dis qu'il n'est pas débile ! Je suis sûr que s'il avait les parents que j'ai, ma baraque, et s'il vivait comme moi, il arriverait aux mêmes résultats que moi !

– Tu peux rêver, répond Chem en essuyant l'eau répandue sur la table.

– De toute façon, il ne s'agit pas de ça. Je veux juste changer le cours de mon destin.

Chem siffle entre ses dents :

– Rien que ça, ma puce !

– Tu m'as dit toi-même que tu pourrais faire péter les circuits du Grand Ordonnateur. Je ne t'en demande pas tant. Je voudrais seulement que tu modifies mes résultats, le jour de l'Examen. Je ne veux pas aller en sphère 1.

– C'est tout ? demande Chem avec un sourire exagéré.

– Ben... oui. C'est tout.

Chem éclate de rire et se renverse en arrière. La chaleur lui monte aux joues. Aux autres tables, les élèves lui lancent des regards désapprobateurs.

– Tu m'as bien mené en bateau ! s'exclame Chem en se calmant. C'est vraiment la meilleure blague que j'ai entendue depuis longtemps !

– Mais je suis très sérieux ! s'énerve soudain Linus en se penchant vers Chem et en plantant ses yeux dans les siens avec détermination. Alors, espèce de vantard, tu en es capable ou pas ?

Chem se rembrunit.

– T'es timbré, murmure-t-il. Vraiment timbré.

Puis il lève les yeux au plafond et pousse un soupir :

– C'est de la folie, mais je vais y penser... Quant à toi, je te conseille de réfléchir encore. Le reste de ta vie en dépend, ma puce.

Chapitre 6

Le soir même, avant de dîner, Linus reprend contact avec Yosh sur le réseau. Des millions de questions se bousculent dans sa tête à propos de la sphère 2. Mais, prudent, il se contente de taper :

« Salut, Yosh ! Quoi de neuf pour toi ? »

Vingt secondes plus tard, la réponse s'affiche.

« Aujourdui, jé vu ma psicologue. Elle menbète. Elle me fé faire dé jeu de gosse. Je lui di que sa me casse lé piés, depuis le temp ! Et toi, tu a aussi une psicologue ? »

« Non, répond Linus. Il paraît que je n'en ai

pas besoin. Pourtant, en ce moment... Heureusement, j'ai mon copain Chem. C'est une tête de lard, mais il m'écoute quand même. Pourquoi n'envoies-tu pas promener ta psychologue ? »

« Je sui obliger di aller. Elle di que sinon, je vé être envoillé ché les fou. Cé à coze de mé colères. Je fé dé colère teribl défoi. Par example, je jète mé affères par la fenètre. Quen sa tombe du sixième étaje, lé voizin son mécontans ! »

Linus ouvre de grands yeux et fait la grimace. Et si Yosh avait vraiment un grain ?

« Qu'est-ce qui te met en colère ? » demande-t-il.

« Plain de chozes ! écrit Yosh. Surtou quen je voi mé parens. Il son malereux et toujour fatiguer de leur travaille. Je trouve que cé pas bien de travaillé den la zone industriel, mé il son obliger. Come moi, pour la psichologue. »

– Avec qui tu parles ? demande soudain Mieg dans le dos de Linus.

Linus sursaute et se retourne, furieux.

– Tu pourrais frapper avant d'entrer, merde !

– Je venais te dire que nous passons à table, dit Mieg en se tordant le cou pour voir l'écran. Encore un de tes petits secrets ? Décidément, je trouve que tu as changé, petit frère...

– Ça doit être l'âge, rétorque Linus avec ironie. Sors de ma chambre. J'arrive.

Vexée, Mieg quitte la chambre à regret. En la voyant si penaude, Linus s'en veut. C'est triste à admettre, mais Mieg est vraiment la dernière personne à qui il irait raconter ce qu'il est en train d'échafauder. Il envoie un ultime message à Yosh pour lui souhaiter bon courage, bonne nuit et lui fixer rendez-vous sur le FME dès le lendemain. Puis il descend dîner en essayant d'avoir l'air comme d'habitude : un garçon enjoué, bien dans sa peau, sûr de lui. Un garçon plein d'avenir.

Au cours du repas, la discussion s'engage au sujet d'une fête que les élèves de l'Institut d'architecture donneront dans un mois. Mieg, dont la classe se charge de décorer la salle, évoque avec enthousiasme la fresque qu'elle a réalisée pour l'occasion sur un pan de mur.

– Nous avons hâte de la voir ! lui assure sa mère.

– J'apporterai mon appareil photo, ajoute son père. Nous pourrons diffuser la photo sur le réseau ! Tu seras peut-être remarquée par un professionnel, qu'en dis-tu ?

Linus regarde ses parents et sa sœur avec curiosité. Ils ont l'air si heureux, si confiants... Soudain, il demande :

– Pourquoi tout est si facile pour nous ?

Autour de la table, le silence se fait.

– Que veux-tu dire par là ? demande Mme Hoppe à Linus.

Il pose sa serviette sur la table et se met à la plier tout en parlant :

– Je veux dire qu'il y a des gens pour qui les choses ne vont pas aussi bien. Par exemple, ceux qui travaillent dur, qui ont des problèmes avec leurs voisins ou bien... je sais pas, moi... ceux qui ont des enfants qui ne réussissent pas à l'école, par exemple.

M. Hoppe fronce les sourcils :

– Est-ce une façon de nous annoncer une mauvaise note, Linus ?

– Ce n'est pas la question ! Je voudrais comprendre pourquoi tout le monde n'a pas la même vie que nous, c'est tout ! Maman et toi, vous aimez votre travail, vous gagnez pas mal d'argent, vous vivez dans un endroit sûr, vous...

– On dirait que tu nous le reproches ! s'indigne sa mère.

– Laissez-le parler, intervient Mieg. Vous l'interrompez tout le temps !

Au milieu de la table, le plat de ratatouille refroidit. Linus fixe des yeux les tranches de courgettes sans les voir vraiment. Il pense à Yosh. Il se demande comment se passe le dîner, chez lui. Après un long silence, il murmure :

– Moi aussi, je pourrais faire une colère. Une colère « teribl ».

Il sent les regards de Mieg, de ses parents, posés sur lui comme des mains sur un front fiévreux. Il demande encore :

– Pourquoi les gens de la sphère 1 ne se mélangent pas avec ceux de la sphère 2 ?

Son père se racle la gorge et s'essuie le coin de la bouche :

– La société est faite comme ça, Linus. Certaines personnes sont capables de diriger, de prendre des décisions importantes, de concevoir des idées nouvelles ou... de peindre des fresques. D'autres n'en n'ont pas les moyens. En revanche, elles peuvent effectuer des tâches plus physiques, plus manuelles. C'est un échange et un juste partage des tâches. Le classement des uns et des autres en différentes sphères facilite les choses. C'est un gain de temps pour tout le monde.

– Moi, je crois que tu t'inquiètes pour ton passage devant le Grand Ordonnateur..., soupire sa mère. C'est normal, c'est une étape décisive. Nous sommes tous passés par là.

Linus la dévisage. Il sait qu'il n'a pas le droit de la questionner sur la manière dont se déroule l'Examen. Depuis qu'il est tout petit, c'est une chose entendue : personne n'en parle jamais dans les détails. C'est un paradoxe, mais les adultes semblent presque avoir oublié l'épisode, comme si l'Examen en lui-même n'avait pas tant d'importance. Linus demande quand même :

– Quand tu avais mon âge, est-ce que tu avais peur d'être admise en sphère 2 ?

– Bien sûr ! J'en étais malade !

– Pourquoi ?

– Eh bien, je n'aurais pas pu supporter de me retrouver... ailleurs, dans un endroit inconnu, avec des gens trop différents de moi. Dès que les zones ont été créées, mes parents ont obtenu le droit de résider en zone protégée. C'est là que j'ai grandi. Comme toi, comme Mieg. Je savais que ma place était en sphère 1, et j'ai tout fait pour y rester.

Linus pose son menton dans ses mains. Il aimerait clore la conversation. Trop de pensées contradictoires tournent dans sa tête. En se forçant un peu, il parvient à sourire.

– La ratatouille va être froide ! s'exclame-t-il. Si on mangeait ?

Chapitre 7

Les semaines passent. L'hiver s'adoucit. Linus continue sa correspondance avec Yosh sur le FME. Ils s'échangent leurs disques préférés, s'envoient des photos numérisées de leurs chambres, de leurs familles. À plusieurs reprises, Yosh évoque ses colères. Il explique à Linus qu'elles surviennent lorsqu'il se sent contrarié.

« Sa reçemble à une bèt sovaje qui voudré m'ataqué. Ma psicologue me di que je ne doi pas fère ça. Je doi me calmé. J'aimeré bien, mé défoi cé pas possibl. Je panse que je sui un dompteure et que je peu repouçer la bèt aveque mon foué. »

Linus imprime chaque courrier et classe les photos dans un album qui ne le quitte plus. À l'école, il profite d'un moment passé dans un coin de la médiathèque à l'écart des autres pour le montrer à Chem.

– Ce gars a une drôle de tronche, dit Chem en regardant une photo de Yosh.

– Pas tant que ça, répond Linus. Peut-être la coiffure... C'est sa mère qui lui coupe les cheveux. Ils n'ont pas les moyens de se payer le coiffeur.

Chem feuillette l'album, puis il regarde Linus d'un air désolé :

– Franchement, tu es sûr de vouloir mener une vie comme la sienne ?

Linus reprend l'album et le range dans son cartable. Il soupire :

– Non, je ne suis pas sûr...

– Alors, on arrête tout ?

Linus secoue la tête lentement :

– On continue. Où en es-tu avec l'informatique ?

– Ça avance, dit Chem en retrouvant le sourire. J'ai réussi à pénétrer la base de données et à brouiller les pistes pour qu'on ne puisse pas me repérer. C'était assez difficile, mais...

– Mais quoi ?

– Mais c'est vraiment excitant ! rigole Chem.

Linus jette un regard circulaire sur les tables disséminées dans la salle de la médiathèque. Ses « camarades » travaillent devant les terminaux des ordinateurs, prennent des notes sur leurs cahiers électroniques. Ils ont des visages crispés et blêmes, des tics nerveux, les ongles rongés.

Depuis plusieurs semaines, Linus ne révise plus ses cours. Ses résultats sont en légère baisse ; rien d'excessif. Il ne faut pas attirer l'attention ; il faut laisser croire que ce petit passage à vide est dû à la fatigue.

– Je vais lui proposer qu'on se rencontre, dit soudain Linus. Je voudrais voir Yosh, en vrai. À ce moment-là, je me déciderai.

Chem hoche la tête :

– Puisque je fais partie du plan, j'aimerais le voir aussi.

– Parfait, répond Linus avec satisfaction. Tu sais, Yosh te connaît déjà. Je lui ai envoyé la photo qu'on avait prise chez toi. Tu te rappelles ?

Le jour où on s'était déguisés avec les vieilles fringues de ton père ?

– Tu lui as envoyé celle-là ! s'écrie Chem, scandalisé. T'es vraiment une peau de vache ! Il va penser que je suis le plus gros ringard de la planète !

Linus étouffe un rire, la tête dans ses bras :

– Ça vaut bien toutes les fois où tu as trafiqué mon ordinateur ! Je croyais que ton sens de l'humour pouvait aussi s'appliquer à ta propre personne !

Chapitre 8

Deux semaines plus tard, Linus et Chem montent dans la rame du Tub en direction de la banlieue sud.

– Qu'est-ce qui t'arrive ? demande Chem à Linus. On dirait que tu fais un arrêt cardiaque. T'es tout rouge.

– C'est le parfum d'ambiance, grimace Linus. Je le supporte pas, alors je respire par la bouche.

– J'avais oublié que tu étais une petite nature ! Une fois, j'ai pris le train pendant une panne des diffuseurs... Je n'ai qu'une chose à dire : vive la vanille !

Comme ils n'ont pas trouvé de places assises, les deux garçons restent debout devant les portes du wagon. On est samedi après-midi, il y a un monde fou. Malgré les dispositions des grands magasins en faveur des courses télématiques, les gens continuent à courir les supermarchés durant le week-end.

– Tu crois que ceux qui travaillent dans la zone industrielle enterrée ont aussi droit aux diffuseurs ? demande Linus.

– J'espère que oui !

– Les parents de Yosh sont employés, en bas... Si ça se trouve, ils passent leurs journées dans la puanteur.

– On va être en avance, dit Chem.

– Tant mieux, on aura le temps de traîner un peu... Je n'ai jamais mis les pieds en zone ouverte.

– Moi si, dit Chem, j'ai une tante qui vit là-bas. C'est à peu près pareil qu'en zone protégée, sauf qu'il y a plus d'immeubles, plus de béton et plus de bruit. Et plus de chiens aussi.

– Yosh m'a parlé des chiens. Tous ses voisins en ont, mais ses parents n'en veulent pas. Ils disent qu'il ont assez de soucis avec un enfant comme Yosh !

Le Tub s'arrête à la station centrale où beaucoup de gens descendent. Des strapontins se libèrent, permettant à Chem et Linus d'aller s'asseoir. Ils restent silencieux un moment, absorbés dans leurs pensées. Linus se sent nerveux à l'idée de rencontrer Yosh. À force de communiquer sur le Forum, il a l'impression de le connaître, mais il a peur d'être déçu.

– L'autre soir, j'ai trouvé quelque chose sur la base de données, dit soudain Chem à voix basse. En recoupant les résultats et les admissions des dernières années, j'ai découvert des incohérences.

Linus observe Chem avec attention :

– Tu veux dire que le système a des failles ?

Chem hoche la tête.

– Comme tous les systèmes, murmure-t-il. Mais ce que je veux dire, c'est que nous ne sommes peut-être pas les premiers à vouloir trafiquer les résultats de l'Examen. Il semble que d'autres, avant toi, se soient fait éjecter de la sphère 1, volontairement.

– Tu en es sûr ?

– Presque. J'ai trouvé l'accès à un réseau parallèle en lien avec ce serveur. Le problème, c'est que tout est codé. Pour l'instant, je n'ai qu'une partie du code, mais apparemment la frontière entre les sphères n'est pas si étanche.

Linus se met à transpirer. Il essuie ses paumes moites sur son pantalon.

– Donc, c'est possible, souffle-t-il.

– Je crois que oui, ma puce. C'est juste dangereux.

Chapitre 9

Après avoir glissé leur badge d'identification sous l'œil de la caméra à la sortie de la gare, Linus et Chem s'arrêtent devant la borne de l'Ordina-plan pour repérer la rue où habite Yosh.

– Ça va, c'est à cinq minutes, dit Linus en entraînant Chem vers un carrefour.

Cette partie de la banlieue sud n'a pas beaucoup évolué depuis trente ans. Les immeubles de quatre étages aux couleurs pisseuses, conçus au début du millénaire pour accueillir une population jeune et active, ont été repeints en vert ou en rose, mais ils ont toujours le même air triste. Dans les rues, l'éclairage public laisse toujours voir ses fils, tendus comme des cordes à linge entre les maisons. Le plus étrange pour Linus, c'est de voir des parkings en surface et des voitures qui circulent encore en grand nombre dans les rues.

– Je croyais que les voitures à essence étaient interdites dans les sites résidentiels, s'étonne-t-il à voix haute.

– Uniquement en zone protégée, répond Chem. Et puis, arrête de regarder les passants comme si c'étaient des Martiens, tu me fais honte.

Linus baisse les yeux vers le trottoir.

– Je veux simplement savoir si les gens de la sphère 2 sont différents de nous, en apparence.

– Alors sois plus discret.

– C'est bon, je regarde mes pieds. De toute façon, ils ont deux bras et deux jambes, pas vrai ?

– Et deux nez ! rigole Chem. Tu n'avais pas remarqué ?

Lorsqu'ils arrivent dans la rue de Yosh, Linus s'arrête.

– Qu'est-ce qu'il y a ? soupire Chem. T'as la trouille ?

Linus fait oui de la tête. Il ne se sent pas très à l'aise dans cette ville. Ce ne sont que des détails, mais l'ambiance est si différente de chez lui ! Si Chem n'était pas à ses côtés, il rebrousserait chemin.

– Allez ! l'encourage Chem. On ne va pas abandonner maintenant ! Yosh nous attend.

Il prend Linus par la manche, et ils pénètrent dans la cour d'un immeuble. C'est le plus haut du quartier : il comporte sept étages. Des voitures aux carrosseries sales sont alignées sous les arbres. Plus loin, une dizaine de gamins jouent au foot sur un carré de pelouse et leurs cris résonnent contre les murs.

– C'est assez sordide, commente Chem en levant les yeux sur l'immeuble.

Des chiens aboient depuis les balcons, où s'entassent de vieux vélos et des cartons défoncés.

– On y va ?

Linus suit Chem dans le hall d'entrée. Il s'apprête à sortir son badge d'identification, mais Chem lui explique que les immeubles ne sont équipés que d'anciens visiophones.

– Il s’appelle Yosh comment ? demande-t-il en se plantant devant la caméra.

– Yosh Bresco.

Chem appuie sur le bouton correspondant au nom de famille. Ils entendent :

– Je vous ouvre. C’est au sixième.

Lorsque Linus sort de l’ascenseur au sixième étage, il grelotte. Sa lèvre inférieure tremble, agitée d’un tic. Il se demande ce qu’il fait là, et il commence à trouver cette histoire complètement absurde. Les deux garçons s’avancent sur le palier plongé dans la pénombre. L’endroit n’est pas très accueillant. Des objets cassés sont posés contre un mur : un frigo démonté, une carcasse de poussette... Dans un pot en plastique, une plante verte perd ses feuilles.

Soudain, une des portes du palier s’ouvre en grand. Yosh est là, souriant, les cheveux en pétard.

– Salut, Linus ! lance-t-il. Je suis ravi de te voir enfin !

Chem s’approche de lui :

– Salut ! Je crois que Linus est malade. Tu l’excuseras, il a la tremblote.

Linus prend une grande respiration et s’avance à son tour vers Yosh. Il sourit, gêné.

– Je ne suis pas malade, dit-il. Chem est un emmerdeur, je t'avais prévenu.

– Emmerdeur, je ne savais pas ! Tu avais dit « tête de lard », précise Yosh en rigolant.

Tandis que Yosh s'efface pour le laisser entrer, Linus ne peut s'empêcher de sourire : il vient de constater que les fautes d'orthographe ne s'entendent pas et que, à l'oral, Yosh peut parfaitement faire illusion.

Chapitre 10

Yosh est vraiment un drôle de garçon. Il est aussi grand que Chem, mais sans les muscles. Il a le crâne long et aplati sur le dessus, comme s'il avait pris une enclume sur la tête. Sa tignasse inégale pousse de façon anarchique sur cette surface étrange. Quand il se déplace, il paraît maladroit, brusque ; et, de fait, il manque de se cogner dans le mur chaque fois qu'il passe une porte.

Chez lui, il y a peu de meubles. Il dit que, comme ça, il y a plus de place pour les humains. Après avoir fait visiter les lieux à

Chem et Linus, il leur propose de s'asseoir dans sa chambre.

– Je préfère qu'on se mette là, si des fois ma mère rentrait...

– Je croyais que tes parents travaillaient le samedi ? s'étonne Linus.

– D'habitude, oui, mais en ce moment il y a des grèves dans la zone industrielle. Parfois, ma mère revient sans prévenir parce que tout est bloqué par les grévistes. Vous n'en n'avez pas entendu parler aux infos ?

Et comme Chem et Linus secouent la tête, Yosh ajoute avec un soupir :

– Je suis trop idiot pour comprendre ce qui se passe là-dessous, mais je crois quand même que ça va barder. J'ai entendu mon père parler au téléphone. Il disait ça : « Ça va barder. »

– Justement, dit Linus, je me demandais comment les gens font pour travailler en bas... Est-ce qu'ils portent des masques pour supporter l'odeur ?

Yosh hoche la tête, affirmatif :

– Mais ma mère dit que ce n'est pas très efficace. Quand elle revient de son travail, elle doit laver ses vêtements tout de suite, sinon ça pue trop. Dans l'immeuble, on reconnaît les gens qui travaillent en Z. I. rien qu'en respirant !

Yosh se met à rire, puis il va chercher à boire dans la cuisine. Seuls, Chem et Linus se consultent du regard.

– Il est sympa, dit Chem. Tu avais raison, il n'est pas débile.

Linus approuve, l'air satisfait. Son tremblement nerveux a cessé. Il se détend. La chambre de Yosh lui paraît familière, tant il a regardé les photos dans son album. Assis sur le lit, il se met à jouer avec un petit ours en plastique mou. Quand Yosh revient avec les verres, il désigne l'ours.

– Le dernier cadeau de ma tante ! rigole-t-il. Appuie dessus, tu vas voir !

Linus appuie sur le ventre de l'ours, qui se met à couiner et à pousser des grognements électroniques.

– C'est pour les bébés, dit seulement Yosh.

– T'aurais dû lui renvoyer son cadeau dans la gueule, dit Chem.

Yosh pose les verres sur son bureau :

– Non, c'est bien comme ça. J'aime beaucoup ma tante. Tant que je ne dis rien, mes parents me fichent la paix, et personne ne me demande de faire des choses. C'est bien.

Linus regarde Yosh avec inquiétude :

– Tu n'aimerais vraiment pas que ça change ? Tu pourrais leur prouver que tu es intelligent !

Yosh passe la main sur son crâne, comme pour se recoiffer, mais ses cheveux restent en l'air, dans leur désordre naturel. Il hausse les épaules et s'assied par terre.

– Je ne suis pas intelligent, déclare-t-il. Il y a des choses que je n'arrive pas à apprendre. T'as bien vu comment j'écris !

Linus jette l'ours sur le lit.

– Écoute, Yosh, commence-t-il. Chem et moi, on a eu une idée, et je voudrais t'en parler.

Chem se redresse sur la chaise où il était avachi.

– Hé, minute ! D'abord, c'est toi qui as eu l'idée. En plus, je ne suis pas sûr que...

Tout à coup, un bruit assourdissant retentit dans la cage d'escalier, couvrant la voix de Chem. On dirait qu'un objet lourd dévale les marches et explose devant la porte dans un fracas de verre et de métal.

– Qu'est-ce que c'était ? demande Chem.

– Ne vous inquiétez pas, sourit Yosh. C'est juste le voisin. Celui du dessus. Il est un peu... spécial. Il balance des trucs dans l'escalier des fois. On va entendre des cris maintenant.

En effet, des éclats de voix traversent la fine cloison de l'appartement. Des voix d'hommes et de femmes qui rouspètent après le voisin « spécial ».

– Vous voulez voir ? demande Yosh. C'est marrant.

Il se lève et se dirige vers la porte d'entrée, suivi de Chem et Linus.

Sur le palier, il y a un attroupement. D'autres personnes arrivent encore depuis les étages inférieurs en criant :

– C'est pas bientôt fini, ce bordel ? Qu'est-ce qu'il nous a encore bazardé ?

– C'est une télé ! dit une femme, un bébé qui pleure dans les bras.

Plusieurs chiens pointent leur truffe sur le palier et se mettent à aboyer. Les gens leur aboient dessus en retour pour les faire taire. Au milieu du boucan, deux hommes se décident à grimper à l'étage supérieur pour casser la gueule au lanceur de télé.

– C'est dingue..., murmure Linus.

– C'est habituel, répond Yosh. La semaine dernière, c'était le réfrigérateur.

– Mais pourquoi il fait ça ? demande Chem, sidéré.

À l'étage du dessus, on entend des cris, des menaces. Soudain, les deux justiciers redescendent en courant.

– Planquez-vous ! hurle l'un d'eux. Il est armé !

Sur le palier, c'est la panique. Sautant par-dessus les débris de la télé, les gens se précipitent chez eux en hurlant et en donnant des coups de pied aux chiens pour les faire rentrer. En haut des marches, un homme vient d'apparaître, un pistolet à la main.

– Ferme cette porte ! murmure Chem à Yosh.

– Pas de panique, dit Yosh. C'est un pistolet en plastique.

Et, soudain, il sort sur le palier. Effrayés, Chem et Linus restent derrière la porte.

– Il est complètement fou ! chuchote Chem.

Tandis que Yosh s'avance au pied de l'escalier, l'homme armé descend vers lui. Il est plutôt petit, rondouillard, une casquette sur la tête. Il sourit :

– Alors, Yosh ! s'esclaffe-t-il. Pas mal, le coup de la télé, hein ?

Yosh se met à rire :

– Un gros boucan ! Ça m'étonnait que vous ne l'ayez pas encore jetée !

– C'est un morceau de choix ! dit l'homme en rangeant son revolver. Je ne pensais pas qu'ils auraient eu peur de mon pistolet à eau... Dommage, il n'y a plus personne pour m'écouter.

– Si, moi ! dit Yosh. Et puis mes amis. Ils sont là !

Désignant la porte de son appartement, il appelle :

– Linus, Chem ! Vous pouvez sortir ! Je vais vous présenter M. Zanz !

Chem reste agrippé à la poignée de la porte, décomposé.

– Tu viens ? lui demande Linus.

Chem roule les yeux :

– Ils sont tous timbrés dans cet immeuble, barrons-nous !

Linus hausse les épaules et sort sur le palier.

– Il ne faut pas en vouloir à Chem, dit-il. Il a la tremblote.

Et, sans hésiter, il s'avance à la rencontre de M. Zanz.

Chapitre 11

– En jetant des objets dans l'escalier, je provoque des réactions, explique M. Zanz. Les gens me traitent de cinglé, ils sont choqués. Pour moi, l'essentiel, c'est de les faire sortir de chez eux. Ils se rassemblent sur le palier, ils protestent, ils échangent des points de vue. Sinon, ils ne se parleraient pas.

– Ici, dit Yosh, les gens travaillent dur toute la journée. Le soir, ils s'effondrent devant la télé, c'est tout.

– Et, pour une fois, lance M. Zanz avec fierté, c'est la télé qui s'est effondrée devant eux ! Je veux leur montrer que les choses ne sont pas immuables, qu'il y a des façons d'inverser les rôles !

Linus regarde avec intérêt sa grosse figure, ses petits yeux verts et ses cheveux couleur poivre qui dépassent de la casquette. Il doit avoir une quarantaine d'années.

– Ils me prennent pour un fou, rigole M. Zanz. Ils n'ont peut-être pas tort. Heureusement, Yosh est là !

Il envoie une petite tape amicale dans le dos de Yosh, qui rougit.

– Mes parents n'aiment pas me voir traîner avec M. Zanz, explique-t-il à Linus. Ils disent qu'il a une mauvaise influence sur moi.

– Et si vous montiez chez moi quelques minutes ? dit Zanz.

– Pourquoi pas ! répond Yosh.

Linus se tourne vers Chem, qui a enfin lâché la poignée de la porte, mais reste prudemment dans l'entrée de l'appartement.

– Tu viens ?

Chem fronce le nez.

– Comme tu veux ! dit Linus en emboîtant le pas à Yosh et M. Zanz, qui montent déjà vers le septième étage.

Chem pousse un grognement et finit par les suivre en traînant les pieds.

L'appartement de M. Zanz ressemble à celui de Yosh. À une différence près : les murs sont couverts de livres. Linus passe sa main sur leurs tranches abîmées. Ils sont cornés, entassés, mélangés, et des dizaines de morceaux de papier hérissent leurs pages. Cette bibliothèque n'est pas aussi jolie que celle qui agrémente le salon de ses parents, mais elle donne l'impression d'être vivante.

– Je ne les ai pas tous lus, explique M. Zanz à Linus. Mais je les prête volontiers. Yosh m'en emprunte souvent. Sers-toi si tu veux !

Il disparaît dans la cuisine et en revient aussitôt, une boîte de gâteaux secs à la main. Tandis que Linus s'installe sur le canapé, Yosh se tourne vers Chem, qui n'ose pas vraiment entrer.

– Viens ! l'encourage-t-il. M. Zanz s'intéresse beaucoup à l'informatique. Je suis sûr que tu aurais des choses à lui apprendre.

– Yosh a raison. J'aime beaucoup les ordinateurs, assure M. Zanz. J'ai même créé un serveur.

– Quel genre de serveur ? demande Chem en s'approchant du canapé.

M. Zanz feint de ne pas avoir entendu la question. Il tend la boîte de gâteaux à Linus.

– Et toi ? demande-t-il. Ne serais-tu pas le correspondant de Yosh ? Il m'a parlé d'un jeune garçon qui habite au nord, en zone protégée.

– C'est moi, sourit Linus.

– Alors, comme ça, dit M. Zanz en se frottant le menton, tu t'intéresses aux accidents...

Linus tressaille et envoie un regard noir à Yosh.

– Tu lui as tout raconté ?

Yosh se tord la bouche, embêté :

– Ne lui en veux pas ! s'exclame M. Zanz. Yosh n'a personne à qui parler ici. Ses parents ne sont pas en mesure de comprendre ce qu'il a dans la tête. Alors, il vient me voir. Pour en revenir aux accidents, si ça t'intéresse toujours, je suis moi-même un accidenté.

Un silence s'installe dans le salon. L'air de rien, Yosh et M. Zanz piochent des gâteaux dans la boîte. Linus et Chem échangent un regard en coin.

– Quel genre d'accident ? finit par demander Linus.

M. Zanz avale sa bouchée et s'adosse au

fauteuil. Une lueur d'intelligence brille dans ses yeux verts.

– J'en parle beaucoup sur le serveur que j'ai créé, justement, commence-t-il. Mais vous ne pouviez pas le savoir. C'est un serveur entièrement codé.

Debout derrière le canapé, Chem sursaute.

– Ha, ha ! rigole M. Zanz. Je vois que cela intrigue notre génie de l'informatique !

– Je m'appelle Chem, précise Chem, un peu vexé.

– Je sais, dit calmement M. Zanz. Chem Nogoro, tu auras quatorze ans le 4 mars, tu suis des études au collège Albert-Jacquart, dans la cinquième circonscription. Tu es fils unique, et tu te débrouilles plutôt bien pour échapper aux flics du réseau, mais pas suffisamment pour m'échapper, à moi !

Chem a un mouvement de recul. Tétanisé, Linus ne sait plus ce qu'il doit faire : s'enfuir ? rester ? reprendre un gâteau ?

– Reprenez donc un gâteau, dit M. Zanz avec un sourire. Et toi, Chem, ne fais pas cette tête ! Personne d'autre que moi n'est au courant. Et ce n'est pas moi qui irais te balancer !

– Tu peux lui faire confiance, intervient Yosh. M. Zanz est un des premiers qui ont réussi à embrouiller le Grand Ordonnateur.

Chapitre 12

— Cela s'est passé il y a plus de vingt ans, raconte M. Zanz. À l'époque, l'Examen des enfants devant le Grand Ordonnateur était déjà obligatoire, mais certains parents avaient fondé des associations pour lutter contre les abus de ce système. Ils dénonçaient les méthodes de calcul, ainsi que le manque de nuances des résultats. Malheureusement, la société n'a pas évolué dans leur sens. Pour la majorité des parents, c'était plutôt reposant de laisser le Grand Ordonnateur décider de l'avenir des enfants. En peu de temps, les associations de lutte ont été interdites. Ceux qui s'élevaient contre le système sont devenus des clandestins.

M. Zanz lève les yeux au plafond comme s'il cherchait à y retrouver ses souvenirs. Autour de la table basse, Yosh, Chem et Linus ne bougent pas, ils attendent la suite de l'histoire.

– À quatorze ans, l'âge légal de l'Examen, j'étais un élève plutôt brillant, doué entre autres pour l'informatique. Mais j'étais issu d'un milieu modeste. Mes parents vivaient en zone ouverte, ils étaient de simples travailleurs de sphère 2. Je savais que le Grand Ordonnateur me classerait en sphère 1. J'ai refusé la sentence. Pour y échapper, j'ai mis au point un programme destiné à brouiller les résultats.

– Et ça a marché ! s'écrie Chem, admiratif.

– Oui.

– C'est ça que vous appelez votre accident ? demande Linus.

– C'est une sorte d'accident, du moins... je crois que c'est le type d'accident qui t'intéresse, non ?

Linus rougit légèrement, mais il acquiesce :

– Je voulais en parler à Yosh... C'est pour ça que nous sommes venus le voir. J'ignore tout de la vie en sphère 2... Alors, avant de décider, je voulais que Yosh m'en parle.

– Avant de te décider ? demande M. Zanz. Décider quoi ?

– De tout changer. Vous venez de dire qu'on peut modifier ses résultats. C'est mon intention.

Yosh se lève soudain du canapé, se cogne la jambe dans le coin de la table basse et boitille jusqu'à la fenêtre. Dehors, le jour vire au gris.

– Vous ne seriez pas les premiers à tenter l'aventure, dit M. Zanz. Ce serveur codé que Chem a trouvé raconte justement les histoires de ceux qui ont déjoué le Grand Ordonnateur. Yosh m'avait parlé de vous. Quand j'ai identifié Chem, j'ai fait le rapprochement. Yosh et moi avons aussitôt compris quel était votre projet. Nous voulions vous voir pour arrêter la marche à suivre.

– Alors, dit Linus, le coup de la télé dans l'escalier...

– Non, l'interrompt M. Zanz, même si vous n'aviez pas été là, je l'aurais tout de même balancée. Je me suis simplement dit que c'était aussi un bon prétexte pour vous rencontrer !

– Tu parles ! s'esclaffe Chem. On a failli partir en courant !

– Si vous étiez partis, dit alors Yosh doucement, j'aurais été très contrarié. Vraiment très contrarié.

Il se détourne de la fenêtre et se plante devant Linus :

– Tu ne sais pas tout sur l'Examen. On ne peut pas modifier les résultats.

– M. Zanz vient de dire le contraire ! s'exclame Linus.

– J'ai dit : « brouiller » les résultats, précise M. Zanz. C'est une nuance importante.

Linus se sent de plus en plus mal à l'aise. Il a

le sentiment désagréable que le jeu lui échappe.

– Quelle nuance ? s'écrie-t-il. Je ne comprends rien !

Yosh s'assied devant la table basse et pose ses mains bien à plat. Il écarte les doigts, lentement, jusqu'à ce que ses pouces se rejoignent, et il prend une profonde inspiration avant de continuer :

– Pour modifier les résultats d'une personne, il faudrait savoir exactement ce que calcule le Grand Ordonnateur. Or, ça, personne ne le sait. Ceux qui ont déjà été calculés ne se souviennent de rien.

M. Zanz pousse un soupir :

– Amnésie générale. Le Grand Ordonnateur nous efface la mémoire juste après l'Examen. J'ignore comment, mais c'est la seule explication.

Sortant de son hébétude, Chem murmure :

– Je croyais que c'était un secret... que les adultes ne nous en parlaient pas pour ménager la surprise.

M. Zanz secoue la tête :

– Chacun a dû se constituer un souvenir de l'Examen en fonction de ses propres fantasmes. La réalité, elle, s'est totalement évanouie. Et, pour se cacher de la sorte, je crains qu'elle ne soit pas jolie jolie...

Impatient, Yosh continue :

– Puisqu'on ne peut pas modifier un résultat, la seule manière d'agir est d'échanger. Permuter les résultats de deux personnes.

À ces mots, il plante ses yeux dans ceux de Linus. Un silence lourd s'installe dans la pièce. La chaleur semble brutalement monter de plusieurs degrés. Linus tente de soutenir le regard de Yosh, mais son insistance lui fait presque mal.

– Un échange ? finit-il par dire pour se libérer. Est-ce que ça signifie que nous échangerions nos identités ?

Yosh secoue la tête :

– Tu continueras de t'appeler Linus Hoppe. Mais tu seras admis à ma place en sphère 2. Et moi, je prendrai la tienne en sphère 1.

Il avale sa salive et demande :

– Si nous échangeons nos résultats, sais-tu ce qui t'attend ?

Linus baisse la tête et regarde ses pieds :

– Ce qui m'attend ? Habiter dans un immeuble comme celui-là et devenir lanceur de télés, comme M. Zanz...

M. Zanz se met à rire.

– Chaque transfuge a sa méthode, dit-il. Et nous sommes plus nombreux qu'on ne croit... Actuellement, certains de mes camarades provoquent des grèves dans la zone industrielle enterrée. Yosh ne vous en a pas parlé ?

Linus sent soudain son cœur battre trop fort. Il se remet à trembler.

– J'ai besoin de réfléchir encore, murmure-t-il. Il est tard, nous devons rentrer.

Yosh traverse le salon. Sans se retourner, il lance :

– Moi aussi, j'ai besoin de réfléchir. Nous nous recontacterons sur le FME.

Pendant le trajet de retour, Chem et Linus se disent à peine quelques mots. Linus est sonné. Cette incursion dans l'univers étrange de Yosh et de M. Zanz lui laisse un goût désagréable dans la bouche, comme s'il avait mangé un fruit amer. En comparaison, l'odeur vanillée des couloirs du Tub lui paraît presque agréable. Au moment de le quitter, Chem lui serre la main :

– Tu crois que... qu'on va continuer ?

Linus danse d'un pied sur l'autre, indécis.

– Faut voir, finit-il par dire. J'ai un peu l'impression de m'être fait avoir. Yosh en sait bien plus que nous, et...

– Et ça t'embêterait de te laisser manipuler. Moi aussi. Si tu préfères, on arrête là, et chacun suivra sa route. Toi en sphère 1, et Yosh en sphère 2. C'est le cours normal des choses, après tout !

Linus jette un coup d'œil sur sa montre. Il est franchement tard. Ses parents vont sans doute s'inquiéter.

– Peut-être, conclut-il. Pourquoi vouloir absolument changer tout ça, hein ?

Il sourit à Chem.

– À lundi ! lance-t-il en s'engageant dans une bifurcation du couloir.

Tout en marchant, Linus se met à siffloter. Il voudrait arrêter de penser à tout ça, mettre son cerveau au repos, mener de nouveau sa petite vie tranquille de collégien, effacer Yosh et M. Zanz de sa mémoire et faire comme si rien ne s'était passé. « Et, d'ailleurs, se dit-il, il ne s'est rien passé ! Je vais rentrer chez moi, réviser mes cours de la semaine, et tout sera comme d'habitude ! »

C'est avec une certaine allégresse qu'il monte dans la rame de son train de banlieue. Maintenant, il se sent en sécurité. Il n'a plus qu'à se laisser porter. Soudain, sa montre sonne. C'est la messagerie. Linus appuie sur un bouton et lit le message qui défile sur l'écran minuscule.

« Linus, dépêche-toi de rentrer. Nous t'attendons pour partir à la fête de Mieg ! Maman. »

– Zut ! dit Linus à voix haute. J'avais complètement oublié !

Il renvoie un message pour dire qu'il arrive. Mieg doit être furieuse. Cette fête de l'Institut d'architecture a beaucoup d'importance pour elle.

Chapitre 13

La circulation des voitures est tolérée en zone protégée aux conditions suivantes :

– posséder un véhicule à propulsion non polluante (électricité, gaz, air comprimé) ;

– convoyer au moins trois personnes ;

– atteindre le plus rapidement possible l'une des entrées de l'autoroute souterraine ;

– cas d'urgence ou transport des personnes handicapées.

La voiture de la famille Hoppe passe devant la borne de contrôle et obtient le feu vert. À l'arrière,

Mieg donne des coups de pied nerveux dans le siège du conducteur.

– Calme-toi, Mieg ! ordonne son père. Nous sommes partis un peu en retard, mais je te promets que nous allons arriver avant l'ouverture officielle de la soirée.

– Un peu en retard ! s'étrangle Mieg. Presque une heure !

Linus s'écrase un peu plus contre la portière de la voiture, le plus loin possible de la colère de sa sœur. À peine descendu du train, il a couru chez lui. Ses parents l'attendaient dehors, devant la voiture. Il n'a même pas eu le temps de se changer, ni de s'excuser, ni de donner une explication. Mieg est au bord des larmes. Mme Hoppe conduit calmement, au plus proche de la vitesse maximale, sans dire un mot.

Bien qu'il n'accueille que l'élite de sphère 1, l'Institut supérieur d'architecture est situé en zone ouverte. Mieg s'insurge souvent contre cette situation qui l'oblige à traverser chaque jour les endroits mal famés de la capitale. Mais, selon la direction, les élèves doivent rester en contact avec les dures réalités des zones non protégées pendant leur formation. Ainsi, pour la seconde fois de la journée, Linus est amené à pénétrer en zone ouverte, mais dans des circonstances bien différentes.

Enfin, la voiture sort du tunnel et l'ordinateur de bord la guide vers le parking.

– Vite ! s'énerve Mieg.

La famille Hoppe claque les portières, s'élance dans les travées du parking souterrain, trouve un ascenseur, s'y engouffre, en ressort, traverse la rue et pousse enfin la porte vitrée de la salle où se déroule la fête. Mieg se débarrasse de son manteau et court rejoindre ses amis. Tandis que Linus déboutonne son blouson, ses parents se renseignent auprès de l'hôtesse. Par chance, le discours d'ouverture n'a pas encore été prononcé. Linus pousse un soupir de soulagement. Sa mère s'approche et accroche son manteau par-dessus le sien.

– Alors, demande-t-elle, on peut savoir ce que tu as fait toute la journée ?

– J'étais avec Chem, répond Linus. On a bossé.

– Et, bien sûr, tu avais oublié la fête ?

Linus se contente de la regarder avec des yeux de teckel soumis. Mme Hoppe sourit de travers.

– Viens, allons écouter le discours et, surtout, admirer la fresque de Mieg.

Ils entrent dans une vaste salle tout en métal et en boiseries, parsemée de socles où sont disposées des formes recouvertes de bâches. Une bonne centaine de personnes se pressent devant une estrade. Linus s'aperçoit que Mieg est montée dessus avec dix autres élèves. Un monsieur barbu, longiligne et pâle, tapote le micro du bout des doigts pour s'assurer qu'il fonctionne, puis il demande le silence :

– Mesdames, mesdemoiselles, messieurs, laissez-moi d'abord vous remercier d'être venus aussi nombreux. Cette soirée nous tient particulièrement à cœur...

Debout dans la foule, Linus tente de se concentrer pour écouter le discours. Autour de lui, les gens sont beaux, bien habillés, resplendissants. Il pense que, il y a à peine deux heures, il se trouvait encore dans un appartement miteux à l'autre bout de Paris. « Drôle de coq-à-l'âne », se dit-il.

– ... pour vous présenter des œuvres réalisées par nos élèves. Nous allons vous les montrer tour à tour, en dévoilant leur travail. Mais, d'abord, je souhaite vous dire combien nous sommes fiers d'offrir à nos futurs architectes les moyens de s'exprimer à travers les arts...

Linus se retourne et remarque une gigantesque bâche qui masque le mur du fond. La fresque de Mieg est sans doute en dessous. Il reporte son attention sur sa sœur. Debout sur l'estrade, belle dans sa robe verte, elle contemple l'assemblée avec bonheur. Ses joues sont roses, ses yeux pétillent. « À côté, j'ai l'air d'un épouvantail triste », pense Linus en se rappelant qu'il n'a même pas pu enfiler une chemise. Son vieux pull noir s'évase mollement sur les poches de son pantalon de tous les jours.

À la fin du discours, les gens applaudissent et murmurent entre eux. Puis vient le moment de découvrir les œuvres. Des bâches tombent, sous les applaudissements, laissant apparaître des sculptures difformes ou des objets hétéroclites collés en grappe.

– C'est au tour de Mieg ! chuchote M. Hoppe en sortant son appareil photo.

Linus se tourne vers l'estrade. Mieg, au comble de l'excitation, lui fait un petit signe de la main. Manifestement, elle n'est plus fâchée.

Sur le mur, la bâche s'efface, et Linus reste bouche bée. Derrière lui, ses parents poussent un cri de surprise. La gigantesque fresque réalisée par Mieg représente toute la famille Hoppe, assise autour d'une table. Devant chacun, une assiette, des couverts... Et, au centre de la table, le plat principal : un énorme livre. Linus ne peut plus détacher son regard de la toile. Il se regarde, lui, attablé, sa serviette autour du cou, sa fourchette à la main, l'air gourmand. À sa droite, sa mère se frotte les mains en fixant le gros livre des yeux, tandis

que son père s'apprête à le découper comme un poulet. Mieg, quant à elle, les mains à plat sur la table, attend son tour avec sérénité. Sur la couverture du livre, Mieg a peint le titre suivant : « Cultures et connaissances universelles. L'appétit d'apprendre. »

Cependant, d'autres bâches tombent, attirant la foule vers d'autres points de la salle. Seule la famille Hoppe reste là, bras ballants, immobile devant la peinture qui la représente.

– Alors ? demande Mieg en les rejoignant. Qu'est-ce que vous en dites ?

– C'est... saisissant, répond M. Hoppe, l'appareil photo en suspens.

– Vraiment stupéfiant, ajoute Mme Hoppe.

– Je vous avais bien dit que vous seriez étonnés..., susurre Mieg avec malice.

Puis elle se tourne vers Linus, attendant son verdict. Mais aucun mot sensé ne lui vient à l'esprit. Il dit simplement :

– Pourquoi m'as-tu mis une serviette autour du cou ? Je ne suis plus un bébé...

Mieg lève les yeux au ciel :

– Tu es vraiment trop susceptible ! Tu sais combien de temps ça m'a pris pour...

– Ne vous disputez pas ici ! coupe Mme Hoppe.

– Viens, dit M. Hoppe à Mieg, nous allons prendre des photos, comme promis.

Il l'entraîne par le bras plus près de la fresque. Linus reste seul avec sa mère.

– Tu pourrais faire un effort ! explose-t-elle. On dirait que ça t'amuse de blesser ta sœur !

– Je ne fais pas exprès ! se renfrogne Linus. C'est elle qui s'énerve. Qu'est-ce qu'elle aurait voulu ? Que je saute au plafond, que je me mette à hurler qu'elle est géniale ?

– Tu es insupportable ! l'interrompt sa mère.

– Je n'aime pas ce tableau, rétorque sèchement Linus.

Sur ce, n'ayant pas envie d'approfondir le sujet, il s'éclipse vers le buffet, à l'autre bout de la salle.

Chapitre 14

– Et alors ? demande Chem le lundi suivant.

Linus et lui sont assis sur leur banc favori, dans la cour du collège. La journée est belle, il fait même doux. Ils ont posé leurs manteaux en boule à côté d'eux, et le soleil leur chatouille le nez.

– Alors, continue Linus, Mieg me fait la gueule depuis deux jours.

– Je la comprends ! s'esclaffe Chem. Tu aurais pu trouver un mot gentil à propos de sa fresque, quand même.

– Non. J'y ai bien réfléchi. Tu te rends compte de ce que ça signifie ? Quatre personnes d'une même famille qui se partagent les « cultures et connaissances universelles » ! C'est vraiment d'un égoïsme !

– Elle n'a peut-être pas voulu dire ça.

– Alors, c'est pire ! Sa peinture est complètement ratée !

Chem secoue la tête :

– Tu te mets en colère pour des trucs, parfois... T'es vraiment encore plus bizarre que moi. Quand on s'est quittés, samedi soir, j'ai cru que tu voulais laisser tomber.

– C'est vrai. Cette visite chez Yosh, ça m'a foutu la trouille.

– Et, maintenant, tu veux quand même continuer ? Tout ça à cause d'une fresque de ta sœur ? Je vais te dire, ma puce : tu es versatile, voilà.

– Versatile, moi ?

– Parfaitement.

Linus se cale contre le dossier du banc. Il rigole :

– Tu as raison, je n'arrête pas de changer d'avis... Quand je me suis vu sur cette fresque, la serviette autour du cou, prêt à dévorer cet énorme bouquin, j'ai eu la nausée.

– Et quand tu étais chez Yosh, tu avais la trouille. Y a-t-il un endroit où tu te sentes bien, ma puce ?

Linus s'assombrit. Autour de la cour grise, les arbres commencent à bourgeonner. Il ne reste plus qu'un mois et demi avant l'Examen.

– Je ne changerai plus d'avis, lâche Linus d'une voix grave. Si Yosh est d'accord, et si le réseau de M. Zanz veut bien nous aider, on le fait.

Chem se tortille sur le banc, et il se met à balancer nerveusement ses grands pieds.

– Je n'ai pas pu m'empêcher de retourner sur le serveur codé, avoue-t-il. D'après ce qu'ils disent, si on enclenche la procédure pour de bon, on ne peut plus reculer. Ça devient vraiment trop dangereux, et on risque de dévoiler tout leur système. Si tu te décides maintenant, tu ne pourras plus changer d'avis.

– Tu sais ce qui manquait à cette fresque ? demande Linus en guise de réponse.

– Non, dit Chem.

– Huit milliards de convives.

À la fin des cours, sans dire au revoir à personne, Linus se précipite vers la petite sortie du collège. Ce qu'il appelle la « petite sortie » est en réalité une ancienne issue de secours condamnée par une grille facile à escalader. Tous les élèves connaissent ce raccourci, qui donne sur un boulevard à l'opposé de la sortie officielle, mais très peu osent l'emprunter. Linus le sait : s'il se fait choper, il sera convoqué au bloc administratif, ce qui n'a rien d'une partie de plaisir.

Mais ce soir, tant pis, il prend le risque. Il ne dispose que d'une heure et demie pour faire ce qu'il a décidé de faire.

Arrivé devant la grille, il glisse son cartable entre les barreaux, saute pour agripper la bordure supérieure et bascule de l'autre côté. Puis il récupère son cartable, passe dans un étroit couloir en béton, traverse le boulevard, et court sans se retourner vers l'entrée du Tub.

Une fois dans la rame, il appuie son front contre la vitre pour reprendre son souffle.

C'est tout à l'heure, pendant le cours d'initiation financière, que Linus a pris sa décision. Les élèves se concentraient sur les exercices d'achats et de ventes d'un programme de Bourse virtuelle. Linus lui-même s'appliquait à réussir ses transactions, sans prêter attention à Chem, qui rigolait dans son coin. Et soudain, tous les écrans ont affiché : « erreur système ». La classe s'est mise en ébullition. Les élèves s'interpellaient et se levaient, tandis que le prof courait d'un terminal à l'autre, transpirant, appuyant sur tous les boutons, incapable de réparer la panne. Chem, lui, se balançait sur sa chaise en souriant.

– Qui a saboté le programme ? a fini par demander le prof, pâle de colère.

Sans hésiter, Chem s'est levé :

– C'est moi.

Le prof allait se mettre à crier, mais Chem lui a coupé l'herbe sous les pieds :

– Vous avez raison, monsieur, a-t-il dit calmement. Vivement que j'aille me faire redresser en sphère 3.

Sur ce, il a pris ses affaires, et il a quitté la salle. Son départ a été suivi d'un long silence. Puis le prof s'est lancé dans un grand discours : Chem n'était qu'un petit terroriste, un imbécile qui gâchait sa chance, un individu dangereux, l'exemple à ne surtout pas suivre.

Sa surprise passée, Linus a senti monter en lui une rage froide. Non pas envers Chem, mais envers lui-même, et envers l'école. Chem avait raison, bon sang ! Ce cours ne rimait à rien ! Comme éclairées par cet événement, les pensées de Linus se sont brusquement précisées. Et maintenant, emporté par la rame du Tub, il sait exactement ce qu'il va dire à Yosh.

À la station, il se dépêche de rejoindre la sortie. Cette fois, il ne prête pas attention aux couleurs pisseuses des immeubles, ni aux passants, ni aux voitures, ni aux chiens. Il connaît le chemin, et il n'a plus peur.

Lorsqu'il sonne en bas de l'immeuble, une voix de femme lui répond. La mère de Yosh ! Décontenancé, Linus bafouille son nom et s'embrouille dans une vague explication de devoirs d'école, pas très crédible. La mère de Yosh ronchonne quelque chose et éteint le visiophone. Linus attend que la porte de l'immeuble se déverrouille. Mais rien ne se passe.

Il reste un moment dans les courants d'air, à sautiller d'un pied sur l'autre, sans oser sonner de nouveau. Au-dessus de lui, le ciel vire au sombre. Une averse se prépare.

Soudain, alors que Linus s'apprête à appuyer encore une fois sur le bouton, la porte de l'immeuble s'ouvre et Yosh apparaît. Il porte un T-shirt délavé, trop petit pour lui, et des chaussons, troués au bout des pieds. Il sourit et n'a pas l'air surpris de voir Linus.

– Je préfère que tu montes pas. Il y a du monde chez moi. Viens, on va trouver un coin tranquille derrière l'immeuble.

Linus suit Yosh entre des rangées de voitures, le long d'un local aux vitres cassées. Ils descendent quelques marches et se retrouvent devant un bac à sable désert. Yosh le traverse en évitant les crottes de chien et s'installe sur un vieux tourniquet qui trône encore, inutile et rouillé, au milieu. Linus s'assoit à côté de lui.

– C'est là que je viens quand je veux être tranquille, explique Yosh.

– Sauf quand il pleut, commente Linus en jetant un regard inquiet aux nuages.

– Quand il pleut, je monte chez M. Zanz. Comment va Chem ?

– Justement, dit Linus, Chem va bien. Très bien. Il a tout compris.

Il raconte ce qui s'est passé pendant le cours. Puis il dit :

– Chem est un type super. Il est intelligent, drôle, fort. Et, pourtant, les profs ne souhaitent qu'une chose : se débarrasser de lui. Je trouve ça dingue !

Il regarde Yosh et ajoute :

– Moi, je suis le parfait petit pantin de sphère 1. Un garçon gentil, doux comme un mouton, qui gobe tout ce qu'on lui dit depuis le début. Eh bien, non. C'est terminé.

Yosh se frotte les mains pour se réchauffer. Il sourit :

– Ça veut dire que tu es décidé. Tu veux faire l'échange, n'est-ce pas ?

Linus hoche la tête :

– Ceux de sphère 1 ne se révoltent pas. Ils préservent le système, ils se mettent à son service. Ils ont le pouvoir, et ils font tout pour le garder. Je ne veux plus jouer leur jeu. Quand M. Zanz a parlé des grèves, l'autre jour, j'ai eu peur, c'est vrai. Je n'ai pas l'habitude... Mais M. Zanz a raison. Il faut agir en sphère 2 ; c'est là que les choses peuvent bouger.

Yosh se lève et fait quelques pas dans le bac à sable en traînant les pieds.

Puis il se retourne brusquement vers Linus :

– Je ne t'ai jamais parlé de mon frère.

Linus ouvre des yeux ronds :

– Tu as un frère ?

– Je ne t'ai pas tout dit, continue Yosh. Mais,

maintenant, je dois te mettre au courant. Ça ne serait pas honnête, sinon.

Yosh laisse un silence. Il frotte le sable avec son pied gauche, machinalement, perdu dans ses pensées.

– Je l'ai appris il y a seulement quelques mois, par hasard. J'ai trouvé des vieilles photos dans une boîte. Sur l'une d'elles, ma mère tenait un bébé dans ses bras. Et ce n'était pas moi. Elle a fini par me dire que j'avais un frère.

Linus frissonne et attend que Yosh continue son histoire.

– Tu te rends compte ! s'écrie Yosh. Un frère !

– Mais... comment... enfin..., s'embrouille Linus. Où est-il ?

Yosh écarte les bras et tourne en rond dans le bac à sable.

– Il vit en sphère 1. Dans sa famille adoptive. Depuis que je le sais, tout a changé, tu comprends ?

– C'est dingue ! Tes parents t'ont caché ça depuis toujours !

Yosh hausse les épaules.

– Ils ne voulaient pas me perturber... Tu parles. C'est réussi !

Les questions se bousculent dans la tête de Linus, et il finit par demander :

– Pourquoi ne l'ont-ils pas gardé avec eux ?

– Il est né juste un an après moi. Tu as vu dans quoi nous vivons ? Mes parents n'avaient pas les moyens d'élever plusieurs enfants. Ils l'ont fait adopter. C'est ce qu'ils m'ont dit, en tout cas.

Un sourire douloureux passe sur les lèvres de Yosh.

– Il a sans doute une bonne vie, murmure-t-il. Là-bas, en sphère 1, chez des gens riches... Une belle maison, une bonne éducation.

Sa voix tremble. Il se tait brusquement. Linus est tellement abasourdi qu'il a l'impression de ne plus pouvoir bouger.

– Je comprends, murmure-t-il enfin.

– Qu'est-ce que tu peux comprendre ? dit Yosh doucement. Toi, tu as une vie normale. Des parents normaux. Pas de frère-surprise qui déboule dans ta vie sans crier gare... Tu ne peux pas comprendre.

– Si. Je comprends que tu veuilles le retrouver.

– Si je suis admis en sphère 1, je pourrai le chercher. Et puis... il acceptera peut-être de me voir. Alors que si je reste en sphère 2, rien ne sera possible. Pour moi, c'est très important de...

Linus descend du tourniquet et vient poser sa main sur l'épaule de Yosh, dont les yeux se mouillent de larmes.

– Je voudrais que tu gardes le secret à propos de mon frère, dit-il d'une voix enrouée.

– Je ne dirai rien. C'est juré.

Là-haut, dans le ciel, les nuages crèvent. Les premières gouttes commencent à tomber, creusant de petits cratères dans le sable. Les deux garçons tremblent, sans savoir si c'est de froid ou de peur. Linus renverse soudain la tête en arrière. Il ouvre la bouche et se met à boire l'eau de pluie. Le monde semble tourner autour de lui, à toute vitesse. Il se sent étourdi par un sentiment inconnu, excitant, intense.

– Tu le retrouveras ! s'écrie-t-il. J'en suis sûr !

Chapitre 15

Le mois suivant, sous prétexte de révisions intensives, Linus reste souvent dormir chez Chem. Là, personne ne les dérange. M. et Mme Nogoro, qui travaillent pour des organisations de santé en lien avec l'étranger, passent leur vie entre deux avions. Les garçons restent branchés sur le serveur de M. Zanz. Ils apprennent comment pénétrer dans les bases de données en temps réel, comment changer les noms, les codes, les numéros de dossiers. Chem se débrouille très bien, mais, en cas de problème, un membre du réseau de

M. Zanz, un transfuge de sphère 1, peut prendre la direction des opérations.

Yosh et Linus ont convenu de ne pas se revoir avant que tout soit prêt. Ils s'écrivent, mais évitent de faire allusion à leur projet.

Lorsque Linus est chez lui, il a du mal à cacher ses états d'âme. Ses parents lui reprochent sa mauvaise humeur et ses colères subites à tout propos. Les disputes avec Mieg deviennent insupportables. « Tant mieux ! pense Linus. Comme ça, je ne regretterai pas de partir ! » Et une grosse boule d'angoisse lui escalade le ventre pour lui bloquer la gorge. De temps en temps, il se demande ce qui lui a pris. Il se réveille en pleine nuit, épouvanté par des cauchemars. D'autres fois, il pleure. Il voudrait se précipiter dans les bras de sa mère et tout lui raconter. Mais c'est impossible. S'il craquait, il risquerait de dénoncer toute l'Organisation de Zanz et mettre des dizaines de personnes en danger. Les transfuges seraient sans doute envoyés en sphère 3, ou même directement en prison.

Un soir, alors que Linus est plongé dans son bain, de la mousse jusqu'aux oreilles, Mieg fait irruption dans la salle de bains. Sans un mot, elle vient s'asseoir au bord de la baignoire, les bras croisés. Linus ne bouge pas, ne la regarde pas.

– Ça va ? lance-t-elle soudain.

– Hummm...

– Qu'est-ce que ça signifie, « hummm » ? Je ne te demande pas de confidences, je voudrais simplement que tu me rassures.

– À propos de quoi ?

– Ben... je sais pas, moi. Tu es tellement irritable ! J'ai entendu une discussion entre papa et maman. Ils s'inquiètent de te voir comme ça.

– De me voir comment ?

– Comme ça ! s'énerve Mieg en se relevant d'un bond. Tu fais celui qui ne comprend pas, mais tu vois très bien ce que je veux dire.

– Non.

Mieg fait le tour de la salle de bains en poussant des soupirs. Brusquement, elle s'arrête et se plante face au miroir.

– Tu ne trouves pas que j'ai grossi ? demande-t-elle.

– Je ne sais pas.

– J'ai pris cinq kilos, cet hiver. Je deviens énorme. Et puis, j'ai des boutons et...

Elle marque un temps d'hésitation :

– Et j'en ai marre, murmure-t-elle.

Linus s'assied dans la mousse et la regarde.

– Je ne te trouve pas grosse, dit-il.

Sans lâcher son reflet du regard, Mieg dit tout à coup :

– Tu n'as pas envie de réussir ton examen, n'est-ce pas ?

Linus sent son cœur bondir dans sa poitrine. Il étouffe un cri de protestation, et il attend la suite.

– J'ai bien compris, continue Mieg. Tu n'arrêtes pas de critiquer le système. Tu penses peut-être que tu n'as pas ta place en sphère 1, mais tu te trompes.

Linus décide de jouer le naïf :

– Qu'est-ce qui te fait croire ça ?

Mieg revient vers la baignoire :

– Juste une impression, dit-elle. Mais je suppose que tu n'as pas envie de m'en parler.

– Je n'ai rien à dire.

Avant de quitter la salle de bains, Mieg passe ses doigts dans ses cheveux. Ses boucles brunes retombent sur ses yeux.

– Chem et toi, vous êtes en train de faire une belle connerie, lâche-t-elle.

Puis elle tourne le dos à son frère et s'en va. Linus reste tétanisé. Comment Mieg a-t-elle deviné ? Que sait-elle précisément ? Il aurait dû se méfier ! Avec sa manie de fouiller partout, Mieg est peut-être allée sur le FME, et elle a appris quelque chose !

Linus sort de son bain, se sèche à toute vitesse et se rhabille. Dans sa tête, les questions tourbillonnent, angoissantes, sans réponse : c'est la tempête. Si le réseau informatique n'est pas sûr, le téléphone l'est encore moins. Il n'y a qu'une solution : se déplacer. Il faut avertir Chem, Yosh et M. Zanz ! Dès ce soir ! Linus retourne dans sa chambre, enfile ses chaussures et descend dans l'entrée sur la pointe des pieds. Ses parents vont être là d'un instant à l'autre, il doit quitter la maison immédiatement. Il s'assure que Mieg ne l'a pas entendu. Elle est dans sa chambre, en train de travailler sans doute. La voie est libre. Il griffonne un mot sur un bout de papier : « Je suis chez Chem. Je rentre tard. Ne vous en faites pas pour moi. »

Après avoir placé le mot en évidence, il ouvre la porte. La veilleuse de l'alarme passe au rouge. Pourvu que Mieg n'y prête pas attention ! Linus se glisse dehors et traverse l'allée en silence. Le portail grince un peu quand il l'ouvre. Le cœur battant, Linus se met à courir dans la rue vers la gare.

Dans le hall, la foule est moins compacte qu'à l'heure de pointe. Linus se faufile entre les gens, craignant de croiser quelqu'un qui le connaisse. Une fois sur le quai, il reprend son souffle. Par chance, une rame arrive tout de suite. Linus s'installe en bas, et pousse un soupir de soulagement quand les portes se ferment.

Vingt minutes plus tard, le train s'arrête à la première station. Linus doit descendre à la

suivante, mais la voix du contrôleur se met à grésiller dans le haut-parleur : « Mesdames et messieurs, une manifestation a lieu actuellement en gare. Notre rame est bloquée par les manifestants. Nous vous demandons de descendre et de rejoindre les sorties ou les correspondances. »

Linus se prend la tête dans les mains tandis que les voyageurs descendent en protestant. Il est déjà 20 h 45 ! Quand il se retrouve à son tour sur le quai, il aperçoit un rassemblement à l'avant du convoi. Une cinquantaine d'hommes et de femmes entravent la circulation. Ils brandissent des banderoles, sur lesquelles on peut lire : « Ouvriers et employés de la Z. I. en grève ! » « Non au travail abrutissant ! »

Linus se souvient des propos de M. Zanz. Parmi ces grévistes, il y a probablement des transfuges ! Sans réfléchir, il s'approche du groupe. Certains manifestants crient, certains chantent, d'autres injurient les agents de la Transurbaine qui tentent de les disperser. Au milieu de la bousculade, Linus reconnaît M. Zanz en personne.

– Monsieur Zanz ! appelle-t-il en agitant les bras.

La confusion est telle que personne ne l'entend. Il se glisse dans le groupe en jouant des coudes. M. Zanz est là, devant lui, occupé à lancer des ordres. Linus le tire par la manche ; M. Zanz se retourne, mécontent.

– Monsieur Zanz ! Excusez-moi de vous déranger, je...

– Qu'est-ce que tu fais là ?

– Je dois vous parler ! Il se passe des choses !

Un mouvement de foule emporte Zanz plus loin, au bord de la voie. Linus est pris en sandwich entre un grand type qui hurle des injures et une femme rougeaude qui tient une banderole. Ces gens ont l'air très en colère. En se dressant sur la pointe des pieds, Linus aperçoit M. Zanz, qui tire le conducteur du train de sa cabine. Les agents de la Transurbaine sont refoulés sans ménagement. Linus tente de se rapprocher, mais au moment où il rejoint enfin M. Zanz, on entend une cavalcade, des coups de sifflets et des cris. M. Zanz se fige sur place.

– On se replie ! hurle-t-il. On laisse tomber ! Ils vont nous coincer !

Le groupe des manifestants se disloque soudain dans la panique. Linus, affolé, s'accroche comme il peut à M. Zanz.

– T'es encore là ! lui crie celui-ci. T'es complètement inconscient !

Il l'attrape par la main et l'entraîne dans sa fuite. Linus court avec les autres, dans les couloirs. Derrière eux, la police souterraine est lancée. Des cris résonnent, des voyageurs se font bousculer. Linus, l'estomac en vrille, serre la main de M. Zanz de toutes ses forces. Le groupe se disperse au gré des couloirs.

– Grouille-toi ! souffle M. Zanz en poussant Linus dans un escalier de service interdit au public.

– Mais on n'a pas le droit d'aller par là ! sursaute Linus.

– Ne discute pas ! ordonne M. Zanz.

Il referme la porte derrière eux. À l'intérieur, il fait sombre, seules quelques veilleuses éclairent faiblement les marches qui descendent. M. Zanz entraîne Linus. L'escalier s'enfonce dans les entrailles de la station. À bout de souffle, ils parviennent devant une autre porte. Elle est bloquée. Sans rien dire, M. Zanz sort un passe de la poche de son blouson et ouvre la porte.

Ils traversent maintenant un long corridor de béton. Une odeur écœurante de pourriture et d'essence saisit Linus à la gorge. Il remonte son écharpe sur son nez. M. Zanz marche devant, tendu, silencieux. Ils passent ainsi plusieurs portes grâce à la clé avant de déboucher dans une sorte d'entrepôt immense aux parois couvertes de tuyaux. Au fond, un bureau vitré est éclairé.

– Ici, nous sommes en sécurité, dit M. Zanz. C'est l'entrepôt d'un ancien chantier, qui date de la construction de la zone industrielle. Une des planques de mon organisation. Tu tiendras ta langue, évidemment.

Linus transpire à grosses gouttes. Une affreuse nausée lui soulève l'estomac. Il s'appuie soudain contre la paroi et se met à vomir.

Chapitre 16

Dix minutes plus tard, Linus est assis dans le bureau, pâle comme un linge, mais il se sent mieux. Il enlève son blouson et l'accroche au dossier de la chaise.

– C'était ta première manif ? lui demande M. Zanz en essayant de sourire.

Linus acquiesce d'un signe de tête.

– Eh bien, pour un coup d'essai, tu t'en tires bien ! L'essentiel, pour un manifestant, c'est de courir vite !

Zanz reprend soudain un visage grave et regarde sa montre :

– Les autres vont nous rejoindre. Tu n'aurais pas dû te mêler à tout ça. C'est très dangereux pour les enfants.

Linus baisse les yeux.

– Je voulais vous parler, dit-il. À propos de notre affaire. C'est ma sœur... Je crois qu'elle a tout découvert.

M. Zanz fronce les sourcils. Il retire sa casquette, enlève ses lunettes et les pose sur la table devant lui :

– Explique-moi ça.

– Elle m'a fait des allusions. Elle dit que Chem et moi faisons une belle connerie. Pourtant, je vous jure, je n'ai rien dit à personne ! Elle a peut-être trouvé quelque chose dans mon ordinateur. Elle est du genre à fouiller...

M. Zanz se lève de sa chaise et commence à tourner en rond. Linus le regarde. Le bureau n'est pas grand. Sur les murs en préfabriqué, on a punaisé des prospectus.

– Crois-tu qu'elle puisse mettre notre organisation en danger ? demande M. Zanz.

– Je n'en sais rien ! Je... c'est ma sœur. Je l'aime bien, mais elle ne comprendrait pas.

À cet instant, des bruits de pas se font entendre dans l'entrepôt. M. Zanz sursaute, il paraît contrarié. Trois hommes et deux femmes surgissent dans le bureau. Ils sont rouges, essoufflés, nerveux.

– Hé, Zanz ! Qu'est-ce que c'est que ce gosse ? lance une des femmes.

– Il s'est trouvé là. Je le connais, il ne dira rien.

Les nouveaux arrivants se débarrassent de leurs manteaux et viennent s'asseoir autour de la table. L'un d'eux commence à faire du café dans une antique cafetière expresso posée sur un coin de la table.

– Ça a failli mal tourner, commente un homme avec un accent du Sud. Mais tout va bien. Les autres sont rentrés chez eux.

– On remet ça demain ! s'exclame une femme brune en pliant sa banderole.

Au milieu de cette conversation, à des dizaines de mètres sous terre, loin de chez lui, Linus se sent complètement déboussolé. Sa gorge se noue. Il fait tout pour retenir ses larmes, mais ses lèvres tremblent.

M. Zanz lui pose une main sur l'épaule :

– Je crois que ça suffit pour ce soir. Je vais te ramener chez toi. Attends-moi deux minutes hors du bureau.

Linus obéit, et M. Zanz referme la porte vitrée.

L'odeur et la chaleur qui règnent dans l'entrepôt paraissent insupportables à Linus. Dans un coin, des engins de chantier dorment sous des bâches. « C'est peut-être dans un endroit comme celui-ci que travaillent les parents de Yosh », se dit-il. Il reporte son regard vers le bureau. À travers la vitre, il voit M. Zanz discutcr avec la jeune femme et l'homme à l'accent du Sud. Maintenant, il est épuisé et il n'attcnd plus qu'une chose, retrouver son lit.

Enfin, M. Zanz le rejoint. Ils s'apprêtent à quitter l'entrepôt quand la jeune femme les rattrape. Elle tient le blouson de Linus.

– Tu l'avais oublié sur le dossier de ta chaise, lui dit-elle. À bientôt, peut-être...

Linus prend son blouson, et M. Zanz l'entraîne :

– Viens. Nous allons prendre l'ascenseur pour remonter en surface.

Dans l'ascenseur, Linus observe M. Zanz. Sans ses lunettes, il paraît plus jeune. Il a l'air très soucieux.

– Je n'ai pas parlé de ton problème à mes collègues, lui dit-il. Mais si ta sœur nous a découverts, je dois m'assurer qu'elle ne nous a pas déjà dénoncés.

– Je suis sûr que non ! s'écrie Linus.

– Je dois vraiment le vérifier, dit M. Zanz gravement.

Linus commence à s'inquiéter. Le ton de M. Zanz ne lui plaît pas. Il s'en veut : pourquoi est-il venu se fourrer dans ce guêpier ?

– Qu'est-ce que vous allez faire ? murmure-t-il.

– Interroger ta sœur, c'est le seul moyen. Si les autres apprennent qu'il y a des fuites, nous aurons des ennuis.

– Mais puisque je vous dis que...

M. Zanz secoue la tête :

– Maintenant que tu es sur nos fichiers et que tu connais cet endroit secret, tu fais presque partie de l'Organisation. Ce n'est pas un jeu.

Lorsque l'ascenseur se stabilise en surface, Linus sent ses jambes se dérober sous lui. Il éclate en sanglots.

– Écoute, Linus, murmure M. Zanz. Je sais que tu as peur, mais il est trop tard pour reculer. Je ne ferai aucun mal à ta sœur, c'est promis. Je te raccompagne chez toi maintenant.

Lorsqu'ils sortent du train, il est plus de 23 heures. M. Zanz, qui n'est pas accrédité pour pénétrer en zone protégée, laisse Linus près du portillon.

– S'il vous plaît, supplie encore Linus, laissez ma sœur tranquille !

M. Zanz se gratte la tête. Il a les yeux cernés de fatigue.

– À bien y réfléchir, il y a encore un moyen... C'est que ce soit toi qui te charges de l'interroger.

Linus accepte tout de suite.

– Bon. Je te fais confiance, sourit M. Zanz. Mais il faut que tu sois honnête avec moi. Si tu t'aperçois qu'elle veut nous balancer, tu devras me le dire. Sans ça...

Linus avale sa salive, partagé entre le soulagement et l'inquiétude.

– Sans ça, tu serais responsable des conséquences. L'Organisation aurait du mal à te le pardonner.

– D'accord, acquiesce Linus, la gorge serrée.

– Je te laisse quarante-huit heures. Recontacte-moi sur le serveur à cette adresse, dit M. Zanz en tendant une carte de visite à Linus. Pour le code, demande à ton copain Chem. Si je reste sans nouvelles, j'agirai moi-même.

Linus prend la carte de visite. Sans se retourner, il passe le portillon et se met à courir vers sa maison. En s'éloignant de M. Zanz, il ressent fortement ce que signifient les mots « zone protégée ».

À peine rentré, il se précipite dans sa chambre sans donner d'explications à ses parents. Il s'effondre sur son lit, le crâne au bord de l'explosion. Soudain, son père ouvre la porte de sa chambre. Il a sa tête des mauvais jours.

– Tu prends la maison pour un moulin ? demande-t-il sèchement. Je trouve ton attitude inadmissible. Tu disparais, tu réapparais... Pas un mot, pas une excuse !

Linus se retourne vers le mur.

– Regarde-moi ! explose son père. Jusqu'à preuve du contraire, tu n'es pas majeur, et tu as des comptes à nous rendre ! Nous avons téléphoné chez Chem. Tu n'y étais pas !

Linus serre les dents. Même s'il le voulait, il ne pourrait pas dire la vérité. Son père a brusquement cessé de parler et hume l'air de la chambre avec une moue de dégoût.

– D'où vient cette odeur ? demande-t-il.

Ça sent... on dirait de l'essence ou bien... Mais enfin, Linus, où as-tu été traîner ?

Sa mère entre à son tour dans la chambre, lui évitant un nouveau mensonge.

– Linus, dit-elle, il faut nous comprendre. Nous sommes terriblement inquiets pour toi. J'ai téléphoné à la directrice du collège aujourd'hui. Tes résultats sont en baisse sensible. Pourquoi ne nous as-tu rien dit ? Nous pouvons t'aider.

– Non ! crie Linus. Vous ne pouvez pas m'aider ! Et si vous m'engueulez en plus, c'est pire !

– Et tu voudrais quoi ? s'exclame son père. Qu'on te regarde t'enfoncer dans tes problèmes ? Tu n'es encore qu'un enfant !

– Ah oui ? rigole nerveusement Linus en se tournant brusquement vers son père. Alors, pourquoi me demande-t-on de passer cet examen stupide si je ne suis pas assez grand pour décider ?

– Justement ! rétorque son père. Le Grand Ordonnateur t'évite de décider ! Et, dans ton cas, ce n'est pas plus mal !

Furieux, il quitte la chambre. Mme Hoppe, décomposée, reste là, les bras ballants. Linus respire à petits coups pour se calmer. La situation est en train de lui échapper. D'un côté, la colère de ses parents, et, de l'autre, les menaces de M. Zanz. C'est trop !

Il se met à pleurer. Sa mère vient s'asseoir près de lui et le prend dans ses bras. Elle a un léger mouvement de recul, sans doute à cause de l'odeur qui émane des vêtements de Linus, mais elle fait comme si de rien n'était.

– Ne me dis rien, chuchote-t-elle. Pleure, ça te soulagera.

Tout en sanglotant dans les bras maternels. Linus a l'impression désagréable de jouer au yoyo avec sa vie, de monter et de descendre à toute vitesse entre deux états extrêmes : un coup, il est presque une grande personne, embarquée dans une manif ; un coup, il est encore un petit enfant perdu que l'on console tendrement. Il aimerait s'arrêter au milieu, ce qui n'est guère possible pour un yoyo.

Peu à peu, il se calme.

– Tu es sûr que tu ne veux rien me dire ? demande doucement sa mère.

Linus secoue la tête :

– Où est Mieg ?

– Elle doit dormir. Tu devrais en faire autant.

– Je lui parlerai demain, murmure Linus avant de s'enfoncer dans le sommeil.

Chapitre 17

– Tu as dormi tout habillé ou quoi ? rigole Mieg le lendemain en voyant Linus entrer dans la cuisine.

– Tout juste.

Mieg hausse les sourcils. Elle est en train de presser des fruits pour son cocktail énergétique matinal : kiwis, mangues, noix de bancoul, kumquat, cédrat, airelles et caroubes, le tout noyé dans du yaourt.

– Tu en veux ? demande-t-elle en regardant Linus bâiller.

– Je veux bien une double dose ! sourit-il.

Assis l'un en face de l'autre, ils savourent le mélange avec cérémonie. M. et Mme Hoppe sont en haut, dans la salle de bains. L'esprit de Linus sort peu à peu du brouillard, et les événements de la veille lui apparaissent avec une effroyable netteté. Il n'y a pas de temps à perdre, il doit parler à Mieg.

– Franchement, je ne te trouve pas moche du tout, commence-t-il pour mettre sa sœur à l'aise. Hier, devant le miroir, tu disais n'importe quoi !

– C'était juste pour te parler, avoue Mieg. Cela dit, j'ai vraiment pris cinq kilos.

– De quoi voulais-tu me parler ? De mes résultats scolaires ?

Mieg baisse les yeux et fait tourner son verre entre ses mains.

– J'ai entendu la conversation que maman a eue avec la directrice de ton collège.

– Tu as des oreilles partout, commente Linus. Mais pourquoi as-tu dit que Chem et moi faisions une belle connerie ? Tu as aussi fouillé ma chambre ?

Mieg se lève et se met à tourner dans la cuisine, mal à l'aise.

– Réponds-moi ! Tu as fouillé ?

– Non.

Ce « non » est dit avec sincérité, Linus en est certain. Mieg finit par s'asseoir au bord de la table et pousse un gros soupir :

– Avant-hier, un drôle de garçon est venu me voir à la sortie de l'ISA. Je ne le connaissais pas, mais il s'est présenté comme un de tes copains. Il avait une allure spéciale. Une coupe de cheveux très... enfin, pas terrible, quoi.

Linus pâlit et avale sa salive :

– Yosh ! murmure-t-il.

– Yosh, c'est ça. Nous avons discuté longtemps, et pourtant je peux te dire qu'on était en plein courant d'air et qu'il ne faisait pas chaud. Mais ce qu'il avait à me raconter était tellement stupéfiant que j'étais clouée sur place, si tu vois ce que je veux dire...

– Yosh... Yosh t'a tout balancé ? se met à crier Linus. Il est complètement dingue !

La nouvelle est difficile à avaler. Linus a beau tourner les choses dans tous les sens, il n'arrive pas à croire que Yosh ait commis une telle imprudence. Et, d'ailleurs, ce n'est pas de l'imprudence. C'est du sabotage ! Avec rage, Linus frappe la table du plat de la main. Mieg sursaute :

– Calme-toi ! Les parents vont nous entendre !

– Je m'en fiche ! crie Linus. Maintenant, tout est foutu !

– Laisse-moi aller jusqu'au bout, supplie Mieg en baissant la voix. Yosh m'a expliqué comment vous vous êtes rencontrés. Et surtout quels étaient vos projets. D'abord, je n'ai pas voulu le croire. Ça me semblait fou. Mais, plus il avançait dans son récit, plus je m'apercevais qu'il disait la vérité. Tu ne peux pas savoir le choc que ça m'a fait !

– Le traître ! s'énerve Linus. Il est... il est dégueulasse.

– Le lendemain, je n'ai pensé qu'à ça, continue Mieg. Hier soir, je n'en pouvais plus de garder le silence. Surtout quand j'ai appris que tes résultats étaient en baisse. Je me suis rendu compte que tout collait ! Tes crises, tes questions bizarres, tes secrets... J'ai essayé de te parler, mais c'était difficile.

– Pourquoi a-t-il fait ça ?

– Il avait la trouille.

– Et moi ? Tu ne crois pas que j'ai la trouille ?

Mieg pince les lèvres et jette un regard désolé à son frère.

– Yosh est vraiment très seul, murmure-t-elle, il n'a personne à qui parler, et...

– C'est faux ! Il en sait bien plus qu'il ne le dit !

– Justement ! Il est venu me voir pour que je puisse t'avertir à propos de M. Zanz.

Éberlué, Linus reste bouche bée :

– Tu connais M. Zanz ?

– Je t'ai dit que Yosh m'a tout raconté. Ce M. Zanz est louche. C'est à cause de lui que Yosh s'est mis à avoir peur.

Mieg se tait : elle vient d'entendre son père descendre les escaliers en sifflotant. Elle se rassoit précipitamment sur sa chaise, et Linus plonge le nez dans son verre de cocktail.

– Eh bien ! s'exclame M. Hoppe en entrant. Vous en faites une tête !

Puis il s'arrête près de Linus et lui passe la main dans les cheveux.

– Je regrette de m'être énervé hier soir, lui dit-il. Ce n'était pas la meilleure façon de t'aider. J'ai bien réfléchi, et je me disais que nous pourrions partir quelques jours en vacances tous les quatre, qu'est-ce que vous en dites ?

Linus et Mieg échangent un regard inquiet.

– Cinq jours en Floride ! clame M. Hoppe avec un sourire jusqu'aux oreilles. Depuis le temps que Mamé nous tanne pour qu'on aille la voir ! Elle sera ravie !

– Ce n'est pas possible, répond Mieg. J'ai trop de travail.

– Moi aussi ! ajoute Linus. Si je veux remonter mes résultats, je dois m'y mettre. Et puis, il ne reste que quinze jours avant l'Examen.

– Linus a raison, enchaîne Mieg. D'ailleurs, je vais l'aider à s'y préparer. N'est-ce pas, Linus ?

Linus fronce les sourcils :

– Euh... oui. Mieg me l'a proposé, et...

M. Hoppe prend une chaise et se laisse tomber dessus de tout son poids.

– Décidément, je ne comprends rien aux enfants ! soupire-t-il. Je pensais que vous alliez sauter de joie.

– C'était une bonne idée, le rassure Mieg. Mais, franchement, ce n'est pas le moment.

– Pas le moment du tout ! affirme Linus.

– Bon, dit M. Hoppe. Je vais me faire un café très fort.

Mieg regarde l'heure.

– Oh là là, il faut qu'on se grouille. Tu viens, Linus ?

Abandonnant leur père à sa perplexité, ils sortent de la cuisine et remontent vers leurs chambres.

– Il n'a rien compris ! pouffe Mieg.

– C'est sûr ! rigole Linus.

Puis il saisit sa sœur par la manche et demande :

– C'est vrai que tu veux m'aider ?

– Bien sûr, sourit Mieg. Tu es mon petit frère préféré, ne l'oublie pas !

– Tu ne vas pas nous dénoncer ?

– Tu me prends pour une imbécile ou quoi ?

– Non. Excuse-moi. J'avais peur que tu ne comprennes pas.

– Je ne comprends pas, déclare Mieg. Mais ça ne m'empêche pas de t'aider. Je t'expliquerai ce que je sais sur M. Zanz dans le train, d'accord ? File te changer. On dirait que tu ne t'es pas lavé depuis huit jours !

Chapitre 18

Lorsque Linus arrive au collège, il se précipite vers Chem et l'entraîne dans un coin du couloir.

– Tes parents sont là, en ce moment ? lui demande-t-il, très tendu.

– Angola, répond Chem avec un soupir.

– Parfait ! Nous devons nous réunir chez toi.

– O.K., ma puce, mais calme-toi !

– Il n'y a pas de quoi se calmer, murmure Linus en sautant d'un pied sur l'autre. Tu comprendras ce soir. Si j'arrive à contacter Yosh, nous serons quatre.

– Je croyais que vous ne deviez pas vous revoir avant le jour J ? s'étonne Chem. Et, même avec lui, ça ne fait que trois. Si tu ne sais plus compter sur tes doigts, plus la peine de bidouiller les résultats de l'Examen !

– Arrête de rire, implore Linus. Je te dis que c'est grave. Mieg sera la quatrième personne.

– Ta sœur ? Alors, là, je n'y comprends rien !

– Ce n'est pas l'endroit pour t'expliquer. Fais-moi confiance. Rendez-vous chez toi à 18 heures.

À 18 heures 05, Linus et Mieg entrent chez Chem.

– Yosh n'est pas encore arrivé ? demande Linus.

– Non, dit Chem.

L'appartement de Chem est grand et confortable. Des masques, des tapis et des instruments de musique ornent les murs du salon.

– Dis donc, c'est un vrai musée ! siffle Mieg en faisant le tour.

– Mes parents ont rapporté tout ça de leurs voyages.

– Tu ne dois pas les voir souvent, continue Mieg.

Linus les laisse bavarder et va se poster près de la fenêtre de la cuisine. De là, on voit la rue et le trottoir. Pourvu que Yosh ait trouvé le moyen de venir !

Linus a cru que cette journée ne finirait jamais. Les cours se succédaient, Chem accumulait les insolences, les profs s'énervaient – « Vivement que le système vous mette de côté, monsieur Nogoro ! » – et les élèves n'avaient qu'une phrase à la bouche : plus que quinze jours ! Quinze jours ! Linus, lui, ne parvenait pas à se concentrer. Sans cesse, les paroles de Mieg lui revenaient en mémoire et, à chaque fois, il avait un coup au cœur.

Soudain, la silhouette de Yosh apparaît sur le boulevard. Linus pousse un soupir de soulagement, mais il ne le lâche pas des yeux. Yosh traverse le boulevard. Il a l'air nerveux, il se retourne sans cesse. Enfin, il s'arrête devant la porte de l'immeuble.

– Yosh est là ! s'écrie Linus. Je descends lui ouvrir, il n'a pas d'accréditation pour entrer.

Linus dévale l'escalier et, arrivé en bas, tire la lourde porte du hall. Yosh lui fait un demi-sourire, se retourne encore une fois, regarde à gauche et à droite avant de s'engouffrer dans l'entrée.

– C'est bon, dit-il. Personne ne m'a suivi.

Linus le devance et ils remontent chez Chem.

– Tu n'as pas eu de problème pour entrer dans Paris ? lui demande Linus.

– J'ai dit que j'avais rendez-vous avec ma psychologue. Les vigiles ont vérifié si j'avais bien une dérogation pour aller chez elle, et ils m'ont laissé passer. Mais ça ne marchera qu'une fois. Elle va sûrement me dénoncer.

– Quand j'y pense... C'est vraiment dégueulasse ! soupire Linus. Nous, avec nos badges de sphère 1, on peut aller partout, alors que toi...

Ils entrent dans l'appartement, referment la porte et vont rejoindre Chem et Mieg dans le salon. Enfin, ils s'installent sur les canapés moelleux, et c'est Linus qui prend la parole.

– Nous sommes réunis en cellule de crise, annonce-t-il. Yosh a contacté Mieg, et il l'a mise dans le secret.

– J'aimerais qu'on m'explique pourquoi, dit Chem.

Yosh se tourne vers lui :

– Je ne pouvais pas venir vous voir. Je suis surveillé et vous aussi. Linus m'avait parlé de sa sœur, j'avais vu sa photo, je connaissais l'adresse de son école, et comme elle est en zone ouverte, c'était plus simple pour moi. Il m'a semblé que je pouvais faire confiance à Mieg. J'ai eu tort ?

– Non, Yosh. C'était la seule chose à faire, l'encourage Linus. Raconte-nous ce qui s'est passé. Ensuite, je vous expliquerai ce qui m'est arrivé hier soir.

Chem, les yeux ronds, dévisage Linus, puis son regard va de Yosh à Mieg, incrédule.

– M. Zanz est en train de nous trahir, commence Yosh.

Il passe la main dans ses cheveux emmêlés et prend une profonde respiration avant de continuer :

– Il y a deux jours, j'ai entendu du bruit dans la cage d'escalier. C'était des voix, des gens qui s'engueulaient. J'ai cru que M. Zanz avait encore balancé quelque chose dans l'escalier, et je suis allé voir. Mais ce n'était pas ça. Sur le palier, il y avait trois hommes et deux femmes que je n'avais jamais vus. Quand ils m'ont aperçu, ils ont arrêté de parler et ils sont montés au septième. Je ne me suis pas inquiété, et j'ai refermé ma porte. Plus tard, j'ai entendu du bruit chez M. Zanz. Il faut dire que mon immeuble est très sonore, on entend même les voisins prendre leur douche. Bref, au-dessus, ça bardait. J'ai eu peur que M. Zanz ait des ennuis, peut-être même à cause de nous, et je suis monté à l'étage du dessus sur la pointe des pieds. À travers la porte, j'ai entendu une partie de la conversation et ça m'a fait froid dans le dos...

Yosh s'arrête un instant pour reprendre son souffle et rassembler ses idées. Les autres sont suspendus à ses lèvres, immobiles et concentrés.

– Une femme disait : « Il nous les faut, tout de suite ! » Et M. Zanz : « C'est trop tôt ! Je vous les donnerai quand vous pourrez les prendre la main dans le sac ! » Puis j'ai entendu une voix d'homme : « C'est trop risqué ! Ils pourraient se douter de quelque chose ! » Et là, M. Zanz a répondu : « Ils ne se doutent de rien. Je les ai mis en confiance. L'un d'eux me considère même comme un second père ! »

La voix de Yosh se met à trembler.

– M. Zanz m'a complètement manipulé ! explose-t-il. Il n'était pas sincère, et moi... moi... je lui racontais tout !

– Il parlait peut-être de quelqu'un d'autre, dit Linus.

– Non ! Il parlait de nous ! Après, il a ajouté : « Faites-moi confiance. N'oubliez pas que deux d'entre eux vivent en zone protégée. Ils ne sont pas si faciles à piéger. » Là, j'ai eu peur, et je suis rentré chez moi.

Le visage de Yosh s'empourpre, se crispe. Il se met debout et commence à taper du pied.

– Ça me rend triste ! crie-t-il. Triste ! Triste !

Mieg se lève et tente de le prendre par les épaules, mais il rejette sa main :

– Lâche-moi ! hurle-t-il. Vous ne pouvez pas comprendre !

Linus observe le visage crispé de son ami avec inquiétude. Il se souvient de leurs premières conversations sur le FME, quand Yosh lui parlait de ses colères dévastatrices. Pourvu qu'il ne se mette pas à lancer des objets par la fenêtre ! Les voisins appelleraient la police dans la seconde...

– Ne fais pas de colère ! le supplie Linus. Ce n'est pas le moment ! Pense à ton fouet de dompteur, Yosh !

Yosh se met à tourner dans le salon en poussant des grognements et des cris suraigus. Il se tord les mains, tout son corps semble pris de convulsions.

– Qu'est-ce qu'on peut faire pour l'aider ? murmure Mieg, complètement désemparée.

– Il faut attendre que ça passe, répond Linus. Yosh m'avait dit qu'il commençait à maîtriser ce genre de crise. Il va y arriver.

Yosh croise les bras et tente de contrôler ses mouvements désordonnés. Il ferme les yeux. Des mots incompréhensibles sortent de sa bouche. Peu à peu, ces sons semblent le réconforter. Enfin, il s'accroupit, entoure ses jambes de ses bras et rentre la tête dans ses épaules. Il se met à pleurer.

– Je vais me calmer, hoquette-t-il. C'est juste une petite colère.

Mieg vient s'asseoir à côté de lui et pose une main sur son dos. Cette fois, Yosh ne la rejette pas. Un profond silence s'installe dans la pièce, entrecoupé par les sanglots de Yosh. Mieg parvient à le ramener vers le canapé. Il s'y roule en boule.

– Quelque chose me tracasse, dit Mieg au bout d'un moment. Tu dis que ton immeuble est très sonore. M. Zanz le sait. Il aurait dû se méfier, et penser que tu pouvais entendre cette conversation ultrasecrète. Comment expliques-tu une telle négligence ?

– Je n'en sais rien, murmure Yosh. Il n'a peut-être pas réfléchi.

– Bizarre ! continue Mieg. Pour quelqu'un qui a l'air si organisé, je trouve ton M. Zanz un peu étourdi.

– Il n'avait sans doute pas prévu que les autres viendraient lui rendre visite, intervient Linus. Il s'est fait surprendre. D'après ce que Yosh a entendu, ces gens ont l'intention de nous arrêter. Ils voulaient peut-être le faire à ce moment-là. Mais comme Zanz est leur chef, ils ont quand même voulu lui en parler d'abord. À mon avis, c'est pour ça qu'ils s'engueulaient sur ton palier.

– C'est possible, dit Yosh. Je n'avais pas pensé à tout ça.

– Mais à quoi ça rime ? hurle soudain Chem. Zanz m'a donné les clés pour accéder à un site qui regroupe les témoignages de dizaines de personnes qui ont suivi la même procédure, et...

– Je ne vois qu'une explication, le coupe Linus. Ce site est bidon. Comme tout le reste. Zanz nous a fait croire qu'il allait nous aider, mais, en réalité, il appartient à une sorte de brigade qui intercepte ceux qui veulent tromper le Grand Ordonnateur. Cela me paraît clair.

Un silence de mort s'abat soudain sur le salon. Dehors, la nuit commence seulement à tomber. Le printemps s'est installé sur la ville, une agitation joyeuse anime les rues et pourtant, à l'intérieur de Linus, il règne un froid hivernal. Dans son coin de canapé, Yosh se recroqueville. Sa drôle de tête plate lui donne l'air d'une lune tristc. Chem est pris d'un tremblement nerveux dans la jambe. Mieg, elle, est figée comme une statue.

– Nous ne sommes sûrement pas les premiers à qui une telle chose arrive ! finit par dire Linus. Ils sont organisés. Cela ne se fait pas du jour au lendemain. Ils ont dû avoir d'autres cas, et peut-être même que certains sont passés entre les mailles du filet ! Ce sont ceux-là, les vrais transfuges ! Eux, ils pourraient nous aider !

Yosh secoue la tête.

– Zanz et sa clique sont trop forts pour nous, se désespère-t-il. Et même si nous arrêtons tout, ils continueront à nous surveiller. Avec les preuves que Zanz a dû récolter, nous allons tous les trois finir en sphère 3... ou en prison.

– Mais nous ne sommes ni des fous, ni des criminels ! crie Chem. Ils n'ont pas le droit !

– Si, dit Linus. Vouloir tromper les calculs du Grand Ordonnateur, c'est agir contre la loi. Mon père me l'a suffisamment expliqué : toute la société repose sur le système des sphères. Le Grand Ordonnateur en est le maillon principal, puisqu'il distribue les gens dans les différentes sphères. Yosh a raison : nous sommes des hors-la-loi.

– Vous, peut-être ! dit soudain Mieg, semblant retrouver un peu d'espoir. Mais pas moi ! J'ai été admise en sphère 1, et je ne suis pas surveillée. C'est à moi de vous aider.

Linus se sent rougir jusqu'à la racine des cheveux. Il bégaie :

– Euh, ben, justement... je... j'avais autre chose à vous annoncer.

– Quoi encore ? s'énerve Chem, complètement sonné par toutes ces révélations.

– J'ai vu M. Zanz hier soir, avoue Linus, penaud.

Et tandis qu'il raconte son incursion dans les sous-sols de la ville en compagnie de M. Zanz, les autres passent par toutes les couleurs de l'arc-en-ciel.

– Je dois le recontacter demain soir, conclut Linus, au bord des larmes. Je dois lui dire si Mieg est dangereuse ou non pour son organisation. Mais, même si je mens, il va se mettre à la surveiller, elle aussi...

Mieg baisse la tête :

– C'est ma faute. J'aurais dû te parler tout de suite ! Nous sommes complètement coincés !

Là-dessus, Chem se lève du canapé. Sa grande et forte carrure, son visage fermé et ses poings serrés lui donnent l'air d'un boxeur avant le dernier round.

– Nous n'avons plus qu'une solution, déclare-t-il. Court-circuiter M. Zanz et le Grand Ordonnateur à la fois. Mais, en attendant, il va falloir endormir les soupçons de ceux qui nous surveillent. M. Zanz ne doit se douter de rien. Sinon, il nous fera arrêter avant qu'on ait pu agir. Nous avons quinze jours pour y parvenir. Vous me suivez ?

– Oui, dit immédiatement Linus.

– D'accord aussi, lance Yosh.

Mieg reste silencieuse un moment, les yeux dans le vague.

– Je suis avec vous, finit-elle par dire.

Chapitre 19

Jour J-13

En tapant l'adresse électronique de M. Zanz sur le clavier de l'ordinateur, Linus sent une sueur aigre dégouliner dans son dos.

– Tiens, lui dit Chem, voilà la phrase codée.

Linus prend le morceau de papier sur lequel des chiffres et des lettres sont alignés, dans un désordre apparent.

– Tu es sûr de ta traduction ?

– Absolument, ma puce. À toi de taper !

Le message qu'envoie Linus signifie : « J'ai

interrogé ma sœur. En fait, elle ne sait rien. Si vous voulez vérifier par vous-même, allez la voir à la sortie de l'Institut supérieur d'architecture, ce soir à 17 heures. »

– Voilà, dit Linus en s'essuyant le dos contre le dossier de la chaise. C'est fait.

– La balle est dans le camp de Mieg, soupire Chem.

Lorsque Mieg sort de l'ISA, ce soir-là, elle se sent particulièrement tendue. Yosh lui a décrit M. Zanz. Au milieu de la foule des étu-

diants, elle cherche discrètement des yeux un homme rondouillard, portant une casquette et des lunettes. Personne ne ressemble à ce portrait. Elle s'apprête à partir lorsqu'une jeune femme l'interpelle.

– Tu es Mieg Hoppe ? demande-t-elle. Je peux te parler cinq minutes ?

– Qui êtes-vous ?

– Mon nom ne te dira rien. Je connais un peu ton frère, Linus.

– Ah ?

– J'aimerais que tu lui rendes ceci.

La jeune femme tend à Mieg une carte magnétique :

– Il l'a égarée, et c'est moi qui l'ai trouvée.

Mieg prend la carte. C'est le badge de la médiathèque du collège, au nom de Linus.

– Bien, dit Mieg, je la lui donnerai. Merci.

Elle fait mine de partir, mais la jeune femme la retient :

– Tu diras aussi à ton frère qu'il ferait bien de travailler son examen.

Mieg sursaute légèrement.

– Il travaille, dit-elle. Linus est un excellent élève.

– Tu n'as rien remarqué, ces derniers temps ?

– Si, il est un peu fatigué. Mais il a trop envie de réussir. Je ne comprends pas pourquoi vous vous inquiétez à son sujet.

– Bon, dit la jeune femme. Alors dis-lui seulement de ne pas trop jouer sur le FME. Ça risque de le distraire.

Mieg fronce les sourcils et ramène ses cheveux sous son bonnet.

– Je ne me mêle pas des affaires de Linus, rétorque-t-elle. Maintenant, je dois rentrer, excusez-moi.

Elle plante la jeune femme sur le trottoir et s'en va d'un pas rapide. Au bout de quelques dizaines de mètres, elle se retourne. La jeune femme est toujours là, à la suivre du regard. Mieg a envie de courir, mais elle s'oblige à marcher normalement. Le regard de cette femme dans son dos pèse sur elle comme un avertissement. Qui est-elle ? Peut-être l'une des personnes que Yosh a aperçues sur son palier ?

C'est avec soulagement que Mieg arrive devant le hall du Tub. Mais au moment où elle sort son badge d'identification, une main s'abat sur son épaule. Mieg pousse un cri. Devant elle se tient un homme rondouillard, une casquette vissée sur le crâne.

– Tu es bien Mieg Hoppe ? demande-t-il à voix basse.

Mieg hoche la tête, muette de surprise. Les yeux verts de M. Zanz roulent comme deux billes affolées dans ses orbites. Il transpire aux tempes.

– Je dois absolument te parler.

– Mais... je, bafouille Mieg, il y a déjà une femme qui...

– Une femme ? Elle t'a interrogée ? Comment était-elle ?

– Heu... jeune, avec les cheveux courts. Je ne sais plus !

– Elle t'a parlé de Linus ?

– Oui.

M. Zanz essuie les gouttes de sueur qui perlent maintenant sur son front.

– Nous ne pouvons pas rester là, lance-t-il. Entrons dans le Tub.

Il saisit Mieg par le bras et l'entraîne devant la borne d'identification. Une fois à l'intérieur, Mieg cherche à se dégager de son étreinte.

– Reste là ! lui ordonne M. Zanz en la serrant plus fort. Ce qui se passe est très grave. Linus, Chem et Yosh sont en danger.

Mieg sent que son cerveau n'est plus capable de gérer les informations. Tout s'embrouille. M. Zanz la pousse vers un recoin, à l'abri des regards.

– Ton frère me connaît bien, commence-t-il. Je m'appelle M. Zanz. T'a-t-il déjà parlé de moi ?

– Non, ment Mieg d'une voix légèrement tremblante.

– Il ne t'a jamais parlé de Yosh ?

– Yosh ? Connais pas.

M. Zanz pousse un soupir :

– Tu ne vas sans doute rien y comprendre, mais je n'ai pas le choix. Maintenant que la jeune femme t'a parlé... Elle m'a devancée. Je suis stupide, ils ont lu le message avant moi ! Écoute, je vais te donner quelque chose pour Linus.

M. Zanz sort un bout de papier et un stylo. Il note des chiffres et des lettres les uns à la suite des autres, puis il glisse le papier entre les mains de Mieg.

– Je peux te faire confiance ?

– Oui.

– Alors, file. Linus doit prendre connaissance du message le plus vite possible !

Mieg fourre le papier dans la poche de son pantalon et s'élance vers les quais, le plus loin possible du regard fou de M. Zanz.

Comme convenu, elle se précipite chez Chem. L'appartement des Nogoro est devenu le Q. G. du petit groupe.

– Alors ? demandent Chem et Linus d'une même voix.

Mieg reprend son souffle et leur raconte brièvement ce qui s'est passé, puis elle donne à son frère le badge et le message de M. Zanz.

– Fais voir ! s'écrie Chem.

Il se met à décoder le message.

« Ne me contactez plus à l'adresse que vous connaissez. Espionnage. Mon réseau est infiltré par la police. Danger d'être découvert. Yosh est au courant. Rendez-vous demain, 20 heures, devant votre collège. »

– À quoi joue-t-il ? demande Linus. Je n'y comprends plus rien !

Chem chiffonne soudain le papier et le jette par terre, rageur.

– Nous ne devons plus lui faire confiance ! C'est un traître.

– Il avait l'air sincère, ne peut s'empêcher de dire Mieg. Il semblait vraiment inquiet pour vous. Pour être honnête, c'est plutôt la jeune femme qui ne m'a pas inspiré confiance. Comment s'est elle procuré ton badge de la médiathèque ?

– Il a dû tomber de mon blouson le soir où je suis descendu dans leur planque. Parmi les manifestants, il y avait bien une jeune femme aux cheveux courts. J'ai failli oublier mon blouson, et c'est elle qui me l'a rapporté.

Chem prend le badge des mains de Linus et l'examine :

– Quelqu'un qui se déplace pour te rendre ce bout de plastique, c'est curieux...

Il va s'asseoir devant son ordinateur et glisse le badge dans le lecteur de carte. La machine refuse plusieurs fois de le lire ; Chem ne renonce pas et trouve finalement le moyen de la lui faire décoder. Des chiffres s'inscrivent sur l'écran. Chem reste silencieux un moment.

– Je ne vois rien d'anormal, avoue-t-il avec une moue de déception. Cette histoire me rend complètement parano.

Linus récupère son badge et le glisse dans son portefeuille.

– La jeune femme s'en est servie pour mettre Mieg en confiance, c'est tout.

– Et pour le rendez-vous de M. Zanz, qu'est-ce qu'on fait ? demande Mieg.

– J'irai, dit Linus. Si Yosh est avec lui, je ne peux pas le laisser. Toi et Chem, vous vous posterez dans les environs. S'il se passe des choses louches, vous m'avertirez par un message sur ma montre.

Jour J-12

Les grilles du collège sont fermées depuis longtemps. La nuit tombe. L'impasse où se trouve Linus est plongée dans une semi-obscurité et un silence presque total. Linus consulte sa montre. « Rien de mon côté », dit le message de Chem. « M. Zanz et Yosh à l'angle de la rue en pente ! » signale Mieg.

Linus observe l'entrée de l'impasse. Si cela tournait mal, il faudrait escalader la grille, sauter de l'autre côté, courir en espérant que personne ne le cueille à la « petite sortie ». C'est risqué, mais Linus a l'avantage de connaître les lieux mieux que ses adversaires.

Soudain, deux silhouettes apparaissent en contre-jour, Yosh et M. Zanz. Linus recule d'un pas, méfiant, cherchant à deviner si Yosh est contraint par M. Zanz ou s'il avance librement.

– Ne t'inquiète pas, Linus ! crie Yosh en s'approchant. Nous sommes seuls ! M. Zanz a des choses à te dire.

Linus jette de nouveau un coup d'œil sur sa montre. Tout semble calme. Il se détend un peu tandis que M. Zanz et Yosh arrivent à sa hauteur.

– Bonsoir, Linus, murmure M. Zanz. Je suis navré de tout ce qui arrive. Je vous dois des explications. Chem et Mieg ne sont pas avec toi ?

Linus élude la question d'un haussement d'épaules.

– Pourquoi ici ? demande-t-il.

– C'est un endroit que vous connaissez bien ; et puis, je préfère que nous soyons en zone protégée. Ils ont plus de difficultés à agir ici que chez nous.

– Qui, « ils » ? Vos collègues flics ? grogne Linus, les mâchoires serrées.

– Attends ! intervient Yosh. Nous nous sommes trompés sur toute la ligne. M. Zanz est aussi piégé que nous. Il est de notre bord !

Linus scrute le visage de Yosh, ne sachant plus à qui se fier.

– Il dit la vérité, continue M. Zanz en jetant des regards inquiets alentour. Lorsque vous vous êtes connectés à mon réseau, tout allait bien. Nous avions eu quelques alertes, comme d'habitude lorsque l'époque de l'Examen approche, mais rien de grave. Nous maîtrisions la situation.

– Quel genre d'alertes ? demande Linus.

– La police informatique, explique M. Zanz. Ils ont des équipes spécialisées qui surveillent les transferts entre les sphères. Jusqu'à présent, ils ne parvenaient pas à nous coincer...

– Et maintenant ? le presse Linus.

– Eh bien, en fait, c'est plus grave que je ne pensais. Les gens qui sont venus chez moi, ceux que Yosh a entendus à travers ma porte, ils me menacent. Ils ont réussi à infiltrer mon organisation en se faisant passer pour des transfuges. Ils ont su que nous préparions quelque chose. Mais j'ai réussi à leur laisser croire que j'allais collaborer avec eux.

M. Zanz rajuste ses lunettes. Il transpire tellement qu'elles glissent sur son nez. Yosh prend Linus par le bras :

– Tu le crois, j'espère !

Linus grimace, indécis :

– Et toi, pourquoi tu le crois ?

Yosh se tourne vers M. Zanz, qui hoche la tête. Puis il plante ses yeux dans ceux de Linus :

– Hier matin, M. Zanz est descendu chez moi en catastrophe. Il venait m'avertir que des personnes allaient débarquer pour m'interroger et m'arrêter. Au début, je ne l'ai pas cru. Mais c'était quitte ou double. Il m'a convaincu de me cacher. Nous nous sommes planqués dans le local à poubelles. Et c'est là que j'ai compris. Deux hommes sont venus frapper à ma porte. Comme personne ne répondait, ils l'ont enfoncée !

Yosh se met à trembler comme une feuille. Les larmes lui montent aux yeux. C'est M. Zanz qui enchaîne :

– Ils ont fouillé l'appartement des Bresco de fond en comble ; puis ils sont montés chez moi, et ils ont tout saccagé. Depuis hier, Yosh et moi n'avons plus remis les pieds dans l'immeuble. Nous nous cachons chez un membre de mon réseau, quelqu'un dont je suis sûr à cent pour cent.

Linus n'en revient pas. Il secoue la tête, lève les bras, tourne sur lui-même, incapable de prononcer un mot.

– J'ai essayé de gagner du temps, explique M. Zanz. L'autre soir, quand ils t'ont vu dans le bureau de l'entrepôt, ils étaient prêts à t'arrêter. Je les ai convaincus d'attendre encore parce que les preuves n'étaient pas suffisantes. Je suis obligé de jouer double jeu, tu comprends ? Mais, maintenant, ils sont à bout de patience et je n'ai plus aucun pouvoir. Une chose essentielle à savoir, c'est que les arrestations ne peuvent avoir lieu qu'avant l'Examen. C'est pour ça qu'ils sont si pressés. Si vous réussissez à passer devant le Grand Ordonnateur, ils ne pourront pas contester le résultat. Imaginez le scandale si on apprenait que les fraudes sont possibles !

Cependant, Yosh s'est ressaisi.

– Où sont Chem et ta sœur ? Il faut les avertir !

Soudain, Linus revient à la réalité.

– Ils sont là, je...

Il regarde sa montre et pousse un cri :

– On a été découverts !

Sur l'écran minuscule, le mot « ALERTE » clignote en lettres lumineuses. M. Zanz blêmit. Au même moment, des cris résonnent dans la rue adjacente.

– Vite ! dit Linus. Suivez-moi.

Il s'élance à l'assaut des grilles du collège, suivi par Yosh. Zanz les pousse et les aide à passer par-dessus, puis il saute et se hisse à la force des bras. Il a juste le temps de l'enjamber et de se laisser tomber de l'autre côté. Trois ombres viennent de débouler dans l'impasse. Une voix d'homme les interpelle :

– Arrêtez ! Zanz, nous savons que vous êtes là !

Linus attrape Yosh par la main et se met à courir à travers la cour du collège. Zanz les suit, ventre à terre. Ils se fondent dans l'obscurité qui est maintenant presque complète.

– Par là ! souffle Linus.

Ils bifurquent tous les trois dans un préau, manquent de buter contre des bacs à fleurs, contournent un bâtiment et dévalent un escalier qui mène vers la « petite sortie ». Ils s'agrippent à l'autre grille, qui donne sur le couloir bétonné. Les poumons en feu, ils passent l'obstacle et s'engouffrent dans le couloir. Soudain, ils débouchent sur le boulevard. Là, sous un lampadaire allumé, Chem et Mieg les attendent, essoufflés, affolés.

– Zanz n'est pas un traître ! halète Linus.

Vite ! Les autres sont derrière nous !

– Nous n'avons pas le choix, dit Zanz en se tenant le flanc pour atténuer un point de côté. Vous allez vous planquer avec nous, chez mon ami.

Sans réfléchir plus longtemps, ils se mettent à courir tous les cinq en zigzaguant parmi les passants du boulevard, Zanz en tête.

– Mais comment nous ont-ils trouvés ? demande Chem sans cesser de courir. Ils n'avaient aucun moyen de savoir qu'on allait...

Soudain, Zanz s'immobilise, fait volte-face et se plante devant Chem.

– Tu crois que c'est moi qui les ai avertis ?

Chem ne répond pas. Il toise M. Zanz, qui est plus petit que lui. Les autres s'arrêtent.

– Je n'y suis pour rien ! lâche Zanz à la figure de Chem.

Tout à coup, il se tourne vers Mieg. Une idée vient de lui traverser l'esprit.

– Que t'a dit la jeune femme qui t'a interceptée à ta sortie de ton école ?

– Rien... Elle m'a donné un badge, bafouille Mieg.

– Un badge ! explose Zanz. Où est-il ?

– Là, dit Linus en sentant brusquement ses jambes faiblir. Dans ma poche.

– Balance-le dans la première poubelle ! ordonne Zanz. C'est avec ça qu'ils te suivent à la trace !

Chem frappe du pied.

– Bien sûr, le badge ! enrage-t-il. J'aurais dû le détecter ! Quel amateur !

– Tu ne pouvais pas, le console Zanz. Leurs nanopuces sont hermétiques.

Linus extrait le badge de son portefeuille et s'apprête à le jeter dans la poubelle ; soudain, il suspend son geste.

– J'ai une meilleure idée, dit-il. Là-bas !

Le badge à la main, il s'élance vers une station de tramway, de l'autre côté du boulevard. Un instant, il est masqué par le tramway qui s'arrête. Lorsque le véhicule redémarre, Linus réapparaît, debout sur le trottoir, souriant.

– Allons-y, dit-il. Le badge va voyager à ma place ! Je l'ai coincé dans le cadre du panneau publicitaire !

– Maintenant, nous allons les semer ! s'exclame Zanz.

– Et s'ils nous retrouvent encore, souffle Chem à Linus, nous saurons que Zanz s'est vraiment payé notre tête...

Cent mètres plus loin, ils disparaissent tous les cinq dans la bouche du Tub, comme avalés par la foule et par les lumières du réseau souterrain.

Quelques heures plus tard, à l'abri chez l'ami de M. Zanz, ils dressent le bilan de la situation, qui est des plus sombres.

– Vous ne pouvez pas vous terrer ici pendant les onze jours qui restent avant l'Examen, dit Zanz. Vos parents vont avertir la police, et il n'est pas question que vous manquiez les cours au collège.

– Alors, nous n'avons plus qu'à abandonner, dit Yosh.

– Abandonner ne suffira pas, soupire Zanz en ôtant ses lunettes. Il n'y a qu'une seule solution : détruire toutes les preuves qu'ils pourraient retenir contre vous et faire comme si tout cela n'avait jamais existé.

– « Tout cela », c'est quoi ? demande Linus.

– Mon organisation. Je dois la saborder, la dissoudre, l'effacer ! Il n'y a pas d'autre issue. Sans preuve, la police des réseaux ne peut arrêter personne. Si nous supprimons la mémoire informatique, les ordres de mission nous concernant seront annulés. Plus personne n'aura le droit de nous surveiller. C'est la loi. Et, pour une fois, elle est à notre avantage. Dès cette nuit, je vais contacter les membres de mon réseau et donner l'ordre de tout faire disparaître.

Autour de la grande table de cuisine, les quatre enfants restent sans voix. Devant eux refroidit un plat de raviolis à peine entamé. Personne n'a d'appétit. Mieg, qui ne parvient pas à se réchauffer, se serre contre Yosh, qui n'ose plus faire un geste. Chem, les coudes sur la table, secoue la tête, incapable de se résoudre à accepter un échec.

– Tous nos efforts n'auront servi à rien ?

– Il faut voir la réalité en face, répond Zanz. Mon organisation était déjà infiltrée. Elle était vouée à disparaître. Ce que je veux éviter, c'est que vous en subissiez les conséquences. Je te le répète : sans preuve, ils ne pourront pas vous arrêter. Ce sera comme si nous n'avions pas existé.

Linus regarde Chem tristement.

– Désolé de t'avoir embarqué là-dedans, murmure-t-il.

– C'est le destin, ma puce, sourit Chem. Et dire que j'étais presque au point !

Zanz se lève. Il a une curieuse expression sur le visage.

– Chem est vraiment un génie de l'informatique, déclare-t-il. En fait, vous auriez pu réussir sans mon aide ! Je n'aurais pas dû vous proposer le soutien de mon réseau.

Mieg se redresse brusquement :

– Est-ce que vous... vous voulez dire que c'est encore possible ?

Zanz hoche la tête :

– Bien sûr que c'est encore possible ! Comment croyez-vous que j'ai fait, il y a vingt ans ? J'étais seul. J'y suis arrivé sans l'aide de personne. J'étais seulement extrêmement déterminé à choisir moi-même ce que je voulais faire de ma vie. Quitte à me tromper, j'étais prêt à subir les conséquences. Je voulais préserver ce qui, pour moi, fait que nous sommes des humains, des êtres pensants : la capacité de décider, de choisir, et d'agir.

Il traverse la cuisine.

– Je vais entamer la procédure. Nous avons prévu un code spécial pour cela, ce ne sera pas si compliqué. D'une manière générale, détruire est beaucoup moins difficile que construire.

M. Zanz sort de la cuisine, laissant derrière lui un silence lourd d'inquiétude.

– À quoi tu penses, Linus ? finit par demander Yosh.

– Je pense à mon avenir, déclare-t-il sans lever les yeux. Avec tout ce qui s'est passé ces derniers temps, j'avais presque oublié les raisons qui m'ont poussé à vouloir frauder à l'Examen.

Yosh se tortille sur le banc.

– Moi, non, dit-il.

Linus lui envoie un regard plein de détresse. Il est le seul à connaître l'existence du frère inconnu ; il est le seul à comprendre les vraies motivations de Yosh, et sa vraie souffrance, aussi. Contre son épaule, Mieg bâille et lutte contre le sommeil.

– Si chacun restait sagement à la place que lui attribue le Grand Ordonnateur, ce serait beaucoup plus simple, murmure-t-elle. Mais ce n'est pas complètement juste.

– Zanz a échoué dans ses tentatives de faire bouger les choses, dit alors Linus d'une voix ferme. Mais il a essayé. Et ce n'est peut-être pas complètement perdu. Un réseau peut en remplacer un autre, non ?

Il se tourne vers Yosh :

– Avant de vous rencontrer, toi et Zanz, je n'avais pas de projet. Maintenant, je sais ce que je veux faire.

Il se lève brusquement de son banc et se met à marcher dans la cuisine en marmonnant. Puis il dit distinctement :

– Moi en sphère 2, Yosh et Mieg en sphère 1 et Chem en sphère 3... Si nous trouvons le moyen de rester en contact, nous pourrons créer un supra-réseau clandestin. Vous voyez ça ?

Linus s'immobilise soudain, adossé à la porte du réfrigérateur. Un sourire énigmatique glisse sur ses lèvres quand il dit :

– Le temps des petits cochons de manège est révolu...

Et tandis que les autres l'observent avec des yeux ronds, Linus devine son destin : là-bas, derrière le mur qui lui fermait la route et qui l'angoissait tellement il y a trois mois, se dessine un vaste espace en friche, un terrain vague sur lequel tout reste à construire.

– Si Chem est toujours d'accord, conclut-il, nous allons passer cet examen à notre façon !

Chem sourit.

– J'ai juste le temps de trafiquer les horloges internes du Grand Ordonnateur, déclare-t-il. Pour que ça marche, il faut que les données s'échangent à la seconde même où elles sont enregistrées.

– Et si ça ne fonctionne pas ? s'inquiète Yosh.

– Vous conserverez vos résultats respectifs.

– C'est tout ?

– Eh bien, oui. Enfin... ils se rendront certainement compte que quelqu'un a essayé de frauder. Et ils arriveront peut-être à remonter jusqu'à moi. Mais ça m'est égal. De toute manière, je suis déjà exclu de leur système.

Linus se mord la lèvre :

– Tu ne peux vraiment rien programmer pour toi ?

Chem se met à rire et pose sa main sur son écharpe :

– Ma place est en sphère 3, ma puce ! Je te l'ai déjà expliqué mille fois. Je suis connu pour mon « esprit rebelle », c'est inscrit sur tous mes dossiers ! Même mes parents le savent. Ils ne se font pas d'illusion. Si je tombais sur un fou qui veuille échanger son résultat contre le mien, je refuserais. J'assume les conséquences de mes actes. Mais ça ne m'empêchera pas de leur en faire voir de toutes les couleurs !

Le rire de Chem s'éteint.

– Je me demande comment j'ai pu croire que ce système était juste, murmure Mieg.

– C'est parce que tu ne connaissais encore personne dans les autres sphères, répond doucement Yosh. Tu croyais peut-être que nous étions tous des monstres !

Chem grimpe soudain sur le banc, faisant sursauter Mieg, et, debout devant elle, il pousse un grognement bestial en se grattant les aisselles :

– Gnarf ! Je suis l'affreux rebelle de sphère 3 ! Je suis une bête sanguinaire et dangereuse ! Grr ! Je vais te manger toute crue !

Linus se met à danser autour de la table comme un Indien :

– Je suis un primitif de sphère 2 !

– Vous êtes idiots, rougit Mieg.

– Tu as raison ! s'écrie Yosh. Dès que je serai en sphère 1, je les ferai tous enfermer !

Cependant, dans la pièce voisine, M. Zanz envoie le message spécialement codé pour la circonstance à tous les membres de son organisation. Il sursaute en entendant soudain des rires fuser depuis la cuisine. Puis il sourit à son tour. En une heure ou deux, vingt années d'effort vont partir en fumée. L'informatique a cela de magique que l'on peut tout effacer. Quant aux hommes, ils devront faire taire leurs souvenirs, pendant un temps tout au moins.

M. Zanz a la certitude qu'il ne se sacrifie pas pour rien et que, parfois, des fleurs poussent sur les tas de cendres.

– Ces quatre gamins-là sont sans doute d'excellents jardiniers, dit-il tout haut en se frottant les yeux.

Chapitre 20

Jour J-5

Dimanche après-midi. Dans le jardin, sous les premiers rayons du soleil de printemps, les Hoppe reçoivent des amis. Les Wolf sont venus avec leurs deux enfants : Ewen, un garçon de sept ans, et une fille de l'âge de Linus, Ismène. Deux autres couples, qui n'ont pas d'enfant, participent aux réjouissances. M. Hoppe a sorti son chapeau de paille et protège son début de calvitie de l'agression des ultraviolets, les yeux mi-clos, allongé dans un transat. Le déjeuner était copieux et succulent, arrosé de vin labélisé « à l'ancienne » ; et maintenant une douce torpeur lui engourdit les membres. Mme Hoppe, très gaie, confie à son amie Frida Wolf que son mari n'a jamais bien supporté l'alcool.

– Quand nous étions plus jeunes, raconte-t-elle, la réglementation autorisait encore de gros pourcentages d'alcool dans les boissons. Et alors, c'était automatique : dès le premier verre, il s'endormait !

Le petit Ewen s'est installé dans le salon avec sa console de jeux en 3D. Linus tourne en rond sur la terrasse, désœuvré et nerveux comme un rat en cage.

– Et si vous prêtiez un vélo à Ismène ? suggère Mme Hoppe. Mieg et toi, vous pourriez l'emmener faire un tour sur les berges de l'étang.

Linus hausse les épaules :

– Pas envie...

– Eh bien, je ne sais pas... Jouez aux cartes ! lance M. Hoppe de sous son chapeau.

– Aux cartes ? grimace Linus. C'est nul !

Les adultes se mettent à rire discrètement autour de la table. Dans son coin, Ismène suçote une mèche de cheveux.

– Et si vous alliez aider Mieg à préparer le

dessert ? insiste Mme Hoppe. Elle a sûrement besoin d'un coup de main.

– Moi, je veux bien, dit timidement Ismène.

– Linus va t'accompagner, ajoute Mme Hoppe sur un ton encourageant.

Et tandis que Linus guide Ismène vers la cuisine d'un pas traînant, elle commente à l'oreille de Frida :

– Vivement que cet examen soit passé et que Linus retrouve le sourire ! Je ne sais pas comment réagit Ismène, mais lui, cela fait des mois qu'il est de mauvais poil...

– Et ça risque pas de s'arranger ! grogne Linus en entendant sa mère.

– Qu'est-ce que tu dis ? demande Ismène dans son dos,

– Rien.

Dans la cuisine, ils trouvent Mieg dans tous ses états. Elle s'arrache les cheveux, le nez dans un livre de recettes. La table n'est plus qu'un champ de bataille, où les coquilles d'œufs et les fruits confits éparpillés figurent des armées décimées.

– Ah non, non, non ! tempête Mieg. J'ai incorporé le beurre beaucoup trop tôt ! Ça va être raté...

– On peut t'aider ? demande Ismène de sa voix fluette.

– Surtout pas !

Mieg bouscule Linus pour accéder au four, manque de se brûler en attrapant le moule et pousse un gémissement de désespoir en découvrant l'allure de son cake.

– Mais pourquoi me suis-je lancée dans cette recette stupide ? s'énerve-t-elle. Franchement, ce bouquin est... complètement crétin !

– C'est le livre de recettes de Mamé, lui fait remarquer Linus. Tu ne devrais pas en dire du mal...

À cet instant, l'écran géant de l'ordinateur s'allume dans le salon et avertit que quelqu'un souhaite entrer en communication. Linus passe la tête dans l'encadrement de la porte, la télécommande à la main pour accepter la connexion. Le visage rond et jovial de Mamé, toujours plus bronzé, apparaît sur l'écran à plasma.

– Mieg, tu vas pouvoir lui dire tout le bien que tu penses de son bouquin, rigole Linus. C'est Mamé, justement.

– Elle vient aux nouvelles, bougonne Mieg en s'essuyant les mains dans un torchon. Je lui ai dit que j'essayais de faire son cake...

Linus, Mieg et Ismène viennent se planter devant l'écran.

– Bonjour, Mamé !

– Salut, les enfants ! répond Mamé d'une voix enjouée. Comment se passe la journée ?

– Mal ! aboie Mieg.

– C'est mon cake ?

– Oui !

– Et si je tentais d'effectuer un sauvetage à distance ? propose Mamé. Explique-moi.

– Pas la peine, c'est foutu !

Mamé soupire et fronce le nez.

– Quel temps fait-il chez vous ? demande-t-elle.

– Il fait du soleil, madame ! dit Ismène en se mêlant de ce qui ne la regarde pas.

– Du soleil... hum... Mais il a sans doute plu cette nuit.

– Oui, Mamé, confirme Mieg en se demandant où elle veut en venir.

– Alors, ne cherche pas, ma chérie ! s'exclame Mamé. Ce cake supporte très mal l'humidité. Ce n'est certainement pas ta faute. Est-ce que la pâte semble visqueuse ?

– Oui, répond Mieg.

– Et la farine, dis-moi, elle était légèrement coagulée ?

– Oui !

– Alors, c'est bien ce que je pensais, diagnostique Mamé sur le ton le plus sérieux du monde. Je ne vois qu'une solution : mettre la pâte au four à très faible température pendant quinze minutes. Attention, elle ne doit pas cuire ! Puis, tu la retravailles et ensuite tu fais cuire à fond !

Le visage de Mieg s'éclaire :

– Merci, Mamé ! Tu es formidable ! Je file à la cuisine !

– Je peux t'aider ? demande à nouveau Ismène.

– Bon, soupire Mieg. Viens, tu seras mon assistante.

Les deux filles quittent le salon, et Linus reste seul devant l'écran, les yeux dans ceux de sa grand-mère, silencieux. Au fond de la pièce, Ewen s'agite sur sa console, sans prêter attention au reste du monde.

– Eh bien, mon Linus, commence Mamé. C'est à toi que je voulais parler. Comment vas-tu ?

– Ça va, ment Linus.

– Tes parents ne te cassent pas trop les pieds avec ton examen ?

Linus hausse les épaules :

– Ils sont persuadés que je vais réussir.

– Et toi ?

– Je n'en sais rien.

Mamé se frotte la joue :

– Je te trouve admirable, dit-elle. Une telle pression pour un enfant de ton âge, ce n'est pas bien. Mais je vois que tu fais face.

Reprenant confiance, Linus demande :

– Comment c'était, avant ? Quand tu avais mon âge ?

– Ce n'est peut-être pas le bon moment pour t'en parler, sourit Mamé. C'était très différent.

– J'aimerais bien savoir.

– Je n'ai pas été calculée par le Grand Ordonnateur, puisqu'il n'existait pas. Mais, vois-tu, bien que je trouve ce système pire que l'ancien, les choses n'étaient pas idéales non plus. Les enfants suivaient le même enseignement jusqu'à quatorze ou seize ans. Ceux qui n'avaient pas de bons résultats étaient envoyés dans des filières spécialisées. Les autres allaient au lycée et passaient leur bac. Cet examen était corrigé par des professeurs, et on a dû penser que ce n'était pas objectif. C'est pour ça qu'on a voulu les remplacer par le tout-puissant Ordonnateur. L'essentiel, pour toi, c'est de savoir ce que tu veux.

Linus opine, les lèvres serrées.

– Tu sais ce que tu veux ? demande Mamé.

– Oui, dit Linus.

Soudain, il est tenté de tout lui dire. Les mots lui brûlent la bouche. Ce serait un tel soulagement de mettre Mamé dans la confidence et de recevoir son soutien !

– Je veux, commence-t-il, je veux ce qu'il y a de mieux pour moi, et...

Mamé pose un doigt sur ses lèvres :

– Chut ! Ne me dis pas ! Je devine que tu es assez fort pour y parvenir, et je te fais confiance. Il ne faut pas trop parler sur le réseau mondial. Une fois que tout sera passé, écris-moi par le courrier postal.

– « À l'ancienne » ? sourit Linus.

– C'est ça, rigole Mamé. Comme pour le cake de Mieg. C'est lent et coûteux, mais ça n'en n'a que plus de saveur.

– Ça, nous te le dirons une fois que nous l'aurons mangé ! dit Linus.

Puis il embrasse sa grand-mère et déconnecte la liaison avant de retourner dans la cuisine, le cœur un peu plus léger. Il jurerait que Mamé a tout deviné, et qu'elle approuve son choix !

– Voilà le dessert ! annonce Mieg en apparaissant triomphalement sur la terrasse, suivie d'Ismène et Linus.

Elle tient dans ses mains un plat sur lequel trône un splendide cake encore fumant.

– Le cake de ma mère ! exulte M. Hoppe, la voix tremblante d'excitation. Comme lorsque j'étais petit !

Un murmure d'admiration parcourt l'assemblée éparse des adultes, avachis dans leurs fauteuils de jardin. Décidément, la journée est belle.

Mieg pose son œuvre sur la table :

– Ismène et Linus ont été des assistants très efficaces. J'espère que le résultat sera à la hauteur de nos efforts.

– C'est d'actualité ! sourit le père d'Ismène. Pourvu que la réussite de ce cake préfigure celle de votre examen, dans cinq jours !

– Nous allons boire aux résultats d'Ismène et de Linus ! renchérit M. Hoppe en repoussant son chapeau en arrière, comme un cow-boy dans les vieux films.

– Bonne idée ! s'écrie Mme Hoppe.

Mieg jette un coup d'œil à son frère, un peu gênée. Mais Linus sourit, serein et fier, planté devant le cake, un verre de jus de mangue à la main. Ismène suit son exemple et lève son verre avant de déclarer :

– Si Linus et moi sommes admis en sphère 1... nous nous marierons peut-être, plus tard !

Un éclat de rire secoue l'assemblée, faisant rougir Linus jusqu'aux oreilles. Mieg se tord de rire. Et tandis que tout le monde trinque, Linus pousse intérieurement un immense soupir de soulagement : cette idiote d'Ismène vient de lui donner une raison supplémentaire de se faire recaler en sphère 2 !

Le soir même, alors que tous les invités sont partis, Linus reçoit enfin le message de Chem, suivi de celui de Yosh. C'est un texte court, en apparence anodin, qui s'affiche sur son ordinateur aux alentours de 21 heures. Le contenu n'a aucune importance. Mais il signifie que tout est prêt, enfin ! Chem a quelques jours de retard sur son planning, mais rien de catastrophique.

L'essentiel, c'est que son système d'échange des données en temps réel soit au point. D'après le message, ni Yosh ni Chem ne se sont sentis observés depuis le soir où M. Zanz a dissous son organisation. Depuis, ils sont sans nouvelles de lui, comme convenu. Mais Linus repense souvent à leur dernière conversation dans la cuisine de l'appartement où ils s'étaient réfugiés.

Tandis que les autres dormaient, Linus s'était relevé. Devant la table, assis sur le banc, il avait trouvé M. Zanz, qui ne dormait pas non plus. Ensemble, ils avaient fini en silence le plat de raviolis. Puis Linus avait parlé de sa décision. M. Zanz, ses yeux verts pleins d'attention, lui avait simplement souri.

– Je regrette de ne plus avoir ton enthousiasme, avait-il soupiré, mais je t'aiderai si tu le souhaites. Qui sait ! Nous aurons peut-être de grandes choses à accomplir ensemble ?

Linus avait hoché la tête. À ce moment, il était incapable d'imaginer ce que serait sa vie après l'Examen ; mais savoir qu'il pourrait compter sur une présence amicale dans la sphère 2 lui donnait du courage. M. Zanz et lui étaient restés ainsi dans la cuisine jusqu'au petit jour.

Linus sort de son tiroir l'album où sont classés les documents que Yosh lui a envoyés pendant leurs semaines de conversations à distance. Les photos, les courriers, les dessins... Il pousse un profond soupir, sort de sa chambre et frappe à la porte de Mieg. Elle est en train de travailler, des plans étalés sur sa planche d'architecte. Les travaux manuels sans assistance informatique sont toujours une véritable corvée pour elle. Mais Mieg se plie aux exigences de ses professeurs, vaille que vaille.

– Excuse-moi de te déranger, chuchote Linus.

– Entre.

– J'ai reçu la confirmation de Chem et de Yosh, lui annonce-t-il en se laissant tomber sur le lit avec l'album.

Mieg lève la tête et suspend son geste, le crayon immobile au-dessus de la feuille.

– Bon, dit-elle.

Puis, sans plus de commentaires, elle achève de tracer son trait à la règle. Un silence plane.

– C'est tout ce que tu as à me dire ? s'étonne Linus.

– Que veux-tu que j'ajoute ? Ça y est. C'est fini. Il n'y a plus qu'à attendre le moment fatidique.

Linus croise les mains derrière sa nuque :

– Une chose est certaine : je n'épouserai jamais Ismène Wolf. Et ça, c'est vraiment pas dommage !

Mieg pouffe au-dessus de son dessin.

– Oui, mais tu passes peut-être à côté d'un tas de filles super qui vont être admises en sphère 1, dit-elle.

– Des filles comme toi ?

– Je ne parlais pas de moi, bien sûr.

– Je sais. C'était une façon de te dire que tu es super, chuchote Linus sans oser regarder sa sœur. Je regrette vraiment d'avoir pensé que tu ne méritais pas ma confiance.

Puis il tend l'album à Mieg.

– Je voudrais que tu gardes ça. Tu peux lire ce qu'il y a dedans ou pas, ça m'est égal. Mais je voudrais que tu le caches pendant un temps.

Mieg pose son crayon sous sa lampe et prend l'album. Elle se contente d'en observer l'aspect, sans l'ouvrir, puis elle se lève et l'enferme dans son armoire, sous une pile de livres et de cahiers.

– Nous ne nous verrons presque plus, dit-elle, la gorge nouée. Je mentirais si je te disais que ça me fait plaisir.

Linus se concentre sur le plafond.

– J'essaie de ne pas trop y penser, dit-il en sentant venir les larmes.

– C'était notre dernier dimanche en famille.

– Sans doute.

Linus se retourne vers le mur :

– Tu pourras continuer à voir Yosh. Je suis content que vous vous entendiez bien tous les deux.

Mieg hoche la tête, les joues mouillées.

– Je l'aime beaucoup, dit-elle. Mais je... je pense aussi à papa et maman. Pour eux, ça va être un vrai choc. Ils ne sont pas du tout prépa-

rés à ton départ, et...

– Arrête, le supplie Linus. Avec vos accréditations, vous pourrez me rendre visite, si papa et maman ne sont pas trop dégoûtés d'avoir un fils en sphère 2. C'est pour Chem que je suis inquiet. Là-bas, en sphère 3...

Il fait un geste pour chasser ses idées sombres et ajoute :

– Nous verrons bien. Je lui fais confiance pour s'en sortir.

Brusquement, il se lève, s'approche de Mieg et dépose un baiser sur sa joue.

J'ai pris ma décision, dit-il d'une voix plus ferme. J'ai compris que j'avais quelque chose à faire de ma vie. Ça n'a rien de triste. La pire chose qui pourrait arriver maintenant, c'est que le système de Chem ne fonctionne pas. Après tout ce que nous avons fait, si j'étais admis en sphère 1, ce serait un échec.

Lorsqu'il quitte la chambre de Mieg, Linus se sent comme un parachutiste avant son premier saut : à la fois terrorisé et exalté.

Chapitre 21

Jour J

– Pfiou ! dit M. Hoppe en entrant dans la cuisine. Quelle nuit !

Il s'assied à côté de Linus, figé d'angoisse devant son verre de cocktail plein à ras bord. Lorsque son père pose la main sur son épaule, il sursaute comme sous une décharge électrique.

– Oh ! Calme-toi, Linus, tu as failli renverser ton verre, murmure M. Hoppe, qui mesure immédiatement la tension de son fils à 1 000 sur l'échelle de la trouille.

Linus a des poches bleutées sous les yeux et le teint gris. Il n'est que six heures du matin, mais toute la maison est déjà réveillée, en pleine effervescence.

– J'ai très mal dormi, dit M. Hoppe. Quant à ta mère, je crois qu'elle ne s'est pas couchée.

– Pas de commentaire, bougonne Mme Hoppe, la tête dans le four.

– Je me demande ce que tu fais là-dedans, lui dit son mari.

– Eh bien, ça se voit, non ? Je le nettoie.

– À six heures du matin ?

– Oui, à six heures du matin. Y a-t-il un règlement qui l'interdise ?

Mme Hoppe se redresse, une éponge à la main, les traits tirés et les yeux cernés.

– Non, aucun règlement ne prévoit ce type de comportement, admet M. Hoppe, qui semble atteint d'une logorrhée nerveuse. D'ailleurs, personne ne songerait à dire quoi que ce soit concernant le nettoyage manuel d'un four qui est programmé pour se nettoyer tout seul.

Mme Hoppe considère son éponge avec indifférence, l'air absent. Puis elle regarde Linus et replonge immédiatement dans le four, comme si la simple vue de son fils lui donnait une furieuse envie de gratter.

M. Hoppe tousse, se frotte les cuisses, déplace son bol : un peu plus à gauche, un peu plus loin du bord... Ses doigts tambourinent sur la table.

– Où est Mieg ? demande-t-il.

– Dans la salle de bains, répond la voix de Mme Hoppe en résonnant dans la cavité, ce qui lui donne un étrange timbre métallique. Depuis au moins une heure !

– Bien, bien, bien..., commente M. Hoppe. Et toi, Linus ? Ça va ?

– Pas la peine de hurler, dit mollement Linus.
J'ai mal à la tête.

– Ah non ! crie M. Hoppe. Il ne faut surtout pas avoir mal à la tête aujourd'hui ! Bois ton cocktail, veux-tu ? Et colle-toi un patch d'aspirine ! Deux, s'il le faut !

Linus soupire, regarde son verre, le prend en tremblant et y trempe le bout des lèvres.

– Je ne peux pas, dit-il.

– Mais, enfin, Linus, il faut avaler quelque chose ! Tu ne peux pas aller... enfin, tu ne peux pas passer l'Examen le ventre vide, c'est tout à fait contre-indiqué !

– Pourquoi ?

– Mais parce que...

– Parce que quoi ?

– Je ne peux rien te dire, tu le sais. Les candidats doivent absolument tout ignorer des conditions de l'Examen, cela fait partie de l'évaluation. Mais tu devrais manger.

Mme Hoppe s'extrait du four.

– Je n'ai rien pu avaler le jour de l'Examen, intervient-elle. J'étais comme toi, Linus. Bloquée. Rien que l'odeur des aliments me retournait l'estomac. Ça ne m'a pas empêchée d'être admise en sphère 1, et largement, en plus !

– C'est ça ! Va dans son sens ! s'emporte M. Hoppe. Moi, je crois au contraire que ça l'occuperait, de manger, ça lui changerait les idées ! Mais fais comme tu veux, Linus. Moi, je vais me préparer un petit déjeuner gigantesque.

– Bonne idée ! Tu parleras moins et ça nous soulagera ! rétorque Mme Hoppe en jetant son éponge à la poubelle.

Puis elle fait le tour de la cuisine le nez en l'air :

– Moi, je crois que je vais nettoyer les vitres...

À huit heures trente, les Hoppe descendent de la voiture. Le jour de l'Examen est l'une des rares occasions d'embouteillage que connaisse encore la région parisienne, le centre d'examen étant situé en zone ouverte, à l'est, afin que tous les candidats puissent s'y rendre accompagnés de leurs familles, quelles que soient leurs autorisations de circulation.

– Quelle cohue ! rouspète M. Hoppe. Regardez-moi ce bordel !

En effet, l'immense esplanade qui entoure le bâtiment est littéralement noire de monde. Les voitures sont garées n'importe où, et les gens sont agglutinés comme des mouches devant la lourde et majestueuse porte du centre. Les candidats du jour sont noyés dans cette masse grouillante de parents, d'oncles, de grand-mères, de frères et de sœurs, tous plus stressés les uns que les autres, les plus jeunes se faufilant entre les jambes des plus grands au risque de se perdre.

Linus reste ébahi devant ce spectacle. Jamais il ne s'était imaginé une telle foule. Lui qui espérait retrouver Chem et Yosh avant d'entrer, il se fait immédiatement une raison. C'est impossible.

– Approchons-nous, propose Mme Hoppe.

Ils se mettent à fendre la foule à la queue leu leu – pardon, excusez-moi, pardon, désolé pour votre pied. Derrière Linus, Mieg avance, pâle comme une morte. Depuis qu'elle est sortie de la salle de bains, le visage bouffi et les yeux rouges, elle n'a pas prononcé un mot. Linus ne lui en veut pas. Il a l'impression de communiquer avec elle par télépathie, et ce qu'ils se disent est bien au-delà de ce que peuvent exprimer les paroles.

Enfin, M. et Mme Hoppe s'arrêtent, non loin du perron du centre. Mme Hoppe enlace Linus avec tendresse :

– Ils vont bientôt ouvrir la porte. Ça va aller ?

Linus la regarde, perdu.

– Je comprends, dit-elle. Mais, tu verras, dans quelques heures, tout ça ne sera plus qu'un vague souvenir.

– Tu ne te rappelleras même plus pourquoi tu étais si angoissé ! ajoute son père pour le rassurer.

Soudain, une agitation et une clameur parcourent la foule. M. Hoppe, en se dressant sur la pointe des pieds, annonce :

– Ça y est ! Ils ouvrent !

Brusquement, il se précipite vers son fils, le serre dans ses bras à l'étouffer et lui murmure à l'oreille :

– Quoi qu'il arrive, je serai toujours fier de toi !

Linus sent qu'il se liquéfie de l'intérieur. Son père a les larmes aux yeux ! Il ne l'avait jamais vu si bouleversé. Incapable d'articuler un mot, il va se blottir dans les bras de sa mère, puis il embrasse Mieg. Se détachant d'elle, il commence à suivre le mouvement des candidats qui s'avancent vers la porte. Il se retourne, fait un signe à ses parents et à sa sœur :

– Je vous aime !

Puis, avalant difficilement sa salive, il se force à ajouter :

– À bien... à tout à l'heure !

Enfin, il leur tourne le dos et grimpe les marches du perron dans un état second.

Juste avant de s'engouffrer dans le bâtiment, Linus lève les yeux vers le ciel. Il est bleu pâle, presque blanc, encore légèrement brouillé par l'humidité matinale. La façade noire du centre semble s'élancer à des kilomètres au-dessus de Linus, comme une flèche plantée dans l'azur.

À l'intérieur, dans le hall monumental couvert de marbre, règne un silence étonnant. Des centaines d'enfants de l'âge de Linus sont là, collés les uns aux autres comme des animaux effrayés. Linus cherche du regard Chem et Yosh, espérant encore les apercevoir, mais c'est peine perdue.

Soudain, un sifflement strident traverse le silence, et une voix fait « hum... hum » dans un micro. Tous les regards se portent vers la balustrade qui domine le hall. Un homme en costume se tient là, flanqué d'une dizaine d'hommes et de femmes attentifs dont les regards flottent sur la foule des candidats. Linus a un coup au cœur lorsqu'il reconnaît la jeune femme aux cheveux courts qu'il a rencontrée dans l'entrepôt, en sous-sol, le soir de la manif. Aussitôt, il baisse la tête, afin qu'elle ne le repère pas.

– Mes chers enfants, commence l'homme au micro, nous vous souhaitons la bienvenue au centre d'examen. Nous savons tous combien ce jour est important pour vous car il déterminera votre avenir. Désormais, les dés sont jetés et vous allez quitter le monde de l'enfance pour devenir des citoyens à part entière. L'un de vous occupera peut-être mes fonctions, un jour ! D'autres devront s'installer loin de leurs familles pour construire quelque chose de nouveau. Enfin, et j'espère de tout cœur que cela n'arrivera pas à un grand nombre d'entre vous, certains seront mis à l'écart de la société, parce qu'ils n'auront pas été jugés aptes à s'y intégrer. Quel que soit le résultat, vous devrez admettre qu'il est bon pour vous, pour vos familles, et pour notre société tout entière. Nous allons vous demander de respecter scrupuleusement le règlement afin que cet examen se déroule au mieux.

Linus ose jeter un œil vers la balustrade et constate que l'homme cède la place à un autre, plus jeune, qui tient un papier à la main.

– Les enfants dont le nom de famille commence par les lettres A, B, C, D doivent prendre l'escalier du fond et se rendre au sous-sol. Les E, F, G, H prennent l'escalier de droite et vont au premier étage...

La liste des recommandations continue, mais déjà une grande agitation a gagné la foule dans le hall. Linus se fraie un chemin pour accéder à l'escalier de droite et commence à le gravir, en compagnie de ses camarades, jusqu'au premier étage. Il ne pense plus à rien, il avance mécaniquement. Le groupe des E, F, G, H parvient dans un long corridor bordé de portes matelassées de cuir, qui semble faire le tour du bâtiment. Le groupe, un peu perdu, s'arrête devant la première porte. Un nom est affiché dessus : « Ebhert Octavio ».

– Quelqu'un s'appelle comme ça ? demande une fille, petite et renfrognée.

– Moi ! dit un garçon très maigre. Je suis Octavio Ebhert.

Cependant, d'autres se sont avancés dans le corridor et lancent des noms en lisant les affichettes collées aux portes. Au fur et à mesure que le groupe avance, il se désagrège, chacun trouvant sa porte. Linus est parmi les derniers à suivre le corridor qui serpente sur une distance impressionnante. Enfin, il s'arrête devant son nom. Il appuie sur la poignée.

– C'est fermé, lui dit une fille en salopette orange qui stationne devant la porte voisine. Je préférerais que ça ne s'ouvre pas, d'ailleurs. J'ai envie de faire pipi, c'est affreux. Pas toi ?

– Non, murmure Linus.

Soudain, une voix parvient d'un haut-parleur.

« Les candidats du premier étage sont en place. Ouverture des portes autorisée. Veuillez entrer et refermer derrière vous. L'Examen ne pourra commencer que si toutes les cabines sont bien fermées. »

Un déclic annonce le déverrouillage instantané des portes. Linus se tourne vers la fille en salopette :

– Bonne chance !

– Pas besoin de chance, rétorque-t-elle en haussant les épaules. On ne peut pas tricher avec le Grand Ordonnateur.

– Tu as raison, se dépêche de dire Linus. Je pensais seulement à ton envie de faire pipi !

Puis il ouvre la porte, se glisse dans sa cabine et referme derrière lui.

À l'intérieur, il fait sombre. L'endroit est très étroit, à peine la taille d'un placard. Au milieu, un siège, ou plutôt une sorte de coque, est fixé sur des vérins pneumatiques ancrés dans le sol.

« Asseyez-vous », commande une voix électronique au timbre féminin.

Linus hésite un instant. Il examine les parois de la cabine. Apparemment, elles sont lisses.

« Asseyez-vous là ! » ordonne plus fermement la voix. Et, soudain, la coque est éclairée par un faisceau lumineux tombant du plafond.

Linus prend place. C'est plutôt confortable.

« Bienvenue à l'Examen, continue la voix sur un ton plus mielleux. Vous n'aurez rien à faire, rien à dire. Ce mode d'évaluation est absolument indolore. »

Tout à coup, un casque se pose sur la tête de Linus et s'ajuste à la taille de son crâne. Deux bracelets d'acier sortent de chaque côté de la coque et se referment sur ses poignets, l'empêchant de bouger.

« Détendez-vous, dit la voix. Ce casque est muni d'électrodes qui vont analyser vos réactions. Vous allez en avoir également sur le torse. »

Aussitôt, un bras articulé au bout duquel est

fixée une plaque vient s'appliquer sur la poitrine de Linus. Malgré lui, sa respiration s'accélère.

« Ouvrez la bouche, ordonne encore la voix, qui sort de nulle part. Nous allons vous placer deux nanocapteurs à l'intérieur des joues. C'est sans danger, et ça ne fait pas mal. »

Linus pousse un grognement en sentant deux pincettes robotisées entrer dans sa bouche. Elles se retirent aussitôt après avoir placé les capteurs. Totalement immobilisé, Linus transpire ; il est au bord de la panique, mais il n'a pas le temps d'analyser la situation. Le faisceau lumineux s'éteint, et la cabine est plongée dans l'obscurité totale.

Linus a le cœur qui tambourine plus qu'il ne le voudrait. Rien ne ressemble à ce qu'il s'était imaginé. Lorsqu'il pensait à l'Examen, il se voyait entrer dans une sorte d'amphithéâtre, faire face à une armée de professeurs et devoir répondre à des questions à l'aide d'un stylo optique sur un écran ou quelque chose de cet ordre. Jamais il n'avait envisagé une telle solitude, enfermé dans une cabine noire.

« L'examen peut commencer », dit la voix de femme.

Devant Linus, la paroi s'escamote dans un souffle et laisse place à un écran, violemment éclairé. Linus plisse les yeux, mais aucune image distincte n'apparaît. Une série de flashes lumineux l'éblouit, lui coupant presque la respiration. Prisonnier du casque, il ne peut pas se détourner de l'écran. Une image s'affiche soudain et Linus manque de s'étrangler : c'est lui ! Il se reconnaît ! Cette photo date du jour de son deuxième anniversaire. Il est assis devant son gâteau et souffle les bougies. La photo suivante a été prise par son père, lors de vacances au bord de la mer. Linus se voit, barbotant dans les vagues, souriant. Il se souvient avec acuité du contact des vagues fraîches qui moussaient sur ses jambes. Ce souvenir le renvoie si loin en arrière qu'il le déboussole. D'autres photos se succèdent ensuite à un rythme plus rapide. Chaque fois, elles présentent Linus à des étapes importantes de sa vie d'enfant : assis sur une balançoire, au guidon de son premier vélo, brandissant sa première dent tombée...

Linus est partagé entre l'envie de rire et celle de pleurer, sans avoir le temps de se laisser aller à aucune émotion. Il se sent fragile et vulnérable. Son intimité s'étale devant lui, et plus rien ne semble lui appartenir.

Maintenant, d'autres images s'intercalent entre les photos familiales. Elles ne restent à l'écran qu'un centième de seconde, mais Linus a le temps d'apercevoir un paysage de ruines, une cathédrale, des bouquets de fleurs, un avion, une foule assemblée dans un stade, une tempête, du verre brisé, un homme au visage ridé sur un lit d'hôpital... Et, au milieu de ce chaos, il se reconnaît par intermittence, toujours souriant, toujours plus grand, figé dans une sorte de bonheur artificiel et lointain.

Des sons que Linus n'identifie pas clairement sortent des enceintes cachées dans le mur de la cabine. Il y a des souffles, des voix, des explosions, puis quelques notes de violon, un bruit de train, peut-être un pleur d'enfant, un miaulement de chat, une porte qui claque... Les sons se mêlent les uns aux autres, s'amplifient, deviennent grinçants, tandis que, sur l'écran, les images défilent de plus en plus vite, comme des éclairs, et qu'une forte odeur de poudre envahit la cabine. Cela devient douloureux, insupportable. Linus est au bord de la nausée. Il voudrait crier mais il n'en a même pas la force, submergé par des sensations toujours plus violentes. Un goût de métal le fait grimacer. Un cri lui perce les tympans. Une image rouge le fait sursauter. Brusquement, il se sent mouillé. Paniqué, il se demande s'il n'a pas fait pipi sous lui, et il commence à se tortiller sur son siège. Mais la sensation cesse brutalement, remplacée par une forte chaleur, comme s'il était assis sur un radiateur bouillant. Sur l'écran, il voit des femmes en rang, des bébés dans les bras, puis des voitures de course du siècle dernier, une fusée qui décolle, un jardin en hiver, un orchestre, une fille avec des béquilles, un tableau sombre, des étoiles. Dans sa bouche, un goût sucré se répand, lui arrachant un bref sourire ; au même moment, il ressent une douleur terrible dans le ventre, tandis qu'une voix (celle de son père ?) lui hurle dans les oreilles : « Tu as mangé trop de bonbons ! »

Étourdi par la douleur, Linus se met à gémir. Il n'a plus le contrôle de son corps ni de son esprit, ni de ses émotions. Il est comme avalé par l'écran, noyé dans le ressac incessant des bruits, étouffé par les odeurs de poussière et d'eau croupie, paralysé par le froid et le chaud qui se succèdent à un rythme fou sur sa peau, tenaillé par la peur. La vue brouillée

par les larmes, il n'a même plus la volonté de fermer les yeux pour que ça s'arrête. Soudain, au moment où il croit devenir fou, l'écran s'éteint, les bruits se taisent, toute sensation l'abandonne au point qu'il se sent vidé de sa propre substance.

– Quel est votre nom ? demande soudain la voix synthétique.

Linus tremble, hoquette, éternue. Il ne comprend pas la question. Son cerveau est devenu dur et inerte comme un caillou.

– Quel est votre nom ? répète la voix.

Dans un brouillard de mots et de pensées réduits en bouillie, Linus articule :

– Je... ne... comprends... pas...

– Déclinez votre identité !

– Qui... êtes-vous ? murmure Linus, la voix brisée.

– Votre nom !

Dans un effort intense de concentration, Linus parvient à rassembler ses souvenirs. Oui, il est au centre d'examen. Il se souvient, maintenant.

– Êtes-vous... le Grand Ordonnateur ? demande-t-il.

– Votre réponse ! crie la voix.

Dans la tête de Linus, le tourbillon se disloque, et il ne reste bientôt plus qu'une sorte de courant d'air. Il tremble, une décharge électrique lui parcourt l'échine. Il pense à Yosh. Il voudrait crier : « Je suis Yosh Bresco ! », mais il se rappelle qu'ils ne doivent pas échanger leurs identités. Si le système de Chem est au point, seuls leurs résultats seront intervertis. Alors, brusquement, comme un noyé reprenant sa respiration, il hurle :

– Je suis Linus Hoppe !

Il y a une détonation dans la cabine, suivie d'une onde de choc, qui le secoue sur son siège. Suit un brouhaha de voix et de rires. Ses oreilles sifflent. Il a l'impression que son siège avance à toute vitesse. Devant lui, un mur se dresse, un mur si haut qu'il n'en voit pas la fin. Et le siège, comme une voiture lors d'un crash-test, fonce inexorablement dessus. Linus pousse un cri de terreur. Au moment de l'impact, il perd connaissance.

Lorsqu'il rouvre les yeux, il n'est plus dans la cabine, le casque et les électrodes lui ont été enlevés. Il est allongé sur un matelas posé à même le sol, dans une salle assez vaste. Malgré

la pénombre, il distingue autour de lui d'autres candidats qui reprennent leurs esprits.

Linus se redresse sur un coude.

« Les candidats de la zone de récupération n° 5 sont en phase de réveil », annonce une voix d'homme dans un haut-parleur.

Aussitôt, une porte s'ouvre au fond de la salle, et deux silhouettes s'avancent parmi les enfants allongés. C'est une femme qui s'adresse à eux.

– Bien, c'est terminé pour vous, dit-elle sur un ton encourageant. Les résultats vous seront donnés dans un instant. Il nous reste une dernière formalité à accomplir.

La seconde silhouette, un homme, se dirige vers le matelas le plus proche.

– Nous vous demandons simplement d'absorber ce cachet, continue la femme. Ce n'est pas dangereux, rassurez-vous. C'est seulement un petit remontant.

L'homme se penche vers l'enfant du premier matelas, puis vers un autre, et ainsi de suite, jusqu'à Linus. Le comprimé dans le creux de la main, Linus hésite. Il le porte lentement à sa bouche. Et là, une affreuse odeur le fait grimacer. Son estomac se soulève et une brûlure remonte dans son œsophage. Le comprimé sent la vanille ! Cette odeur agit sur lui comme une douche froide : il se réveille complètement. Les sensations effrayantes de l'Examen lui reviennent, précises, en mémoire. Autour de lui, les candidats avalent leurs comprimés vanillés, sans dégoût. Linus regarde sa main. Non, il ne peut pas. Quitte à se sentir patraque encore un moment, il décide de ne pas avaler le cachet. Plus personne ne lui prête attention... Il le glisse subrepticement dans la poche de son pantalon.

– Bien, reprend la femme lorsque tous les candidats ont été servis. Le Grand Ordonnateur ayant comptabilisé les données, j'ai maintenant l'honneur de vous remettre vos enveloppes.

Elle consulte la liste des E, F, G, H et appelle les candidats un par un. Octavio Ebhert, le premier de la liste, se relève de son matelas avec difficulté. Il vacille sur ses jambes, porte une main à son front, avance de quelques pas, puis s'arrête devant la femme. Elle lui tend une enveloppe, sans faire de commentaire et sans qu'aucun trait de son visage trahisse une émotion quelconque. Octavio, si maigre, si pâle, saisit son enveloppe et retourne à son matelas en titubant.

Linus observe le défilé des candidats qui vont chercher l'enveloppe où est enfermé leur destin. Aucun d'eux ne l'ouvre. L'épreuve a été telle qu'ils n'ont même plus la curiosité de savoir. Ils iront désormais là où on leur dit d'aller, à moitié sonnés, juste soulagés que ce soit fini. La fille en salopette orange, celle qui avait tant besoin d'aller aux toilettes avant l'Examen, se lève en entendant son nom : Himbert, Adélie. Linus sait que son tour viendra juste après. Il la suit des yeux et s'aperçoit avec dégoût qu'une large tache sombre souille la salopette de sa voisine. Elle n'a même plus le réflexe élémentaire de se cacher ! Linus retient un sursaut de rage. Comment peut-on amener des enfants à se dégrader de la sorte ? Comment ose-t-on leur dire qu'ils seront de bons citoyens si c'est la peur qui fonde leur comportement d'adulte ?

– Hoppe, Linus ! appelle la femme.

Linus se met debout. Plus encore que la fatigue, c'est la colère qui lui coupe les jambes. Il pense soudain à Chem, à Yosh, et même à Ismène, qui doivent subir le même sort en ce moment et, tout en marchant au milieu des matelas, il contemple ses camarades avec compassion, comme si ces corps étendus là étaient des soldats vaincus, terrassés par un ennemi qu'ils ne connaissent pas, et prêts à tout désormais pour qu'on leur laisse simplement la vie sauve. Lorsqu'il arrive enfin devant la femme, qui lui tend l'enveloppe, il contrôle sa rage, baisse les yeux et lâche un « merci » qui lui coûte beaucoup.

L'enveloppe est là, dans ses doigts. Mais Linus décide de calquer son comportement sur celui des autres pour ne pas éveiller de soupçons. Parce qu'il n'a pas avalé le cachet, il se méfie. Il se contente de retourner s'asseoir sur son matelas et s'applique à avoir l'air aussi hagard que ses compagnons.

La femme et l'homme jettent un regard satisfait à l'assemblée, annoncent qu'ils se retirent et s'en vont, en effet. Un silence étrange flotte dans la grande salle. Certains candidats se sont carrément rallongés et ferment les yeux, leur enveloppe posée sur le ventre. D'autres, assis, les bras ballants, considèrent le carré de papier avec indifférence.

Linus rampe vers Adélie Himbert. Elle est assise sur son matelas et contemple le vide.

– Hé ! murmure Linus. Ça va ?

La fille tourne vers lui un œil bovin.

– Tu n'as pas pu te retenir, continue Linus. Tu devrais demander l'autorisation de te changer.

Manifestement, elle ne saisit pas un traître mot de ce qu'il raconte. Il change de sujet :

– Tes parents t'attendent à l'extérieur ? demande-t-il.

Le mot « parents » semble avoir une résonance dans l'esprit d'Adélie. Elle ouvre la bouche.

– Mes parents..., répète-t-elle.

– Les miens s'inquiètent sûrement, affirme

Linus pour entretenir cet éveil. Ils doivent être impatients de connaître mon résultat.

– Mon résultat...

Linus fronce les sourcils. C'est à croire que cette fille est subitement devenue idiote. Derrière lui, Linus entend soudain un bruit de papier déchiré et quelqu'un dire :

– 165.

Linus se retourne vers la voix. C'est une autre fille, la petite renfrognée qui menait le groupe à travers le corridor tout à l'heure. Elle semble avoir repris possession de ses facultés.

– 165 ? répète Linus. Tu es admise en sphère 1. Toutes mes félicitations !

La fille le dévisage, interloquée.

– En sphère 1..., dit-elle.

Autour d'eux, il y a un murmure, comme si la salle sortait enfin du sommeil.

– Alors ? l'encourage Linus. Tu dois être contente !

Un pâle sourire passe sur le visage de la fille.

– Je ne sais pas, dit-elle. Je pensais que... enfin, je ne m'attendais pas...

D'autres enveloppes s'ouvrent dans tous les coins de la salle et le petit « sshrriit » du papier est suivi à chaque fois de l'annonce d'un chiffre.

– 120 ! dit quelqu'un, un sanglot dans la voix.

– 155 ! exulte un autre.

– 140 !

– 180 !

Une agitation fiévreuse s'est emparée des candidats. Les chiffres tombent, les enveloppes sont mises en pièces, les larmes coulent. Debout au milieu des exclamations et des pleurs, Linus regarde fixement sa propre enveloppe. La petite renfrognée le tire par la manche et lui désigne Adélie qui, d'une main tremblante, extrait la feuille de son enveloppe.

– Combien ? l'interroge doucement Linus.

– Il n'y a pas de chiffre, murmure Adélie.

Linus se penche par-dessus son épaule.

– C'est une erreur ! s'écrie-t-elle.

Linus lit avec effroi la mention suivante : « Admission en sphère 3 » et, en tout petits caractères, la phrase : « 160, sous réserve de redressement. »

– Je ne veux pas y aller ! se met à sangloter Adélie.

Tous les yeux sont braqués sur elle. Un garçon au visage réjoui récite d'une voix de tribun :

– Tu dois admettre ton résultat ! Il est bon pour toi, pour ta famille, et pour notre société tout entière.

D'autres opinent du chef.

– Mais pourquoi ? murmure Adélie, qui s'est effondrée sur son matelas.

– Cette simple question prouve que tu as besoin d'être redressée en sphère 3 ! clame le même garçon.

Maintenant, tous les candidats du groupe E, F, G, H ont ouvert leurs enveloppes, sauf Linus, qui ne parvient pas à se décider. Il pense : moi aussi, je me suis révolté. Le Grand Ordonnateur l'a sûrement détecté, et je vais être envoyé en sphère 3, avec Chem, et même Yosh si ça se trouve. Alors, tout sera fichu. Nous ne pourrons rien changer à ce désastre.

Cependant, la petite renfrognée le regarde avec insistance.

– Alors, tu l'ouvres ? dit-elle d'une voix cassante. Ou bien t'as peur de nous dire où ils t'envoient ?

Les autres ricanent.

– Il est peut-être admis en sphère 4 ! rigole quelqu'un. Chez les fous. Regardez-le ! Il a un drôle d'air !

Linus baisse les yeux. « Qu'on en finisse », pense-t-il. Et d'un geste rapide, il ouvre son enveloppe, sans respirer.

– 140.

Les trois chiffres dansent sous ses yeux.

– 140, répète-t-il. Admis en sphère 2.

Chapitre 22

Lorsque le groupe E, F, G, H sort de la grande salle, Linus ferme la marche. Il tient Adélie Himbert par les épaules. Dans sa salopette orange et humide, elle ne cesse de pleurer. Les autres, qu'ils soient fiers ou humiliés, rassurés ou terrorisés à l'idée de quitter leur foyer, ont accepté leur résultat et marchent seuls.

La sortie est indiquée par des flèches. Le groupe avance sans bruit à travers une enfilade de couloirs aux portes closes. Linus a un frisson rien qu'en les regardant, sachant ce qu'il y a derrière. Il songe aux futurs candidats, ceux de l'année prochaine, qui viendront à leur tour se faire si violemment calculer par le Grand Ordonnateur. Il pense aussi à toutes ces années passées à l'école, au collège, durant lesquelles jamais personne ne dit jamais rien à propos de l'Examen. Comme l'a si bien exprimé son père, l'effet de « surprise » fait partie de l'évaluation.

– Les pauvres ! dit-il à mi-voix. Ils vont en baver, comme nous.

Octavio Ebhert, qui a été admis en sphère 1 et qui marche devant lui, se retourne :

– Qu'est-ce que tu bafouilles ?

– Je pense à ceux qui vont passer à la moulinette l'année prochaine. Ça me fait de la peine pour eux.

Octavio hausse les épaules.

– Ce n'est quand même pas si terrible !

– Ce n'est pas l'impression que tu donnais quand tu en es sorti ! rétorque Linus, surpris.

– Je me sentais parfaitement bien, assure Octavio.

Linus fronce les sourcils et se tait. Octavio n'a pas l'air de fanfaronner. Il semble sincère. Aurait-il déjà oublié la douleur, la peur, l'épuisement, ce sentiment d'être mis à nu par une machine redoutable, et d'être privé de tout, jusqu'à en chialer ? Dans sa poche, Linus touche du bout des doigts le cachet à la vanille. Un doute épouvantable l'assaille : et si ce n'était pas un simple remontant ?

Après avoir dépassé la dernière flèche, le groupe débouche soudain dans un amphithéâtre où sont rassemblés d'autres candidats. À l'entrée, le tri se fait.

– Les admissions en sphère 1, sur la gauche ! annonce un gros type à moustaches. Les sphère 2, à droite. Les sphère 3 et 4, vous n'entrez pas !

De ses gros bras, il dirige, repousse, sépare les nouveaux arrivants. Adélie s'agrippe au bras de Linus.

– Ne me laisse pas ! supplie-t-elle. J'ai peur !

Linus n'a pas le temps de l'encourager. Le type à moustaches est devant lui.

– Ton résultat ! aboie-t-il.

Linus lui tend sa feuille et le type l'envoie sur la droite en le dégageant de l'étreinte d'Adélie, qui pousse des cris désespérés.

– Bonne chance ! lance Linus. Si tu vois un garçon nommé Chem Nogoro, parle-lui de moi !

Adélie disparaît, refoulée hors de l'amphithéâtre. Dedans, les deux sphères se font face et se regardent comme des bêtes curieuses. Au milieu de la foule de la sphère 2, Linus se hisse sur la pointe des pieds. Il cherche Yosh de l'autre côté.

Soudain, il aperçoit un visage connu en face de lui : c'est Ismène ! Elle est debout, sage et silencieuse, parmi les admis de sphère 1 ; Linus agite le bras et parvient à attirer son attention. Ismène lui sourit spontanément et le salue de la main ; puis son visage s'assombrit brusquement. Une incompréhension profonde se peint sur ses traits. Linus, lui, continue de sourire. Il fait mine de l'applaudir pour la féliciter de son résultat. Ismène rougit et tourne la tête. Elle se faufile dans les rangées du fond et disparaît de la vue de Linus.

– Quelle fille stupide ! soupire Linus, un peu vexé quand même. Il y a cinq jours, elle voulait se marier avec moi !

Il balaie son humiliation d'un haussement d'épaules et part en quête de Yosh quand des cris attirent son attention vers la porte d'entrée, où le vigile à moustaches effectue le tri.

– Linus ! Linus !

Linus sent son cœur se décrocher. C'est Chem !

– Je suis là ! hurle Chem en sautant sur place.

Linus fend la foule et se rapproche :

– Chem ! Je suis là aussi !

Mais lorsqu'il arrive près de la porte, Chem a disparu. Linus s'accroche au veston du moustachu.

– Où est le garçon qui m'appelait ?

– Celui qui hurlait, tu veux dire ? Je l'ai mis dehors. Allez ! Circulez !

– Mais... pourquoi ? ose encore demander Linus.

– Les casse-pieds de sphère 3 n'ont pas leur place ici ! bougonne le type. Circule, je t'ai dit !

Linus fixe la porte, incrédule. Jusqu'au bout, il a espéré que Chem échapperait à la sphère 3. Les larmes aux yeux, il retourne se ranger dans sa section de l'amphithéâtre. Et si tout avait échoué ? Si Yosh et lui n'avaient pas échangé leurs résultats ? Si ce 140 n'était pas celui de Yosh, mais le sien ? « Après tout, c'est possible, se dit Linus intérieurement. Je ne suis pas si bon que ça. Tout juste moyen... C'est simplement parce que je vivais en sphère 1 que je me croyais au niveau du reste de ma famille. C'était une pure illusion, et mes parents m'ont élevé dans l'idée que je valais mieux parce qu'ils ne pouvaient même pas envisager les choses sous un autre angle ! »

Du coup, Linus n'ose même plus chercher Yosh dans la section d'en face. Il se planque au milieu des autres, indifférent à tout et triste comme les pierres. À côté de lui, en revanche, deux filles se donnent des coups de coude et gloussent en regardant les admis de sphère 1.

– Regarde celui-là, dit l'une. Il est mignon ! Dommage pour nous...

– Et cette fille ! renchérit la seconde. On dirait une dinde de Noël, avec ses rubans !

Linus voudrait se boucher les oreilles pour ne plus entendre les deux commères :

– Regarde ! En haut, sur la droite ! Un extra-terrestre !

– Où ça ?

– Là ! Celui qui a une face de lune et des cheveux...

– Oui ! trépigne l'autre. Je l'ai vu ! T'as raison, il a une coupe d'enfer !

Linus lève brusquement le nez.

– Où ? hurle-t-il à la fille, qui cesse immédiatement de glousser. Où, la face de lune avec la coupe de cheveux bizarre ?

La fille pointe le doigt vers la section d'en face, et Linus reconnaît Yosh. Il est là-haut, en effet, et sa drôle de dégaine détonne déjà. Fou de joie, Linus lui fait des signes :

– Yosh ! Yosh !

Enfin, Yosh le trouve du regard, et un sourire illumine son visage.

– Il n'est pas si moche quand il sourit, admet l'une des deux glousseuses tandis que Linus tente de s'approcher du bord de sa section pour parler à Yosh.

Plusieurs mètres les séparent, mais ils sont l'un en face de l'autre, rayonnants.

– Bravo ! crie Linus pour dominer le brouhaha.

– Merci ! crie Yosh en retour.

Puis, fronçant le nez, il demande :

– Combien ?

Linus lui montre les trois chiffres avec ses doigts. Yosh ouvre des yeux ronds. Il ne devait pas s'attendre à une évaluation aussi bonne finalement. De son côté, Linus attend « son » résultat. Et quand Yosh montre avec ses doigts

1-8-0, Linus ne peut s'empêcher d'être tout de même soulagé.

À cet instant, un sifflement strident retentit et le silence tombe sur l'amphithéâtre. Du côté de la sphère 1, au fond, une porte s'ouvre.

– Les admis de sphère 1 sont priés de sortir, dit une voix dans un haut-parleur, afin qu'on leur remette leur nouveau badge d'identification.

Yosh reste immobile, pâle, ses yeux plantés dans ceux de Linus. Mais le flot de ses congénères l'entraîne.

– Embrasse Zanz pour moi ! lance-t-il à Linus, les larmes aux yeux. J'espère qu'on se reverra !

Linus se jette en avant de tout son corps :

– Embrasse Mieg ! crie-t-il à son tour. Nous nous reverrons !

Yosh est emporté par le flot et disparaît derrière la lourde porte, qui se referme sur la sphère 1. Linus reste seul, hébété, comprenant avec terreur que leurs retrouvailles n'auront peut-être pas lieu avant des mois, des années... un siècle, qui sait ? Que va-t-il se passer maintenant ? Quelle est la procédure pour les nouveaux admis ? Où va-t-il dormir ce soir ? Où va-t-il vivre, et avec qui ? Linus ignore tout de ce qui l'attend. Désormais, non seulement son avenir est flou mais son présent l'est tout autant. Il contemple les bancs vides de la section d'en face. A-t-il vraiment fait le bon choix ?

Cependant, une porte s'est ouverte du côté des admis de sphère 2, et la voix du haut-parleur donne de nouvelles instructions :

– Les admis de sphère 2 sont priés de sortir afin qu'on leur remette leur nouveau badge d'identification.

À son tour, Linus Hoppe est englouti par la masse. Disparaissant derrière la porte, il entre dans l'inconnu de sa nouvelle vie.

Six mois plus tard

Chapitre 23

Penché depuis des heures au-dessus du tapis roulant, Linus grimace de douleur. Il attrape le carton, le soulève à bout de bras en étouffant un gémissement, puis le dépose derrière lui, sur un autre tapis roulant qui mène vers la scotcheuse automatique. Il a juste le temps de se retourner qu'un autre carton arrive déjà, avec sa lourde cargaison de boîtes de conserve et de bouteilles. Combien a-t-il soulevé de cartons comme celui-ci depuis qu'il travaille sur la chaîne d'emballage ? Des centaines ? Des milliers peut-être ?

Le lendemain de l'Examen, après une première nuit passée au foyer de transit, lorsque le superviseur de la Zone d'Apprentissage Enterrée lui avait expliqué quel travail il aurait à accomplir, Linus avait failli éclater de rire. C'était tellement absurde ! Ce type de manipulation pénible était automatisé depuis des dizaines d'années ! Pourquoi demander à des enfants de remplacer des machines ? Mais, devant le visage hostile du superviseur, l'envie de rire lui était vite passée. Les tapis roulants s'étaient ébranlés dans un vacarme assourdissant, et Linus avait dû se mettre au travail. Le long de la chaîne, aux différents postes, une trentaine d'autres candidats déclassés subissaient le même sort que lui. Ils avaient tous ce regard perdu, paniqué. Le rythme ne cessait d'accélérer et Linus n'avait pas le temps de réfléchir. Chaque fois qu'il prenait du retard, le superviseur menaçait de sanction l'ensemble de la chaîne : aussitôt, les autres l'insultaient par peur d'être pénalisés. En quelques jours, ils avaient pris le pli. Plus personne n'avait rouspété. Plus personne ne s'était plaint. Les cartons et les bouteilles étaient devenus leur seul sujet de préoccupation.

Encore un carton à soulever. Encore une journée à tuer. Maintenant que ses gestes sont devenus automatiques, Linus laisse son esprit vagabonder. Il songe à son ancienne vie en sphère 1, à sa grande maison dans la zone protégée, aux arbres du jardin, aux dimanches sur la terrasse avec ses parents, avec Mieg... Le cœur noyé de chagrin, il pense aussi à Chem, à Yosh, à leur volonté de changer les choses de ce monde. Quelle erreur ! Personne ne lui avait parlé du foyer de transit. Il s'était imaginé qu'une famille de sphère 2 allait l'accueillir et que ses parents pourraient lui rendre visite. Il s'était imaginé qu'il vivrait aux côtés de M. Zanz, qu'il lui serait facile de rester en rapport avec Chem, d'organiser des manifestations. Il croyait à l'aventure, à l'exotisme, à l'imprévisible ! Mais, depuis six mois, il n'a revu personne. En guise d'aventure, il se retrouve enfermé là, avec ses cartons, son dos brisé, ses rêves en miettes. « C'était vraiment une idée formidable ! » se répète-t-il avec ironie. Et il se met à rire comme un idiot, seul au fond de l'entrepôt, tandis que les cartons s'accumulent sur le tapis roulant.

– Linus Hoppe ! Dix points de pénalités ! crie le superviseur en l'entendant glousser.

Linus hausse les épaules et reprend son travail.

Chaque fois qu'il penche la tête, son cou lui fait mal. Depuis quelques jours, sa gorge est gonflée, et, sous le menton, sa peau le démange en permanence. Sur les conseils de Sadko, le seul ami qu'il se soit fait au foyer, il a déposé une demande pour obtenir une visite médicale. Mais aucun médecin n'est encore venu. Alors, il a fini par enrouler un foulard autour de son cou meurtri, sans que cela le soulage vraiment.

Une sonnerie désagréable retentit soudain

dans la ZAE et toutes les machines s'arrêtent. C'est la fin de la journée. Linus laisse retomber le dernier carton sur le tapis roulant. Il se redresse lentement, les mains sur les hanches, dans une attitude de vieillard. Son front dégouline de sueur ; il n'a même plus l'énergie de l'essuyer. D'un pas hésitant, il quitte son poste de travail et rejoint la file silencieuse des autres élèves, écrasés de fatigue après huit heures passées dans l'entrepôt surchauffé.

Devant la porte de l'ascenseur, il aperçoit la longue silhouette maigre de Sadko qui se faufile vers lui. Avec ses cheveux blonds et raides comme du crin, Sadko ressemble à une girafe famélique. Linus soupire. Lui, il n'aurait jamais dû connaître le foyer. Après l'Examen, il aurait dû rejoindre sa mère, en sphère 2, comme prévu. Mais, à la sortie de l'amphithéâtre, un surveillant lui avait annoncé que c'était impossible : durant l'après-midi, sa mère était morte brutalement. Comment ? Pourquoi ? Sadko n'en sait toujours rien. En tant qu'orphelin, il s'était retrouvé au foyer. Et il n'avait même pas obtenu l'autorisation d'assister à l'enterrement.

– Ça va ? demande Sadko en posant un regard inquiet sur la gorge de Linus. Tu tiens encore debout ?

Linus essaie de lui sourire. Même les muscles du visage lui font mal.

– Tu ne peux pas rester dans cet état, soupire Sadko. Il faut vraiment que tu voies un médecin.

Dehors, surpris par la lumière, ils clignent des yeux comme des taupes éblouies, puis ils se dépêchent d'enfiler leurs blousons et de rabattre leurs capuches sur leurs cheveux humides. L'air froid de novembre est saisissant.

Sadko entraîne Linus dans la petite cour cernée par les bâtiments austères du foyer. Depuis six mois, ce rectangle de béton est le seul lieu de promenade qu'ils connaissent. Le règlement ne permet aucune sortie, aucune visite. Les élèves déclassés représentent les ratés du système, alors on les cache comme des bêtes honteuses. Le seul reclassement glorieux concerne les élèves qui, comme Yosh, ont obtenu leur passeport pour la sphère 1. Ceux-là sont respectés, choyés, et l'administration leur trouve sans tarder une famille d'accueil digne de leur exploit. Mais les autres, qui viennent de sphère 3 ou de sphère 4, sont trop bizarres pour être exposés. Et parmi eux, Linus fait figure de brebis galeuse. D'après ce qu'il sait, il est le seul à avoir vécu en sphère 1. C'est un cas d'échec particulièrement humiliant.

– Viens te mettre à l'abri, dit Sadko en levant les yeux vers le ciel qui s'assombrit.

Les premières gouttes d'une averse froide battent le béton défoncé de la cour, formant rapidement des flaques dans les creux, le long de la petite butte d'herbe et des hautes grilles qui ferment l'entrée. Linus porte une main à son front brûlant, tandis que Sadko le soutient pour l'aider à atteindre la porte du bâtiment. Derrière eux, une troupe d'élèves épuisés et grelottants traverse le hall, puis se scinde en deux, filles d'un côté, garçons de l'autre, avant de grimper en silence à l'étage.

Dans le dortoir, Linus et Sadko enlèvent leurs chaussures et s'effondrent sur leurs lits. Un à un, les autres garçons viennent s'abattre sur les matelas, comme des mouches mortes. Ils ont les traits tirés, les yeux rouges, le teint blafard. Seul Elmer, un petit brun hargneux, semble taillé pour résister aux cadences de travail dans la ZAE. Chaque soir, il fait minutieusement ses comptes dans un carnet.

– Encore 20 points de bonus ! s'exclame-t-il
en se frottant les mains.

Puis il se tourne vers Linus et demande avcc dédain :

– Et toi ? Combien de pénalités ?

Assommé de fatigue, Linus ferme les yeux. Il ne répond pas et se tourne vers le mur.

Cette heure de pause avant le dîner est le seul moment de répit auquel les élèves ont droit, mais Linus ne parvient jamais à en profiter. Les questions obsédantes tournent dans sa tête : reverra-t-il un jour ses parents ? Saura-t-il leur expliquer pourquoi il a voulu changer le cours de son destin ? Le comprendront-ils ? Et Mieg ?

Et Yosh ? Et Chem ? Et M. Zanz ? Où sont-ils ? Que font-ils ? Pensent-ils encore à lui ?

Il attrape l'oreiller et enfonce son visage dedans, comme pour étouffer ses souvenirs. Dans le dortoir sans lumière, les autres dorment à moitié. Comment font-ils pour trouver le repos ? Linus a beau essayer d'oublier, c'est impossible. Il revoit non seulement les visages de ceux qu'il aime, mais aussi la scène terrible de l'Examen... Il se croit de nouveau prisonnier de la cabine, il sent encore les mâchoires d'acier sur ses poignets et les capteurs dans sa bouche,

il revoit les images sur l'écran : chaque seconde de cette torture est restée inscrite dans sa mémoire. Il suffoque et rouvre les yeux.

Discrètement, il passe la main sous le matelas. Là, coincée entre deux lattes de métal, il repère la petite bosse sous le morceau de scotch : c'est là qu'il cache le comprimé à la vanille, ce soi-disant remontant qu'on lui a donné après l'Examen.

À force d'y réfléchir, Linus est convaincu que ce médicament est à l'origine de l'amnésie collective qui semble avoir frappé tous les candidats. Si, en effet, il efface la mémoire, plus personne ne peut se souvenir de la violence et de l'absurdité de l'épreuve. Ainsi, personne ne proteste contre le Grand Ordonnateur, et les familles continuent d'envoyer leurs enfants au centre d'Examen, comme si de rien n'était.

Linus regarde son voisin dormir, et il l'envie éperdument. Sans bruit, il détache le morceau de scotch et prend le cachet dans le creux de sa main. Il l'approche de son nez. Après tout ce temps, il a un peu perdu de son affreuse odeur... Et si Linus l'avalait, maintenant ? Et s'il oubliait tout, volontairement ? Enfin, il arriverait peut-être à dormir et à accepter son sort ! Il se sentirait plus léger ! Et il pourrait alors commencer sa nouvelle vie...

À bout de forces, Linus ouvre la bouche. Il s'apprête à envoyer le cachet au fond de sa gorge quand la voix de Sadko le fait sursauter :

– Hé ! Tu dors ?

Linus referme sa main sur le cachet et soulève la tête. Sadko se tient debout devant son lit.

– Qu'est-ce que tu fabriques ? Tu pleures ?

Linus s'essuie les yeux et rabat la couverture.

– C'est la fièvre, se justifie-t-il. Ça donne les yeux brillants.

– J'ai oublié de te raconter, tout à l'heure, murmure Sadko en s'asseyant sur le lit. Il y a une nouvelle superviseuse à l'entrepôt de stockage. Elle s'appelle Toscane.

Linus hausse les sourcils. Dans l'état où il est, il n'a pas spécialement envie de parler des filles.

– Et alors ? Elle est jolie ? demande-t-il par pure politesse.

Sadko sourit :

– Pas vraiment. Mais elle est intéressante quand même. C'est la fille du directeur du foyer !

Linus plisse les yeux. La fille du directeur ? Ça ne lui dit rien de bon. Ici, il vaut mieux passer inaperçu et laisser l'administration là où elle est.

– Figure-toi qu'elle te cherchait, lui annonce Sadko.

– Comment ça, elle me cherchait ?

– Elle m'a posé des questions à ton sujet. Je suppose que ça l'intrigue de savoir que tu viens de sphère 1. Tu es le seul dans ce cas, ici.

Linus sent la fièvre monter d'un cran. Bien qu'il n'ait jamais rien dit à Sadko, il a souvent l'impression que sa fraude à l'Examen se voit comme le nez au milieu de la figure. D'ailleurs, de temps à autre, le grand blond fait des allusions étranges, comme s'il cherchait à lui faire avouer la vérité.

– Qu'est-ce que tu lui as dit ?

– Je lui ai juste signalé que tu étais malade et que tu avais besoin d'un médecin. Elle est bien placée pour forcer la main à son père. Elle m'a expliqué qu'elle revenait d'une période de formation dans une colonie de redressement...

Linus bondit, le cœur brusquement serré :

– Tu veux dire... en sphère 3 ?

– Évidemment, en sphère 3 ! Il paraît que c'est terrible, là-bas. Je plains vraiment ceux qui y sont... Bref, Toscane est revenue pour terminer sa formation ici, avec son père. C'est elle qui doit prendre la direction du foyer quand il sera à la retraite. J'ai eu tort de lui parler de toi ?

Linus secoue la tête et se redresse complètement. Et si cette fille avait rencontré Chem ? Il doit exister plusieurs colonies de redressement pour les rebelles comme lui, mais qui sait ? Cette Toscane veut peut-être lui transmettre un message ? Pour la première fois depuis six mois, une lueur éclaire son horizon. Il regarde Sadko :

– Tu me la montreras au réfectoire, tout à l'heure ?

Sadko fait la moue.

– Elle doit dîner avec son père, dans l'appartement de fonction. Si elle te cherche, de toute façon, c'est elle qui viendra à toi.

Linus pousse un soupir. Dans sa fièvre et son excitation, il se met à marmonner sans s'en rendre compte.

– Tu es bizarre, parfois..., lui fait remarquer Sadko.

Puis, avec un sourire entendu, il retourne s'allonger sur son lit. Linus se laisse retomber en arrière, la tête sur l'oreiller. Dans sa paume, le médicament à la vanille est en train de fondre, tellement sa peau est chaude.

L'espoir d'avoir enfin des nouvelles de Chem lui donne la force d'attendre. Lentement, il replace le cachet entre les lattes.

Chapitre 24

Cette nuit-là, comme chaque nuit, Linus rêve qu'il ouvre des portes. Des dizaines et des dizaines de portes, derrière lesquelles il n'y a rien, si ce n'est une autre porte. Ce rêve n'est pas tout à fait un cauchemar parce qu'à chaque fois qu'il ouvre une porte, il se reprend à y croire : « Et si c'était enfin la dernière ? »

Ce rêve l'épuise. À sept heures, quand les lumières jaillissent du plafonnier fixé au-dessus de son lit et que les autres garçons du dortoir commencent à s'agiter, il a un mal de chien à soulever les paupières. Comme d'habitude, c'est Elmer qui finit par le tirer du lit :

– Grouille-toi, s'il te plaît.

Linus se lève, chancelant, et s'en va avec les autres vers les lavabos. Le règlement du foyer est très strict concernant les déplacements matinaux : tous les membres du dortoir doivent rester groupés jusqu'au petit déjeuner, sans quoi personne n'est servi.

Linus ouvre le robinet d'eau froide et se regarde dans le miroir. À peu de chose près, son cou ressemble à celui d'un pélican. Ses joues se sont creusées, ses mâchoires ont forci, et ses yeux, soulignés par des cernes bleutés, sont devenus ternes. Si ses parents le voyaient, le reconnaîtraient-ils ?

– Hé ! Grouille-toi ! répète Elmer en le tirant par la manche de son pyjama. T'es assez propre comme ça !

Un instant après, les garçons se regroupent dans le réfectoire. Le brouhaha des conversations, le bruit des chaises sur le carrelage et le tintement des cuillères dans les bols résonnent entre les murs nus de la salle. Linus observe fixement la vapeur qui s'élève en volutes lentes et complexes au-dessus de son bol de lait chaud. Il n'a pas faim.

– Tu penses encore aux cocktails de ta sœur ? lui demande Sadko en s'asseyant en face de lui. Ils devaient être vraiment délicieux pour que tu les regrettes à ce point !

Linus fait signe que oui. Oh, il regrette tellement ! Pas seulement les cocktails fantaisistes de Mieg, bien sûr. Mais c'est tout ce qu'il a trouvé pour justifier ce cafard qui l'empêche d'avaler quoi que ce soit au petit déjeuner.

– On ne peut pas revenir en arrière, philosophe Sadko en étalant le contenu jaunâtre d'une barquette en plastique sur un morceau de pain mou. Moi, je commence à me faire à cette idée.

Le cœur au bord des lèvres, Linus acquiesce sans conviction.

– Tu devrais te résigner, continue Sadko. À quoi ça sert, la nostalgie ? À rien. Les morts sont morts, et nous, on doit se débrouiller sans eux.

« Les morts... peut-être ! songe Linus. Mais les vivants ? Ceux qui continuent d'exister, de respirer, de parler, de penser ? Comment faire pour les effacer de son esprit ? C'est impossible ! » Une fois encore, il ressent la morsure des regrets : jamais il n'aurait dû faire l'échange avec Yosh ! Il aurait dû rester à sa place, ne pas se poser toutes ces questions artificielles sur la société, la justice, la liberté, le droit de choisir son chemin ! Depuis qu'il est ici, tout cela lui paraît tellement secondaire...

À l'entrée du réfectoire, une rangée de surveillants se mettent à battre le rappel.

– Dépêchez-vous ! Il est huit heures. Dix points de pénalité aux retardataires !

Au moment où Linus se lève pour aller rapporter son plateau, Sadko le retient.

– Attends ! C'est elle. C'est Toscane là-bas !

Il lui désigne une grosse fille aux cheveux courts qui vient d'entrer dans le réfectoire. Elle vient droit sur eux d'un pas décidé. Linus repose son plateau, le cœur battant. Toscane semble un peu plus âgée que lui, quinze ou seize ans, peut-être.

– Tu es bien Linus Hoppe ? lui demande-t-elle de but en blanc.

– Oui.

– Il paraît que tu es malade ?

Linus porte une main vers sa gorge enflée.

– Suis-moi, dit Toscane sur un ton sans réplique.

Comme il hésite, Sadko s'approche de lui et s'empare de son plateau.

– Vas-y, souffle-t-il. C'est ta chance.

Toscane est déjà dans le couloir qui mène à la section administrative du foyer quand Linus la rattrape. Malgré sa corpulence, elle marche vite, et ses gestes dénotent une grande nervosité. Tout en avançant, elle ne cesse de se passer la main dans les cheveux, ou de se tordre les doigts pour faire craquer ses articulations.

– Où va-t-on ? finit-il par demander.

Toscane s'arrête brusquement et se retourne vers lui. Elle a des yeux d'un noir profond, tellement profond qu'on dirait deux entrées de tunnel. Décontenancé, Linus baisse la tête.

– Tu as peur ? demande-t-elle.

Il secoue la tête.

– Alors, viens !

Toscane passe la porte d'une salle où bavardent quelques surveillants qui profitent du départ des élèves vers la ZAE pour prendre un café. Ils tournent la tête en les voyant entrer.

– Cet élève est avec moi, lance Toscane. Dérogation spéciale.

Rassurés, les surveillants reprennent leurs bavardages, tandis que Toscane entraîne Linus à travers un nouveau couloir. Ici, il n'y a plus un bruit, et ce silence alourdit encore l'atmosphère inquiétante qui règne naturellement dans le foyer. Toscane ralentit l'allure, jette un regard derrière elle, puis s'arrête.

– J'ai vérifié, dit-elle à voix basse. Tu es bien le Linus que je cherche.

Linus a un léger mouvement de recul. Il voudrait échapper au regard pénétrant et magnétique de Toscane.

– Pourquoi moi ? demande-t-il, méfiant.

– Parce que. Tu ne peux plus rester ici. C'est trop dangereux.

Linus a du mal à respirer. Qui est cette fille ? De quoi parle-t-elle ? Il ouvre la bouche pour la

questionner, mais un surveillant surgit au fond du couloir. Toscane sursaute.

– Avance, murmure-t-elle. Reste à côté de moi et écoute.

Linus obtempère. Cette impression d'urgence, ce souffle de danger qui lui hérisse les poils des bras... il a déjà connu ça lorsqu'il mettait au point son projet de fraude.

– Je suis venue pour te faire sortir du foyer, continue-t-elle en chuchotant. Ne me demande pas de détails pour l'instant. La seule chose importante que tu dois savoir, c'est qu'il y a une nouvelle Organisation... M. Zanz m'a demandé d'agir vite. Est-ce que tu me suis ?

Abasourdi, Linus n'arrive pas à répondre. Ce nom ! Elle vient de prononcer le nom de M. Zanz ! Ici, entre les murs du couloir, dans ce foyer-prison ! « M. Zanz ! » Cela sonne à ses oreilles comme un appel lointain et rassurant. Toscane se retourne. Le surveillant vient de bifurquer vers le hall. Elle pousse un soupir.

– Hier, quand j'ai appris que tu étais malade, je suis allée consulter ton dossier. Tu as déjà déposé une demande pour voir un médecin. J'ai convaincu mon père de donner suite, mais il veut te voir avant d'autoriser la visite médicale. C'est là que je t'emmène. Dans son bureau. Si tout se déroule bien, ça peut aller très vite. Le médecin est déjà sur place.

Linus se passe une main sur la figure. Il a un mal fou à comprendre ce qui lui arrive. Six mois de routine, de réclusion, de désespoir, et brusquement tout s'accélère. Il a besoin de temps, de détails ! Incapable de faire un pas de plus, il bafouille :

– Mais... enfin... tu connais M. Zanz ?

Toscane confirme d'un mouvement de tête.

– Depuis plus d'un an. Je t'expliquerai plus tard. Mon père ne sait rien, évidemment. Et il est de nature méfiante, je te préviens. J'espère que ta maladie est visible.

Linus tire sur son foulard pour lui montrer son cou rouge et enflé. Un sourire effleure les lèvres de la grosse fille.

– C'est moche, admet-elle. Ce qui est parfait pour nous. Maintenant, il faut que tu sois prêt à jouer le jeu. Si mon père a le moindre doute, il est capable d'alerter la police. Mais nous avons nos chances. Cela fait des mois que je travaille dans ce sens, pour éteindre ses soupçons. Tu me fais confiance ?

Linus replace son foulard. Toscane pourrait aussi bien lui tendre un piège, mais il y a quelque chose dans son regard qui ne trompe pas. Instinctivement, il la croit sur parole. Gagné par une excitation extrême, la respiration haletante, il affirme :

– Je suis prêt.

Aussitôt, Toscane reprend sa marche rapide.

Après avoir franchi une porte vitrée, ils se retrouvent tous les deux dans un vestibule obscur qui sent le renfermé. Toscane frappe à la porte du directeur et lorsqu'elle l'ouvre, Linus éprouve la même sensation que dans son rêve.

– Et si c'était la dernière ? murmure-t-il.

Chapitre 25

Le bureau du directeur est un local strict, sans confort, sans aucune marque personnelle, pas même une photo de famille. Mais il y a un objet qui attire immédiatement le regard de Linus : un ordinateur posé sur le bureau. Le seul, sans doute, de tout le foyer ! Derrière, une fenêtre en verre dépoli laisse entrer une lueur blafarde ; dans le contre-jour, la silhouette massive du directeur se découpe en ombre chinoise. Ses mains sont posées à plat sur un dossier.

– Approche ! lance-t-il sans préambule à l'adresse de Linus.

Comme pris en faute, Linus tressaille. Il fait deux pas en avant, bredouille quelques mots, s'interrompt soudain en sentant peser sur lui les yeux noirs et inquisiteurs de l'homme. Les mêmes que ceux de Toscane, la malice en moins. Bien qu'il soit assis, l'homme paraît grand. Sa figure blême luit de transpiration.

– Les déclassés de sphère 1, comme toi, sont très rares ici, commence-t-il. Comment expliques-tu ton résultat alors que toute ta famille est si brillante ?

Linus sent sa gorge devenir sèche et brûlante.

Comme il ne répond pas, le directeur ouvre le dossier et poursuit :

– M. Tobias Hoppe, ton père, est un cadre important à l'Observatoire Économique. Ta mère, Francesca Hoppe, ingénieur spécialisé dans les réseaux de vidéosurveillance. Ta sœur Mieg a été évaluée à 185. C'est une excellente élève de l'Institut Supérieur d'Architecture...

Et, narquois, il ajoute :

– Tu connais l'histoire du vilain petit canard ?

Linus se raidit, blessé par la remarque du directeur. Dans son dos, il sent la présence de Toscane, très tendue. Il doit jouer le jeu, absolument.

– Tu ne veux pas répondre ? s'écrie le directeur. Très bien ! Je comprends ton humiliation ! Mais sache que j'ai horreur des simulateurs et des feignants ! De quoi te plains-tu ?

Linus fait un effort énorme pour se contrôler. D'une voix hachée, il articule :

– C'est mon cou. Il me fait très mal... Il est...

– Montre-moi ça.

Les doigts tremblants, Linus dénoue son foulard. À sa grande surprise, le directeur se lève, contourne son bureau et vient se planter devant lui. De près, son visage paraît encore plus blême, presque transparent. Soudain, il s'accroupit et, sans précaution, il appuie son index sur la gorge gonflée de Linus, qui pousse un cri de douleur.

– Ah, ah ! Petite nature, hein ? ricane l'homme.

Linus, la respiration coupée, voit son gros visage luisant danser devant lui et la tache pâle de la fenêtre se déformer et devenir floue. Sans bouger de sa place, Toscane intervient :

– Je ne t'aurais pas dérangé si cet élève ne m'avait pas paru effectivement très malade.

Le directeur se redresse péniblement, lâche un soupir et marque un silence.

– Nous ne pouvons pas le laisser dans cet état, poursuit Toscane. Rappelle-toi certains incidents... Tu as évité de justesse des ennuis sérieux. Je ne voudrais pas que ça recommence.

Le directeur retourne derrière son bureau, s'assoit lourdement dans son fauteuil et fronce les sourcils. Une grande tension s'est installée dans la pièce, comme un visiteur encombrant qui prendrait ses aises. Linus n'ose plus bouger un seul muscle, de peur de réveiller la douleur. Il se concentre pour essayer de retrouver son souffle et son équilibre, tandis que Toscane, immobile elle aussi, se tient presque au garde-à-vous. Le directeur se racle la gorge.

– Tu veux faire tes preuves, c'est bien ça ? demande-t-il à sa fille.

– Étant donné les circonstances, je pense qu'il le faut, affirme Toscane. Laisse-moi superviser la consultation du docteur Ambrose et suivre le cas de cet élève jusqu'à sa guérison.

L'homme tapote le dessus de son bureau d'une main nerveuse. Linus voit son visage se crisper sous l'effet du doute et de l'indécision.

– Si nous ne prenons pas d'avis médical, insiste Toscane, ce garçon peut nous claquer entre les doigts. Et tu sais aussi bien que moi quelles conséquences cela aurait sur la réputation du foyer... d'autant plus qu'il a de la famille haut placée.

Le directeur s'éponge le front et secoue la tête, agacé.

– Entendu, lâche-t-il. Montez immédiatement pour la consultation. Dès qu'elle sera terminée, je veux le rapport du docteur Ambrose.

Toscane et Linus quittent le bureau à reculons. Une fois dans le vestibule, Linus aspire une goulée d'air comme s'il remontait à la surface après une longue apnée. Son cœur bat douloureusement dans sa gorge. Jamais il ne s'est senti aussi mal de toute sa vie.

– Tu dois tenir le coup ! chuchote Toscane en le secouant par les épaules. Linus ! Il faut que tu tiennes ! C'est presque fini, maintenant !

Elle le prend par le bras et l'entraîne de nouveau par le couloir avant d'ouvrir la porte du fond à l'aide d'une clé magnétique.

– Quand nous serons là-haut, fais exactement ce que je te dirai. Le docteur Ambrose est dans la combine.

La porte passée, ils se retrouvent sur un palier faiblement éclairé. Tout est silencieux.

Toscane pousse Linus vers les marches qui mènent à l'entresol. Là, elle utilise encore sa clé avant de le faire entrer dans une vaste salle dont le sol est couvert de moquette. Des tableaux sont suspendus aux murs : l'appartement de fonction du directeur, sans doute. Une lumière crue inonde l'endroit. Linus s'arrête sur le seuil. Là, devant lui, de hautes vitres parfaitement transparentes s'ouvrent sur un fouillis d'arbres aux branches nues qui dessinent des rides sur la peau blanche du ciel d'automne. Ces baies vitrées sont les seules qui donnent de l'autre côté du bâtiment. Dans son éblouissement, Linus oublie presque la raison de sa présence ici. Il s'avance vers les fenêtres, mains tendues, aimanté par le spectacle inespéré du monde extérieur.

– Voici le docteur Ambrose, dit Toscane dans son dos.

Lentement, Linus se retourne et découvre une femme, grande et assez jeune, qui le regarde avec sérieux. Son visage ovale est souligné par une courte chevelure à la couleur indéfinissable, entre le blanc et le beige.

– Je vais t'examiner si tu veux bien, propose-t-elle.

Retrouvant le sens de la réalité, Linus dénoue son foulard et s'approche d'elle docilement. Cette fois, ce n'est pas un index brutal qui se pose sur son cou, mais une main légère et professionnelle. Il se laisse faire, tout en épiant Toscane du coin de l'œil. La grosse fille, toujours aussi nerveuse, arpente le salon en se tordant une mèche de cheveux.

– J'aimerais t'ausculter plus précisément, finit par dire le docteur Ambrose. Viens t'asseoir.

Elle dirige Linus vers le sofa, tout au fond de la salle. Malgré lui, il sent monter une boule dans sa gorge. La douceur peu commune avec laquelle le traite cette femme, la lumière du jour, ces arbres, ce décor, tout cela le bouleverse à lui donner envie de pleurer. Tandis que le docteur Ambrose ouvre une petite valise en métal, Toscane vient se poster derrière le dossier du sofa. Elle se penche vers Linus et chuchote entre ses dents :

– Nous pouvons parler librement devant le docteur Ambrose, mais reste discret. Mon père nous observe.

Linus essuie ses paumes moites sur son pantalon. Pas besoin d'être bien futé pour deviner qu'il y a des caméras et des micros dans la pièce. À l'autre bout du bâtiment, enfermé dans son petit bureau, le directeur du foyer doit suivre la scène sur l'écran de son ordinateur.

– Tu étais dans une colonie de sphère 3 ? demande-t-il à Toscane, les yeux dans le vague.

– Ne parlons pas de ça maintenant, murmure-t-elle. L'urgent, c'est d'organiser ta sortie.

Linus se mord les lèvres. Le médecin vient de soulever son pull et de lui plaquer l'embout glacé d'un stéthoscope sur le dos. L'instrument, relié à la valise, transmet directement les données à un ordinateur miniature.

– Mais là-bas... en sphère 3, tu as peut-être vu un de mes amis, insiste Linus. Chem Nogoro.

Toscane s'écarte du sofa sans répondre, et elle se remet à tourner en rond dans la pièce, comme un fauve en cage.

– Tousse un peu, demande le docteur Ambrose d'une voix exagérément sonore.

Linus s'exécute, ce qui met le feu à sa gorge. Pendant sa quinte de toux, Toscane revient près de lui et attend qu'il se calme.

– Tu as bien fait de tomber malade, souffle-t-elle. Ça nous simplifie la tâche. Si mon père accepte de te laisser sortir, tu iras dans la planque que M. Zanz a trouvée pour toi.

– Pourquoi... pourquoi seulement maintenant ? halète Linus en gardant une main devant sa bouche.

– Il a fallu du temps pour mettre en place la nouvelle Organisation. Elle fonctionne à présent, mais c'est plus compliqué qu'avant. En six mois, les choses ont changé, Linus. La police est de plus en plus méfiante. Il y a eu des arrestations. Le jour de l'Examen, notamment.

Linus tente de classer toutes ces informations dans son esprit embrouillé, mais il y en a trop. Le docteur Ambrose range son stéthoscope électronique et lui demande de se tourner vers elle, puis d'ouvrir la bouche. À l'aide de pincettes, elle dépose des nanobiocapteurs sur ses amygdales enflées.

– Nous avions prévu de te contacter après ta sortie du foyer de transit..., chuchote-t-elle en se penchant pour examiner sa gorge. Les années précédentes, ce séjour ne durait que deux ou trois mois. Ensuite, les déclassés étaient envoyés dans des familles d'accueil. Là, nous aurions pu te retrouver. Mais cette fois, la durée de transit est rallongée jusqu'à nouvel ordre. Il faut que tu sortes.

Linus jette un regard vers Toscane. Les biocapteurs ne l'empêchent pas de parler, mais il doit garder la bouche ouverte.

– Co... ent as-tu co... u M. Zanz ?

Toscane baisse la tête et soupire avant de murmurer :

– Il y a quelques années, j'étais anorexique.

Elle replace une mèche de cheveux derrière son oreille, et poursuit :

– L'année de mon Examen, j'étais si faible que mon père a dû se résoudre à appeler un médecin. Il a horreur de laisser des étrangers pénétrer dans le foyer, mais il n'avait pas le choix. J'ai failli mourir, et il s'en veut encore.

Un petit rire chevrotant s'échappe de sa gorge.

– Pour moi, c'est devenu un excellent moyen de chantage ! Tu as remarqué, tout à l'heure ? Dès que je lui rappelle cet épisode, il se sent fautif. Bref, ce médecin, c'était justement le docteur Ambrose. C'est elle qui m'a fait connaître le réseau de M. Zanz. Sans exagérer, elle m'a sauvé la vie. J'ai enfin pu imaginer autre chose que de passer le restant de mes jours ici. Après mon Examen, je me suis mise au service de l'Organisation. J'ai tout fait pour rassurer mon père. J'ai joué la petite fille modèle, j'ai repris du poids... Un peu trop, même...

Linus commence à comprendre les motivations de Toscane. Vivre ici *ad vitam aeternam* ! Il y a de quoi déprimer ! Le docteur Ambrose lui retire les biocapteurs et il se remet à tousser.

– C'est fini ! déclare le médecin d'une voix forcée. L'infection risque de gagner du terrain. Il faut opérer d'urgence. Je dois en référer immédiatement au directeur du foyer.

Linus ouvre des yeux ronds. L'opérer, lui qui n'a jamais été malade, qui n'a jamais mis les pieds dans un hôpital ? Il se tâte la gorge avec appréhension. Cette perspective le renvoie brutalement plusieurs mois en arrière, à l'époque où il constatait avec amertume que sa vie s'était déroulée sans le moindre incident jusqu'à présent. Cette époque est bien révolue...

– Que va-t-il se passer après l'opération ? demande-t-il, au comble de l'anxiété.

Le docteur Ambrose se penche pour fermer sa valise.

– Nous te l'expliquerons plus tard, murmure-t-elle. Sache seulement que tu ne reviendras plus au foyer. Tiens-toi prêt pour ce soir.

Chapitre 26

Vers dix-sept heures, Linus entend les pas traînants des autres garçons dans l'escalier du premier étage. Ils reviennent de la ZAE. Dans un instant, ils vont entrer dans le dortoir et l'assaillir de questions. Linus se penche, soulève son matelas, arrache le morceau de scotch qui retient le cachet à la vanille entre les lattes et l'enfonce précipitamment dans sa poche. Les pas se rapprochent. La poitrine oppressée, il se dépêche de plier ses affaires et de refermer le sac en grosse toile prêté par le foyer. Puis il croise les mains dans son dos et attend.

– Ben... qu'est-ce que tu fais ? s'étonne Elmer, qui entre le premier dans le dortoir.

Linus se tient debout devant son lit, vêtu du blouson de pluie marqué aux insignes du foyer. Soupçonneux, Elmer l'examine de la tête aux pieds avec un sourire mauvais sur les lèvres.

– Il paraît que tu fais le fayot avec la fille du directeur ? C'est elle qui t'a dispensé de travail aujourd'hui ?

Un à un, les autres garçons entrent et s'arrêtent, interloqués. Sadko arrive le dernier et les bouscule pour accéder à Linus.

– Comment tu vas ? demande-t-il en désignant son cou. Tu as vu un médecin ?

– Oui, ce matin.

– Et alors ?

– Ils m'envoient à l'hôpital. Je dois être opéré.

– Pff ! fait Elmer en levant les yeux aux ciel. Opéré ? Et puis quoi encore ? Tu veux pas une cure aux Bahamas, aussi ?

Sadko se retourne vivement vers le petit brun.

– Arrête, Elmer. Linus est malade. Ça se voit, non ?

Les trois autres garçons se traînent mollement

vers leurs lits, jetant au passage des regards hostiles à Linus.

– Nous aussi, on est malades ! bougonne l'un d'eux.

– Ouais, on est malades ! s'écrie Elmer, le visage déformé par la jalousie. Mais nous, on est pas des lavettes ! Alors que M. Hoppe, lui, il vient de sphère 1, ne l'oubliez pas ! Il a vécu dans le coton pendant quatorze ans, alors il a du mal à supporter la vraie vie !

Les autres se mettent à ricaner bêtement tandis qu'Elmer vient se poster juste sous le nez de Linus.

– Ce qui me tue, grogne-t-il, c'est que le directeur te laisse sortir ! Même ici, les types comme toi continuent d'avoir des privilèges. Et, ça, je trouve que c'est dégueulasse.

Pour signifier clairement son dégoût, Elmer envoie une pichenette sur la gorge de Linus. Sadko n'a même pas le temps de faire un pas ; Linus a déjà saisi Elmer par le bras et le tord d'un geste sec.

– C'est ça ! Fais-moi mal ! ricane Elmer en essayant de retenir un gémissement de douleur.

– Arrête, Linus, souffle Sadko. Si tu fais une connerie, ils ne t'autoriseront pas à sortir.

Linus pousse un gros soupir et lâche le bras d'Elmer. Il se sent tellement tendu, tellement électrique, qu'il a du mal à se contrôler. Pourtant, Sadko a raison. Il ne doit surtout pas répondre aux provocations d'Elmer.

– Qu'est-ce que tu as autour du poignet ? s'exclame Sadko en s'approchant.

Linus baisse les yeux. Il aurait préféré ne pas le montrer, mais il est trop tard. Tout à l'heure, quand le directeur a donné son accord pour qu'il sorte, il lui a scellé au poignet cet objet plat en métal, muni d'une diode clignotante.

– C'est un bracelet de détection, murmure-t-il. Obligatoire quand on s'éloigne du foyer.

Elmer, qui s'est réfugié sur son lit, pouffe ostensiblement :

– T'as l'air d'un chien, maintenant ! Wouf-wouf !

Sadko fronce les sourcils et secoue la tête, suppliant Linus de ne pas faire attention aux sarcasmes.

– N'empêche, il a raison, sourit Linus. Ce bracelet, c'est pire qu'une laisse. Le directeur peut suivre tous mes déplacements sur son ordinateur. Où que j'aille, il le saura.

Sadko hausse les épaules :

– De toute façon, tu vas pas aller bien loin, pas vrai ? Une fois guéri, tu reviendras.

– Bien sûr, murmure Linus d'une voix légèrement tremblante.

Sur son lit, Elmer s'agite. Il vient d'ouvrir son carnet avec l'intention de faire ses comptes.

– L'hôpital..., répète-t-il en prenant un air songeur, ça va pas être gratuit, ça ! Tu es au courant du nombre de pénalités qu'ils vont te flanquer ?

Linus pousse un soupir. Les pénalités, les pénalités ! Elmer n'a que ce mot à la bouche ! Évidemment qu'il est au courant ! Un pas de travers, une pénalité. Un mot plus haut que l'autre, une pénalité. Alors, une hospitalisation...

– Les pénalités, je m'en fous, rétorque-t-il.

– Il s'en fout ! raille Elmer.

Puis il bondit de son lit, brandissant son carnet :

– Tu feras moins le fier quand tu quitteras le foyer sans une thune ! Tu n'as vraiment rien compris à leur système, ou tu fais l'idiot ? Quand on va sortir, on sera envoyés dans des familles d'accueil... mais on ne sera pas tous égaux ! Qu'est-ce que vous croyez ? Que des milliers de gens vont se bousculer pour nous héberger ?

Les regards des autres garçons sont maintenant pointés sur Elmer. Encouragé par l'attention de son auditoire, il prend le temps d'expliquer :

– À la sortie du foyer, chacun recevra une prime en argent liquide, fixée à l'avance. Sauf que, à chaque pénalité, la somme diminue... Donc, plus vous avez de pénalités, moins vous avez d'argent, OK ?

Les garçons hochent la tête.

– Et moins vous avez d'argent, moins vous êtes intéressant, continue Elmer. C'est logique ! Donc, ceux qui n'auront rien se retrouveront dans les familles les plus pourries de sphère 2.

Un silence plane durant un moment au-dessus des lits. Soudain, Sadko s'exclame :

– Qu'est-ce que tu racontes, Elmer ? Ça ne veut rien dire, « une famille pourrie » ! Une famille, c'est une famille !

– Une famille pourrie, ça existe, lâche calmement Elmer. Je sais de quoi je parle. La mienne était pourrie. Je l'ai laissée en sphère 4, si tu veux savoir. Et bon débarras.

Linus sursaute. Elmer vivait en sphère 4 ! Voilà pourquoi il ne voulait rien dire de son passé ! La sphère 4 : les fous, les malades mentaux, les irrécupérables... Elmer a honte de sa famille, honte de ses origines ! Tout à coup, Linus comprend la hargne et l'obstination avec lesquelles il cherche à s'en sortir.

– Ne me demandez plus rien, maintenant, ajoute Elmer. Et démerdez-vous avec vos points de bonus et vos pénalités. Moi, quand je quitterai le foyer, j'aurai les poches pleines. C'est tout ce qui m'intéresse.

Linus regarde ses camarades de dortoir. Cet air exténué, ces bras meurtris, cette solitude... Il fait quelques pas vers Elmer.

– J'espère sincèrement que tu trouveras une bonne famille pour t'accueillir, lui dit-il.

Puis il s'empare de son sac et s'apprête à rejoindre Toscane et le docteur Ambrose, qui l'attendent dans la section administrative. Alors qu'il passe le seuil, Sadko se précipite vers lui.

– Attends ! Je t'accompagne un peu.

Ils s'avancent dans le couloir, côte à côte, sans rien dire. Linus est étourdi comme un boxeur qui aurait encaissé trop de coups. S'il le pouvait, il expliquerait tout à Sadko, mais il sait que c'est impossible. Le plan de M. Zanz et de Toscane repose sur le secret absolu.

– Merci pour ton aide, dit-il en arrivant au bout du couloir. Sans toi...

Sadko secoue la tête et l'interrompt :

– Je n'ai rien fait.

– Si. Sans toi, je me serais senti très seul.

Un sourire éclaire le visage de Sadko.

– Je me suis contenté de deviner quelques-uns de tes petits secrets... Tu n'as rien oublié sous ton matelas, j'espère ?

Linus écarquille les yeux et laisse tomber son sac par terre. Sadko se dépêche de poser un doigt sur ses lèvres et ajoute :

– Du calme ! Je ne dirai rien. J'ai l'habitude de me taire. Ma mère aussi avait des secrets...

– Ta mère ?

Le grand blond hoche la tête. Il balance légèrement son corps maigre de droite à gauche, vérifie si personne ne traîne dans le couloir, puis se décide à expliquer :

– Elle faisait partie d'une sorte de groupe... tu vois de quoi je veux parler, n'est-ce pas ? Un groupe qui n'était pas tout à fait légal. Elle disait que l'Examen et la séparation en sphères n'étaient pas justes.

De plus en plus ébahi, Linus fait signe qu'il comprend, et Sadko continue à voix basse :

– Elle avait des idées vraiment dangereuses. La preuve, elle est morte.

– Tu crois... tu crois qu'elle est morte à cause de ce qu'elle faisait avec ce groupe ?

– Je n'en suis pas sûr, évidemment. Mais elle prenait beaucoup trop de risques. Elle avait peut-être raison, au fond. Mais elle m'a laissé tout seul, et je lui en veux pour ça.

La voix de Sadko se brise. Les yeux pleins de larmes, il tend la main à Linus.

– Moi, je vais attendre la fin de l'apprentissage. Je veux retrouver un peu de calme, être normal, tu comprends ? Mais toi... Fais attention à toi. Si je ne te revois pas, j'espère que ce sera pour de bonnes raisons.

– Je te le promets, chuchote Linus avec émotion.

Sadko s'éloigne en s'essuyant les yeux et il ajoute avec une colère contenue :

– C'est dommage de mourir quand on a une famille.

Brusquement, il s'enfuit vers le dortoir. Seul dans ce couloir désert et silencieux, Linus pose la main sur sa poitrine pour calmer les battements de son cœur. Sadko était au courant ! Au courant pour le cachet à la vanille, au courant peut-être pour sa fraude à l'Examen ! Sa mère appartenait-elle à l'Organisation de M. Zanz ?

Il voudrait le rattraper, lui demander des explications... Mais l'heure tourne, et l'ordre de sortie est valable jusqu'à dix-huit heures. Il n'a plus le temps.

Déboussolé et profondément triste, Linus reprend son sac. Il se dirige vers la section administrative en se promettant de tout faire pour revoir Sadko un jour.

Chapitre 27

— Tout est en ordre. Allons-y, souffle Toscane en fourrant dans sa poche les papiers officiels signés par son père.

Linus la suit à travers les couloirs, en compagnie du docteur Ambrose. Leurs pas résonnent ; il réfrène son envie de courir. Voir de nouveau la ville, les trottoirs, les gens qui passent, les tramways, les magasins ! Respirer ! Marcher librement ! Son excitation est telle qu'il doit se mordre les joues pour ne pas japper comme un chiot avant la promenade.

Arrivée à la sortie, Toscane pose la main sur un décodeur digital, puis introduit son passe magnétique pour ouvrir la porte blindée. « Tout est si simple quand on est du bon côté ! » songe Linus.

Et, soudain, il est dehors. Dehors ! À l'extérieur du foyer pour la première fois, après six mois d'enfermement, de douleur et de désespoir ! Il tremble de la tête aux pieds.

Il fait nuit. En ces premiers jours de décembre, la température a encore baissé. Il enfonce le cou dans le col de son blouson et se laisse guider vers une ambulance garée devant les grilles.

– Dépêchons-nous, dit le médecin en ouvrant la portière arrière.

Linus n'a même pas le temps d'apercevoir le visage de l'ambulancier. Toscane et le docteur Ambrose s'installent sur la banquette, le repoussant contre les appareils de réanimation. Aussitôt, l'ambulance démarre sans bruit, sans gyrophare, petit vaisseau noir fendant la nuit noire.

– Dans quel hôpital allons-nous ? demande Linus après un long silence.

Pour toute réponse, le docteur Ambrose lui saisit doucement le poignet. Entre ses doigts, elle tient une petite clé ronde et crénelée qu'elle introduit dans le bracelet de détection. Linus se laisse faire, incrédule. Soudain, le bracelet s'ouvre, la diode s'éteint... Le mouchard tombe dans la main du docteur Ambrose.

– Te voilà libre, Linus, sourit-elle.

Sans perdre de temps, elle enfile le bracelet autour de son propre poignet et le referme avec la clé.

– Moi, je vais à l'hôpital, dit-elle. Je servirai de leurre. Le directeur suivra mes déplacements en croyant qu'il te surveille.

Linus se frotte le poignet, perplexe.

– Je ne comprends pas... Je ne dois pas être opéré ?

– Non.

Le médecin pousse un soupir de soulagement avant d'expliquer :

– Tu n'es pas réellement malade, Linus. Tu fais une réaction psychosomatique. Ta gorge devrait reprendre son aspect normal en peu de temps. Le seul traitement efficace consistait à te libérer.

– Une réaction psychosomatique ? répète-t-il sans comprendre.

Il porte la main à son foulard et réfléchit. Il sait bien que le corps est capable d'envoyer des signes, de tomber malade pour des raisons psychologiques, mais ces ganglions ? Tout à coup, il sourit. Il vient de faire le rapprochement !

– Chem ! dit-il à voix haute. J'ai tellement pensé à lui que...

Sa voix s'étrangle sous l'effet de l'émotion. Chem et ses éternelles écharpes, Chem et ses cicatrices... Linus n'en revient pas. Inconsciemment, il s'est mis à l'imiter, comme pour entretenir un lien avec son ami. Il se tourne vivement vers Toscane.

– Réfléchis encore, s'il te plaît... Chem Nogoro, ça te dit quelque chose ?

– Ne perdons pas de temps avec les questions annexes, intervient le docteur Ambrose avec agacement. La planque de l'Organisation est située sur le trajet ; nous y serons dans un instant. Dans quatre jours, le directeur commencera à s'inquiéter ; d'ici là, Toscane entretiendra l'illusion auprès de son père. Après, il comprendra sûrement la trahison, mais Toscane est prête : elle nous rejoindra avant que ça ne tourne mal pour elle.

L'ambulance traverse des rues, des boulevards vides. Les lampadaires défilent derrière la vitre, semblables à une haie d'honneur. Linus les regarde, songeur : s'il parvient à échapper à la surveillance du directeur, s'il retrouve enfin sa liberté, il fera tout pour sauver Chem, il se le jure. Des larmes lui brouillent la vue, transformant les scintillements des lumières en petites flaques orangées toutes floues. Il a l'impression de nager dans un monde huileux.

Toscane émet soudain un gloussement satisfait.

– Dans quatre jours, mon père comprendra enfin que je ne suis pas celle qu'il croit. Je ne suis pas comme lui. Jamais je ne serai comme lui !

Elle joint les mains, étend les bras devant elle, comme un chat qui s'étire, et fait craquer ses articulations. Puis le silence revient dans l'habitacle. Des flacons de verre s'entrechoquent à l'intérieur des caisses. On dirait que la voiture claque des dents. Le front appuyé contre la vitre, Linus tente d'effectuer un tri parmi les questions qui lui tournent dans la tête. Il attend des explications au sujet de tant de choses ! Brusquement, son cœur s'emballe. Il vient de se rendre compte de quelque chose :

– Si je ne retourne pas au foyer, je vais être considéré comme... une sorte de déserteur.

Toscane hoche la tête, un peu gênée.

– Je ne comprends pas, s'inquiète Linus. Je vais être recherché ? Fiché ? Poursuivi par la police ?

Toscane hoche de nouveau la tête. Pris d'angoisse, Linus s'adresse au docteur Ambrose :

– Mais... alors, je vais passer ma vie à me cacher, c'est ça ? Ce n'est pas ce que j'avais prévu ! Pas du tout ! Je... je voulais seulement vivre en sphère 2. Je voulais...

Il s'interrompt et se mord la lèvre. Il se sent piégé comme un rat. Tout est allé si vite qu'il n'a pas pu réfléchir aux conséquences d'une évasion. Et, d'ailleurs, lui a-t-on laissé le choix ?

– Vous ne m'avez pas averti ! crie-t-il. Vous dites que je suis libre, mais c'est faux ! C'est un mensonge ! Même sans ce bracelet, je...

Il s'étrangle, tousse en se tenant la gorge à deux mains. Toscane s'est ratatinée sur le siège. Le docteur Ambrose pose une main sur le dos de Linus.

– Rien ne s'est passé comme prévu, dit-elle avec douceur. Comme nous te l'avons dit, la police du réseau a arrêté des membres de l'ancienne Organisation. C'était le jour de l'Examen. Depuis, la surveillance s'est durcie à tous les niveaux. Nous pensons que la police enquête sur les déclassés. Cela expliquerait le rallongement de la durée des séjours de transit. Si tu restais au foyer, la police pourrait venir t'interroger et, là, nous ne serions plus en mesure de te protéger.

Linus se sent complètement oppressé. Il repense soudain à ce que Sadko lui a confié tout à l'heure : sa mère, son groupe illicite, le danger, sa mort le jour de l'Examen... Y aurait-il un rapport ?

– Qu'est-ce qui est arrivé exactement ? demande-t-il, les dents serrées.

Toscane tente de le calmer en posant sa main sur la sienne, mais Linus la repousse brutalement. Elle se retient de protester et fait un effort pour lui parler sans s'énerver :

– Tu te souviens sans doute que M. Zanz avait ordonné de tout effacer, de faire disparaître les serveurs, les sites codés, toutes les preuves informatiques... Le problème, c'est qu'un groupe de l'Organisation n'a pas obéi à cet ordre. Une dizaine de personnes. Ils étaient sûrs de pouvoir continuer d'agir. La police est remontée jusqu'à eux. Durant l'après-midi, le jour de l'Examen, ils ont été arrêtés un par un, chez eux.

Linus ferme les yeux :

– La mère de Sadko Flavitch faisait partie de ce groupe ?

– Oui.

– Comment est-elle morte ?

– Elle a été éliminée par les services de répression, comme les autres.

Le docteur Ambrose soupire :

– C'est la première fois qu'une telle chose arrive ! Ils ont dû se rendre compte que l'Organisation prenait de l'ampleur, et ils ont voulu nous montrer qu'ils étaient les plus forts. Cela nous a conduits à adopter des mesures extrêmement sévères : plus de communications par réseau, ni par téléphone, ni par micromessagerie. Pour transmettre les informations, nous nous déplaçons. C'est pour toutes ces raisons que nous avons mis du temps à te retrouver.

Linus sent un frisson lui parcourir le dos. Le docteur Ambrose lui jette un regard désolé :

– Certains ont peut-être parlé avant d'être tués. M. Zanz a peur qu'ils ne remontent la filière jusqu'à toi.

– Fais-nous confiance, implore Toscane. Cette évasion est la seule solution pour toi. Et pour nous tous.

L'ambulance ralentit en longeant un groupe d'immeubles. Le docteur Ambrose se penche vers la vitre.

– Nous arrivons, dit-elle.

Linus se redresse, le cœur serré. S'il sort de l'ambulance, il deviendra automatiquement déserteur, et tout son avenir sera compromis. Il a encore le choix : il peut demander à retourner au foyer et attendre qu'on lui trouve une famille d'accueil. Mais combien de temps cela prendra-t-il ? Et si Toscane dit vrai ? Si la police finit par prouver sa fraude à l'Examen ? S'ils comprennent du même coup que Yosh n'a rien à faire en sphère 1 ? Et s'ils trouvent que c'est Chem qui a mis au point l'échange ? Linus se sent brusquement écrasé par la responsabilité. Un faux pas et il met en danger la vie de ses amis...

L'ambulance s'arrête.

– Viens avec moi, insiste Toscane. Il y a des gens qui t'attendent dans la planque.

– Qui ? murmure Linus d'une voix brisée.

Chapitre 28

– Qui est là ?

Dans un état second, Linus a suivi Toscane à travers les caves obscures d'un immeuble. Maintenant, il entend des pas, des respirations, là, sur la gauche. Deux flammes de briquet trouent soudain les ténèbres.

– Qui est là ? répète-t-il, le cœur battant.

– C'est moi, chuchote une voix.

– Et moi !

Les flammes jumelles vacillent dans un léger courant d'air. Linus recule instinctivement. Soudain, deux visages souriants lui apparaissent.

– Mieg..., murmure Linus. Mieg et Yosh !

Avant même de comprendre qu'il ne s'agit pas d'une hallucination, il sent les bras de sa sœur l'enlacer. Mieg ! Elle est là, en chair et en os, tout contre lui ! Yosh s'approche à son tour et lui envoie quelques tapes maladroites dans le dos.

– Tu es vivant ! murmure Mieg.

– Si on veut...

Linus s'abandonne dans les bras de sa sœur, le nez enfoui dans son pull, comme un enfant cherchant à apaiser ses peurs après un cauchemar.

À quelques pas de là, Toscane les laisse savourer ce moment dans le noir, puis elle rallume sa lampe de poche et ouvre la porte d'un local, juste à côté de la chaufferie.

– Ne restez pas là, souffle-t-elle. Venez !

Accroché à Mieg, Linus entre dans le local. Ses jambes le portent à peine. Sitôt dans la lumière, Mieg lui prend le visage entre ses mains et l'examine en retenant des sanglots.

– Tu as grandi, dit-elle. Et, surtout, tu as maigri. Et... tu as l'air d'avoir mal à la gorge. Pas de doute, il est temps de reprendre le régime cocktails !

C'en est trop. Linus se met à pleurer à grosses larmes. Il hoquette, il rit, il sanglote. Ses yeux vont de Mieg à Yosh, puis de Yosh à Mieg, et il n'arrive pas à croire que tant de bonheur soit possible.

– Ça fait des mois qu'on essaie d'avoir de tes nouvelles, dit Mieg. Tu étais introuvable. Et puis, il y a deux heures, quelqu'un de l'Organisation a averti Yosh. Il venait de la part de M. Zanz. Il nous a fixé ce rendez-vous en nous disant que quelqu'un t'accompagnerait. Comment vas-tu ?

Linus essuie ses larmes.

– Mieux, soupire-t-il. Ça va beaucoup mieux.

Il se tourne vers Toscane et sourit :

– Tu as bien fait d'insister pour que je te suive ! Merci, Toscane.

Ils s'assoient tous les quatre autour de la table qui trône au milieu du local. L'endroit est étroit, bas de plafond, sans fenêtre. Malgré tout, Linus s'y sent bien. On dirait un terrier creusé profondément sous terre, loin des dangers de la surface, loin de toute menace.

Durant quelques minutes, ils ne savent plus que se dire. Leurs regards se croisent, leurs mains s'effleurent, et ils rigolent bêtement.

Linus observe Yosh : il a changé. Il semble plus costaud qu'avant, plus sûr de lui aussi. Peut-être est-ce dû à sa tenue vestimentaire ? En revanche, il a conservé sa curieuse coupe de cheveux, ses mèches dressées sur son crâne plat comme des herbes folles. Quant à Mieg, elle est toujours aussi jolie, même si une ombre passe par moments dans ses yeux, comme un nuage chargé de pluie.

– Comment vont papa et maman ? demande enfin Linus avec anxiété.

Mieg caresse la surface de la table. Elle essaie de sourire, mais le cœur n'y est pas.

– Tu peux te vanter de leur avoir fait une sacrée surprise, Linus. Le soir de l'Examen, nous t'avons attendu à la sortie, sur l'esplanade du centre. Ils t'ont guetté, guetté... Tu ne peux pas savoir comme c'était pénible. Les admis de sphère 1 sortaient par groupes, et tu n'étais pas parmi eux. Quand ils ont appris ton résultat, papa et maman sont restés abasourdis. Deux statues de sel.

Linus fait une petite grimace. Il se représente parfaitement la scène, et ça lui noue les tripes d'avoir fait mal à ses parents de cette façon.

– Par la suite, papa s'est résigné, continue Mieg sans cesser de caresser la table. Au fond, je crois qu'il était humilié et qu'il t'en voulait. Il nous a abreuvés de discours sur la fiabilité de l'Examen, la justice absolue du Grand Ordonnateur... Je pense qu'il essayait de se convaincre plus qu'autre chose. Maman, elle...

Mieg jette un coup d'œil à Yosh, qui a baissé la tête. Son menton tremble.

– ... Maman s'est mise à déprimer. Elle n'a pas du tout accepté ton départ. Depuis des mois, elle pleure, elle dort et elle n'arrive plus à se concentrer sur rien. Même dans son boulot. Papa et elle se sont beaucoup engueulés à ton sujet. Maintenant, ils évitent de parler de toi. C'est pas la joie.

Linus pose une main sur sa gorge. Il a mal, c'est épouvantable.

– Je n'aurais jamais dû faire ça, articule-t-il péniblement. Je me suis retrouvé dans un foyer de transit, à travailler comme un damné sur une chaîne d'emballage. Et j'y serais encore si Toscane et M. Zanz ne m'avaient pas retrouvé. Changer de sphère était une erreur totale.

À ces mots, Yosh se met à trembler. Son visage s'empourpre, et il s'écrie :

– Ne dis pas ça ! Si tu n'avais pas fait l'échange avec moi... je ne serais pas... en sphère 1, et...

Il s'exprime avec difficulté. Bousculant la table, il se lève d'un bond et commence à marcher dans la pièce avec frénésie, ses bras battant l'air comme des ailes de moulin.

– Oh non ! Pitié ! s'écrie Mieg, se précipitant vers lui. Pas de crise maintenant ! S'il te plaît ! Contrôle-toi !

Mais Yosh continue, secoué de tics irrépressibles :

– ... Je ne serais pas... en sphère 1 et... alors, ma vie serait... complètement fichue ! Même si tu reg... regrettes, moi... je te remercie, Li... nus !

Linus suit les déplacements de Yosh, les yeux pleins de larmes.

– Pense à ton fouet ! s'écrie-t-il. Tu te souviens ? Tu me disais que tu étais un dompteur ! Tu disais que ta colère était une bête sauvage ! Sers-toi de ton fouet !

Le visage de Yosh se détend peu à peu. Il se calme et Mieg le guide jusqu'à sa chaise. Une fois assis, il pose son front sur la table et se met à pleurer. Toscane, interloquée par la violence de la scène, ne dit rien et regarde les uns et les autres avec méfiance.

– Ne t'inquiète pas, lui souffle Linus. Quand les émotions sont trop fortes, Yosh fait des colères. Ça lui prend sans prévenir depuis qu'il est tout petit, mais il arrive à se dominer.

– Pardon..., souffle Yosh. Ça me rend malheureux que tu sois malheureux, Linus.

Linus prend une grande respiration. Il se souvient du jour où ils avaient conclu leur pacte, persuadés de faire le bon choix. C'était au pied de l'immeuble... Yosh venait de découvrir l'existence de son frère...

– Tu l'as retrouvé ? demande doucement Linus.

Yosh relève la tête, son étonnant visage lunaire marbré de rouge. Incapable de parler, il fait seulement signe que non.

– Tu sais, je ne suis pas vraiment malheureux, le console Linus. Je suis juste... très fatigué. Nous avons fait l'échange et nous ne reviendrons pas en arrière. C'est pour mes parents que je...

Toscane tape soudain du poing sur la table.

– Tu n'as pas à te reprocher quoi que ce soit ! s'écrie-t-elle. Ce ne sont pas tes parents qui vont vivre ta vie à ta place !

Linus la regarde droit dans les yeux, ouvre la bouche, mais se ravise aussitôt. Comment contester une telle évidence ? En même temps, lorsqu'il s'imagine la déception de son père, la tristesse de sa mère, il se sent affreusement coupable.

– Moi aussi, je vais décevoir mon père, insiste Toscane. Dans quatre jours exactement. Cela dit, c'est sans doute un peu différent... Mon père ne m'a jamais aimée. Quand il n'y a pas d'affection entre deux personnes, les choses sont plus simples.

Toscane semble impassible, mais Linus devine les remous dans ses yeux sombres, comme si du vent soufflait à la surface d'un lac. Être la fille du directeur du foyer, cet homme suspicieux retranché dans son petit bureau sans âme, ce n'est sûrement pas facile. Linus aimerait demander à Toscane où est sa mère, mais il préfère remettre ces questions à plus tard. Un long silence s'installe, troublé uniquement par les cliquetis dans les tuyaux de la chaufferie voisine.

– Et M. Zanz ? demande soudain Mieg. Il ne doit pas nous rejoindre ?

– Il est sûrement à l'hôpital avec le docteur

Ambrose, explique Toscane. Il doit s'assurer que tout se passe comme prévu.

Linus se lève de sa chaise et commence à marcher dans la petite pièce. Quatre murs, un matelas posé dans un coin, une table, des chaises et une ampoule nue qui se balance au plafond. Le décor n'a rien de gai.

– Combien de temps vais-je rester ici ? demande-t-il.

– Quelques jours, répond Toscane. Mais tu ne seras pas seul. Nous nous relaierons pour te tenir compagnie.

– Et ensuite ? Je ne vais pas rester toute ma vie dans une cave, quand même ?

Il donne un petit coup de pied dans le matelas. Lui qui espérait revoir la lumière du jour, marcher librement dehors...

– M. Zanz a sans doute prévu quelque chose, le rassure Mieg. Il ne fait rien à la légère, tu le sais bien.

Linus revient s'asseoir à côté d'elle.

– Je n'arrête pas de penser à Chem, soupire-t-il. Tu n'as pas de nouvelles, toi non plus ?

Sa sœur secoue ses boucles brunes, l'air désolé.

– Nous avons été trop naïfs, pas vrai ? murmure Linus. On croyait pouvoir rester en contact, on croyait qu'il suffisait d'être amis pour que les murs entre les sphères s'effacent...

Yosh, qui a retrouvé son calme, lui attrape la main :

– Je suis sûr que c'est possible ! C'est une question de temps ! Là où je travaille...

Il s'interrompt et se tourne vers Mieg, cherchant un encouragement.

– Yosh est entré comme stagiaire à l'Administration des personnes, précise Mieg. Tu te rends compte ? Pas mal pour un pauvre élève de sphère 2 !

Linus ouvre des yeux ronds. Il n'arrive pas à imaginer Yosh, avec sa dégaine hors norme et son orthographe lamentable, membre d'une institution aussi austère, aussi rigide. L'Administration des personnes est le carrefour par lequel transitent toutes les informations numériques contenues dans les badges, dans les ordinateurs, dans les messageries. Yosh a fait le bon choix. À ce poste, il a des chances de retrouver la trace de son frère.

Yosh sourit et bombe la poitrine.

– Je fais illusion, je t'assure ! Mon directeur de stage est très content de moi. Il me laisse pas mal de responsabilités.

Et il ajoute sur un ton confidentiel :

– Leurs bases de données sont bourrées de renseignements. Si j'arrive à les décoder, je suis pratiquement sûr de pouvoir localiser Chem un jour ou l'autre.

Linus hoche la tête, puis se tourne vers Toscane. Même si elle n'a pas vu Chem, elle pourrait au moins lui raconter comment fonctionnent les colonies de redressement. Mais, à l'instant où il va la questionner, Toscane se dérobe de nouveau. Elle se lève et s'approche de la porte du local en fronçant les sourcils.

– Tu as entendu quelque chose ? s'inquiète Linus.

Toscane lui fait signe de se taire et colle son oreille sur le panneau en métal. Après un moment, apparemment rassurée, elle revient s'asseoir.

– J'espère que Zanz ne va pas tarder, dit-elle. C'est bizarre qu'il mette autant de temps !

Mieg consulte sa montre.

– Il commence à être tard. J'espère que papa et maman ne vont pas se faire du souci...

Linus regarde sa sœur. Tout à l'heure, elle va retourner à la maison ; elle va voir ses parents, dîner avec eux, reprendre le cours de sa vie. Il aimerait tant pouvoir faire de même ! Il baisse les yeux, et enfonce machinalement la main dans sa poche. Soudain, ses doigts rencontrent le cachet à la vanille. Dans l'émotion des retrouvailles, il allait oublier de parler de l'essentiel !

– Il y a une chose importante que j'aimerais savoir, dit-il. Répondez franchement : est-ce que vous vous souvenez de l'Examen ? Avez-vous des souvenirs précis de votre passage devant le Grand Ordonnateur ?

Yosh et Toscane marquent une hésitation. Mieg ouvre la bouche, mais, au moment où elle s'apprête à répondre, la porte du local s'ouvre brutalement. M. Zanz apparaît, livide, les cheveux en bataille, complètement essoufflé.

– Vite ! crie-t-il. Il faut partir d'ici ! La planque n'est plus sûre !

Chapitre 29

Yosh, Mieg, Toscane et Linus bondissent de leurs chaises, affolés.

– J'arrive de l'hôpital, continue M. Zanz d'une voix hachée. La police vient d'arrêter le docteur Ambrose ! Ils vont refaire le parcours de l'ambulance à l'envers et fouiller partout ! Si vous restez là, ils vont vous trouver !

Linus sent son estomac se serrer brutalement. Il attrape Mieg par la main. Tandis que Toscane s'empare de son sac de toile, Linus entraîne sa sœur derrière Yosh et M. Zanz, qui partent déjà en courant à travers les caves.

Leurs pas résonnent sur le sol en béton. Le faisceau lumineux de la lampe torche de M. Zanz balaie les ténèbres devant eux. Derrière, Toscane peine un peu à suivre.

– Plus vite ! supplie M. Zanz. Par là !

Ils passent un long corridor qui sent le moisi et le champignon. Au bout, M. Zanz s'arrête, tend sa lampe à Yosh et enlève un tas de planches, qui dégringolent dans un vacarme épouvantable. La poussière soulevée par la chute des planches les fait tousser. Ils enjambent l'obstacle et découvrent un escalier qui plonge sous terre.

– Toute planque digne de ce nom a son issue de secours, commente M. Zanz en replaçant les planches à la va-vite.

Sur la première marche de l'escalier, Linus frissonne. Il lui semble entendre des voix, des bruits de cavalcade dans les caves, comme si la police était déjà sur leurs talons. Devant, M. Zanz descend l'escalier à toute allure.

– Rejoins Yosh, souffle Linus à Mieg. Je vais aider Toscane.

Leurs mains se séparent. Linus se retourne et saisit Toscane par le bras. La grosse fille, au bord de l'asphyxie, dérape sur les marches humides. Elle s'appuie sur Linus pour retrouver son équilibre et ils descendent ensemble. En bas de l'escalier, sur la droite, il y a un renfoncement, d'où s'échappe un courant d'air chargé d'une odeur lourde et sucrée.

– Tenez-vous prêts, dit M. Zanz. Il faudra être rapide.

– Où sommes-nous ? demande Toscane.

M. Zanz reste concentré, le rayon de sa lampe braqué sur sa montre.

– Dans le Tub, dit-il.

Et, soudain, il s'écrie : « Maintenant ! »

Sans réfléchir, Linus et les autres lui emboîtent le pas. Ils se faufilent dans le boyau obscur et étroit, où le courant d'air siffle et s'intensifie. Des bruits confus leurs parviennent, des grincements, des ronflements. Brusquement, Linus plaque une main sur son nez. L'odeur de vanille ! Elle est là, si forte, si écœurante ! Au bout du passage, M. Zanz se retourne.

– Une rame toutes les deux minutes ! lance-t-il. Courez vers la gauche en vous collant à la paroi. Il y a un abri à cinquante mètres. Dépêchez-vous !

Yosh est le premier à sauter sur la voie, suivi aussitôt par Mieg. Linus suffoque. Lorsqu'il arrive devant M. Zanz, il lui jette un regard paniqué.

– Saute, Linus ! ordonne M. Zanz.

Il le pousse, puis descend à son tour en soutenant Toscane. Les rails du Tub scintillent par endroits dans la lueur des loupiotes fixées aux murs. Linus court en se tordant les pieds, les yeux écarquillés, pris de nausée. Enfin, alors qu'il entend arriver la rame suivante, il sent sous sa main un décrochement dans le mur : l'abri ! Il s'y jette et se cogne contre Yosh et Mieg, déjà recroquevillés au fond. Zanz et Toscane les rejoignent. Deux secondes après, le long convoi lumineux du Tub les frôle presque, passant à toute vitesse. Les silhouettes des passagers, assis ou debout à l'intérieur, défilent devant leurs yeux en un cortège fantomatique et inquiétant.

– On recommence ! annonce M. Zanz dès que la rame est passée. À gauche, vers l'abri suivant !

Il leur faut s'élancer ainsi une douzaine de fois, de recoin en recoin, avant d'apercevoir le quai éclairé d'une station derrière un coude du tunnel. Les poumons en feu, Linus n'en peut plus. Toscane, de plus en plus épuisée, ralentit dangereusement la course de M. Zanz.

À l'approche du quai, le tunnel s'élargit. Au moment où la dernière rame quitte la station, ils se retrouvent tous sur les marches de l'escalier de service, tassés les uns contre les autres, à bout de forces, et de nerfs. M. Zanz monte en rampant jusqu'au quai. Il leur fait signe de la main :

– Un par un, chuchote-t-il.

Toscane monte la première, se faufile comme elle peut sous la barrière et leur fait comprendre que la voie est libre. Seuls deux voyageurs attendent à l'autre bout, sans prêter attention à cette curieuse file indienne qui surgit des voies.

Quand ils sont enfin réunis sur le quai, leurs visages crispés se détendent un peu, sauf celui de Linus, à cause de l'odeur de vanille, omniprésente.

– Je suis désolé, souffle M. Zanz. C'était très dangereux, mais nous n'avions pas le choix.

– Où sommes-nous ? demande Linus en se tordant le cou pour lire le nom de la station.

– En bout de ligne.

– Dans Paris ? En zone protégée ?

M. Zanz hoche la tête et sourit en constatant que Linus blêmit sous la couche de poussière noire qui s'est déposée sur ses joues.

– Ne t'en fais pas, murmure-t-il. Zone protégée ou pas, tu ne dois plus te servir de ton badge d'identification.

Linus réprime un haut-le-cœur.

– Plus de badge, répète-t-il sans y croire.

– Si tu le passes sous les décodeurs, la police te repérera immédiatement. Tu es un évadé, Linus. Les zones n'ont plus de sens pour toi.

M. Zanz se tourne vers Toscane.

– Et pour toi non plus, assène-t-il. Ton père a sans doute compris le stratagème. Je pense que c'est lui qui a donné l'alerte. Si tu retournes au foyer, il te fera arrêter pour complicité.

Toscane vacille comme si elle avait encaissé un coup de poing.

– Je vous en dirai davantage, mais pas ici, continue Zanz.

Il prend Yosh et Mieg à part :

– Rentrez chez vous, tout de suite. Il ne faut pas que vous soyez mêlés à tout ça.

Mieg secoue la tête et regarde Linus avec détresse.

– Je ne peux pas ! gémit-elle. Je... nous venons à peine de nous retrouver !

– Vous vous reverrez vite, la rassure M. Zanz.

Je vous tiendrai au courant, c'est promis. Si vous voulez nous aider, rentrez chez vous !

Le visage de Yosh est parcouru par des tics nerveux. Une nouvelle crise s'annonce.

– Ton fouet ! lui crie Linus en s'éloignant à regret, entraîné par la main ferme de M. Zanz. Pense à ton fouet de dompteur, Yosh !

Il fait un signe à sa sœur qui, les larmes aux yeux, reste pétrifiée sur le quai. En remuant les lèvres, il lui envoie un message silencieux : « À bientôt. »

Chapitre 30

« Clandestin. Hors-la-loi. Fuyard. Plus de badge. Les zones n'ont plus de sens. »

Linus court en se bouchant le nez, sans faire attention à ce qui l'entoure. La réalité du moment est complètement masquée par l'apparition de ces mots qui s'allument, comme des néons violents, dans son esprit. « Déserteur. Plus de sphère. Plus de badge. »

Ses jambes fonctionnent toutes seules, petites mécaniques autonomes qui l'emmènent vers l'inconnu. Les couloirs du Tub, les escaliers, les portes, les paliers. Lui faudra-t-il descendre jusqu'au centre de la Terre pour échapper à la surveillance ? Faudra-t-il s'enfouir, devenir un mort vivant, une personne sans existence officielle, privée à tout jamais du grand air, de la lumière du jour, de la légèreté des matins de printemps ? Tout en avançant, Linus se surprend à penser à ses vacances d'autrefois, passées sur les plages de Floride avec sa grand-mère. Il s'ennuyait toujours un peu... S'il avait su à l'époque la véritable valeur des choses, il en aurait sûrement mieux profité. Lorsqu'on est heureux pour ainsi dire de naissance, le soleil nous semble être un dû, alors qu'il fait en réalité l'objet d'un âpre combat.

– Montez vite ! dit M. Zanz.

Linus s'aperçoit qu'il se trouve devant la cabine translucide d'un ascenseur. Toscane y a déjà pris place, et M. Zanz le pousse dans le dos pour qu'il se dépêche.

– Où va-t-on ? demande Toscane en tentant de reprendre son souffle.

Les portes de la cabine se referment sans un bruit. M. Zanz sort de sa poche un tube en métal, qu'il introduit avec précaution dans un petit orifice situé au-dessus de l'écran digital.

Aussitôt, l'écran s'allume. Sur la pointe des pieds, M. Zanz fait tourner lentement le tube. Une voix numérique annonce :

« Vous avez demandé le quatrième niveau. »

Linus et Toscane restent immobiles, tout près l'un de l'autre, au fond de la cabine, qui se met à monter en accélérant. L'odeur de vanille s'estompe peu à peu, et Linus reprend enfin sa respiration normale.

« Quatrième niveau, annonce la voix. Bienvenue au Complex'Eldorado. »

Les portes s'ouvrent sur un palier plongé dans l'obscurité.

– Sortez ! souffle M. Zanz.

Puis il enlève le tube et saute lui aussi sur le palier juste avant que l'ascenseur ne se referme pour redescendre vers les niveaux inférieurs. Il sourit.

– Courage ! Nous y sommes presque.

Linus s'approche d'une large porte vitrée, derrière laquelle apparaissent quelques lumières. Ce sont des enseignes de magasins qui, même en pleine nuit, continuent de fonctionner en mode économique.

– Le « Complex'Eldorado », murmure-t-il en cherchant où il a déjà entendu ce nom.

– Le tout nouveau centre de consommation suburbain, dit M. Zanz. Jailli de terre il y a huit mois, comme un champignon. À cette heure-ci, naturellement, tout est fermé. Sauf les hôtels.

Toscane l'attrape par la manche :

– Vous nous emmenez à l'hôtel ?

– Ce n'est qu'un trois étoiles de sphère 2, s'excuse-t-il. Je n'ai rien de plus luxueux à vous offrir.

– Mais... comment..., bredouille Toscane. Ce n'est pas du tout...

– Je teste cette cachette depuis six mois déjà, la rassure M. Zanz. C'est assez sûr. Et très bien situé. Vous allez comprendre.

Il fait passer Linus et Toscane par une porte de service, qu'il ouvre une fois encore grâce à son mystérieux tube métallique. Au bout d'un corridor qui empeste la cuisine, il frappe trois coups secs à une autre porte. Une très grande femme, carrée comme un joueur de rugby, leur ouvre et pousse une exclamation bon enfant.

– Mon visiteur du soir ! rigole-t-elle. Je vous attendais plus tard !

– Nous avons dû précipiter les choses, explique M. Zanz.

– Mais... vous êtes accompagné ? s'étonne la géante femme.

Linus et Toscane la saluent d'un timide mouvement de tête.

– Eh oui, Berthalia, encore un imprévu ! Mais je compte sur vous pour... ce que vous savez.

La femme repart d'un gros rire.

– Avec vous, on ne s'ennuie pas ! J'aurai ce qu'il faut demain matin, c'est promis !

Puis elle s'efface pour les laisser entrer. Linus et Toscane découvrent l'arrière-cuisine d'un restaurant, désertée par le personnel. Berthalia ôte ses gants en plastique, les jette dans un seau rempli d'une eau mousseuse, posé sur un plan de travail en inox, et déclare :

– En route pour le paradis !

D'un geste sec, elle relève un volet coulissant.

– Il va falloir vous tasser, mes chéris !

Linus se penche pour voir ce qu'il y a derrière le volet. Il s'accroche au bras de M. Zanz :

– C'est un monte-plats, non ?

– Absolument, répond tranquillement M. Zanz. L'entrée officielle n'est malheureusement pas pour nous. Passe le premier, j'aiderai Toscane à grimper.

Au comble de la stupéfaction, Linus obéit sans rien dire. Il escalade le rebord, se glisse à plat ventre sous le volet et va se recroqueviller au fond. Toscane et M. Zanz y prennent place à leur tour. Berthalia passe sa tête rougeaude par l'ouverture :

– Quelques gourmandises en supplément ? C'est gratis !

Elle tend à Toscane un sac en papier, puis elle fait un clin d'œil à Linus :

– Bienvenue au Complex'Eldorado, mon p'tit chéri !

Clac ! Elle rabat le volet. Dans le noir absolu, le monte-plats s'ébranle en grinçant. Linus plaque ses mains sur les parois, qu'il sent vibrer de façon inquiétante. Lorsque l'engin se stabilise, M. Zanz tâtonne pour débloquer le volet, puis jette un coup d'œil par en dessous avant de le relever et de sortir. Linus et Toscane se déplient à leur tour et s'extirpent péniblement de cet ascenseur improvisé.

– Voilà ! dit M. Zanz, ravi. Vous êtes ici chez moi ! La meilleure planque de ma nouvelle Organisation ! Le paradis au cœur même de l'enfer !

Chapitre 31

À cette heure tardive, l'enfer dort. Dans leurs alvéoles superposés, les innombrables boutiques aux grilles closes, les restaurants, les cinémas, les espaces de jeux, de sports et de spectacles attendent, figés dans la nuit, que le jour revienne pour ouvrir de nouveau leurs bouches et avaler des clients. Linus contemple les allées vides du Complex' Eldorado, le front collé à la fenêtre en verre teinté de la chambre d'hôtel. Il n'était jamais venu dans ce genre d'endroit, réservé à la population de sphère 2. En levant les yeux, il aperçoit les arcades du dôme qui recouvre le centre commercial et, au-delà, presque irréel, le ciel piqué d'étoiles, inaccessible.

– Attends demain, neuf heures, et tu comprendras, soupire M. Zanz, dont la bonne humeur s'est évanouie. Les gens s'engouffrent là-dedans par milliers. Ils achètent tout et n'importe quoi. C'est frénétique. Finalement, c'est le seul plaisir qui leur reste : dépenser leur argent pour avoir l'illusion d'exister.

Linus s'éloigne de la fenêtre.

– Un beignet ? lui demande Toscane en lui tendant le sac en papier donné par Berthalia.

Il refuse avec un sourire las et fait lentement le tour de la chambre : deux lits étroits, deux fauteuils, une cabine de toilette intégrée. Près d'un des lits, une petite lampe posée par terre diffuse un éclairage tamisé.

– Ce n'est pas le grand confort, hein ? commente M. Zanz. La douche ne fonctionne pas, ni le service automatisé de nettoyage. Il n'y a même pas la télé ! Et puis, impossible de prendre l'air : les fenêtres sont bloquées ! Le dernier inconvénient...

Il s'approche de la porte et tourne la poignée.

– C'est ça ! dit-il en ouvrant la porte.

Linus n'en revient pas : derrière, il y a... un mur !

– Cette chambre a été condamnée par la direction, explique M. Zanz. Elle n'a servi que de modèle d'exposition lors de la construction de l'hôtel. Tout est en toc ! Le seul accès, c'est le monte-plats. Quand Berthalia nous a signalé l'existence de cette chambre, j'ai vite tiré parti de ces « inconvénients », qui me conviennent parfaitement.

Il fait tourner le tube en métal entre ses doigts.

– Sans ce passe-partout, personne ne peut entrer ni sortir.

Linus pénètre dans la cabine de douche et tourne les robinets. Pas un filet d'eau. Il appuie sur les interrupteurs : le sèche-cheveux, le distributeur de savon, rien ne fonctionne. Impressionné, il revient s'asseoir dans la chambre et observe M. Zanz du coin de l'œil. Ses cheveux ont blanchi ; il a l'air vieux et fatigué, mais ses yeux verts pétillent toujours d'intelligence.

– Je suis heureux de vous revoir, dit enfin le garçon.

– Moi aussi, lui sourit M. Zanz. J'aurais vraiment préféré que ça se passe autrement, mais l'essentiel, c'est que tu sois là.

Linus hoche la tête.

– Toscane et le docteur Ambrose m'ont raconté ce qui s'est passé le jour de l'Examen. Vous pensez que la police vous cherche, vous aussi ?

M. Zanz fait une moue indécise.

– Les personnes arrêtées ont sans doute été interrogées avant d'être éliminées. Elles ont peut-être donné des noms... Quoi qu'il en soit, la prudence est de mise. Depuis ce jour, nous n'utilisons plus le réseau, ni le téléphone, ni les micromessageries. Pour nous transmettre les informations, nous nous déplaçons. Comme au Moyen Âge, en somme ! C'est notre revanche sur le progrès !

Il se rembrunit et ajoute :

– C'est également depuis ce jour que je ne suis plus un citoyen de sphère 2. Ni d'aucune autre sphère, d'ailleurs.

Linus sent un frisson lui hérisser les poils des bras.

– Comment est-ce possible ? demande-t-il. On est obligé d'appartenir à une sphère !

– On peut vivre autrement, Linus. En tout cas, pendant quelque temps. Mais il faut inventer en permanence des astuces, se méfier, se cacher... J'ai mis au point un protocole. S'il fonctionne pour moi, il marchera aussi pour toi et Toscane. Je vous l'expliqucrai en détail demain, quand Berthalia nous aura apporté ce qu'il nous faut.

Linus pousse un soupir résigné. M. Zanz est un spécialiste des phrases sibyllines et, après tout, il est bien obligé de lui faire confiance.

Épuisé par cette journée de folie, il s'allonge sur la moquette et croise les bras derrière la nuque. Il pense au foyer. À cette heure, Sadko et les autres sont en train de dormir. Demain, ils reprendront leur tâche pénible sur la chaîne d'emballage et ainsi de suite, jusqu'à ce qu'on les relâche... Au fond, Linus préfère le danger de sa situation actuelle à la routine exaspérante du foyer de transit.

Il allonge sa jambe droite et fouille dans sa poche. Il en retire le petit cachet à la vanille, s'assied en tailleur et tend sa paume ouverte vers M. Zanz. Intriguée, Toscane cesse de manger les beignets et s'approche.

– C'est le médicament qu'on nous a demandé d'avaler après l'Examen, dit Linus d'une voix éteinte. Tu t'en souviens, Toscane ?

Elle saisit le cachet entre le pouce et l'index, plisse les yeux et secoue la tête.

– Aucun souvenir, dit-elle. Pas plus que du reste. Quand tu nous as posé la question tout à l'heure, j'ai commencé à y réfléchir... Rien ne me revient. C'est très bizarre : je sais que j'ai passé l'Examen, je connais mon résultat, et c'est tout.

M. Zanz s'est agenouillé près de Linus et il s'empare à son tour du cachet.

– Et toi ? demande-t-il. Tu t'en souviens ?

Linus plante ses yeux dans ceux de M. Zanz. Il fait signe que oui.

– Je n'ai pas pu l'avaler. Je crois que c'est pour ça que ma mémoire est intacte.

M. Zanz approche le cachet de son nez, le renifle, puis il remonte ses lunettes sur le front et l'examine d'un œil expert.

– Dans ma section, tous les autres candidats l'ont avalé, précise Linus. Vous-même, à l'époque, vous avez dû le prendre.

– Mais pourquoi nous effacent-ils la mémoire ? s'étonne Toscane. Ce n'est qu'un Examen, après tout. Je n'ai pas l'impression d'avoir subi une épreuve traumatisante...

– Justement ! s'écrie Linus. Tu n'as pas l'impression ! C'est exactement ce qu'ils souhaitent !

M. Zanz fronce les sourcils et retourne s'asseoir dans le fauteuil. Il croise les jambes et fixe Linus attentivement, l'invitant à tout raconter. Alors, avec soulagement et souffrance, Linus fait défiler ses souvenirs. Il parle à toute vitesse, comme une bande magnétique qui passe en accéléré. Plus il évoque les images, les odeurs, les brûlures, les bruits, et plus M. Zanz pâlit.

– C'était tellement avilissant ! murmure enfin Linus, à bout de souffle. Après l'Examen, tous les candidats étaient sonnés. On aurait dit les rescapés d'une catastrophe. Ma voisine s'était même fait pipi dessus sans s'en rendre compte. Nous n'étions plus rien : des loques. Ensuite, le cachet a produit son effet. Plus personne n'a songé à se plaindre de la façon dont il avait été traité. Moi, j'ai gardé ma révolte pour moi, comme un secret. J'avais peur d'en parler et de paraître suspect.

Les jambes tremblantes, il parvient à se lever et retourne coller son front à la fenêtre. Le contact du verre froid l'apaise un peu.

– Parmi les images apparues sur l'écran, j'ai vu des photos de moi quand j'étais petit. Vous croyez que ce sont mes parents qui les ont données ? Vous pensez qu'ils sont complices du Grand Ordonnateur ?

Formuler enfin ce doute affreux lui fait autant de mal que de bien. Combien de fois a-t-il eu cette vision cauchemardesque de ses parents déposant leurs photos de famille entre les mains d'un Grand Ordonnateur invisible et tout-puissant !

– Es-tu certain que c'était toi, sur ces photos ? demande M. Zanz au bout d'un moment.

Linus ouvre la bouche pour dire « oui », mais il se retient.

– N'importe quel enfant de sphère 1 a soufflé ses bougies d'anniversaire, enchaîne M. Zanz. N'importe quel enfant de sphère 1 a passé des vacances à la mer... Y avait-il d'autres personnes sur les photos ?

Linus réfléchit.

– Non. J'étais toujours seul.

– Et tu étais soumis à une telle pression ! Tu nous as bien dit que les images défilaient à toute vitesse ? Ils ont donc pu te montrer des photos d'un autre, des photos retouchées, trafiquées ! Mais ils t'ont conditionné pour que tu croies que c'était toi ! Cette méthode de suggestion me paraît bien plus simple !

Linus reste muet. Il n'avait jamais envisagé cette interprétation. Toscane se lève à son tour et se met à arpenter la chambre en triturant ses mèches de cheveux.

– Je ne comprends pas ! lance-t-elle. À quoi ça rime de nous montrer ces images et de nous faire mal à ce point ? Sur quoi reposent les calculs du Grand Ordonnateur ?

– Mais sur tout et sur rien ! s'enflamme M. Zanz. Il calcule tellement de paramètres que ça ne veut absolument rien dire ! D'après ce que vient de dire Linus, cet Examen n'est qu'une torture mentale ! Les capteurs doivent mesurer des réactions chimiques dues au stress, l'acidité de la salive, les pulsations cardiaques, la tension nerveuse, que sais-je ? Le Grand Ordonnateur mélange sans doute ces données avec les résultats obtenus au cours de la scolarité et, bien sûr, il prend en compte le milieu social d'où viennent les élèves. Et puis leur état de santé, leur degré de résistance à la douleur ou la couleur de leurs chaussettes, pourquoi pas ! À la fin, tout ça aboutit à une note...

– Autant vouloir additionner des carottes et des navets ! rigole Toscane. Quelle soupe !

Linus ébauche un sourire. C'est exactement ça ! Une soupe ! Mais ce qui est grave, c'est que tout le monde est persuadé que le calcul du Grand Ordonnateur est juste.

– Même sans tes souvenirs, nous le savions, reprend M. Zanz plus calmement. L'Examen est totalement arbitraire. Il ne sert qu'à justifier le cloisonnement en sphères. Il ne sert qu'à séparer les gens en leur faisant croire que c'est scientifique.

Toscane se plante au milieu de la chambre, les mains sur les hanches.

– Mais s'ils nous effacent la mémoire immédiatement après, tout ce cirque ne sert à rien. C'est vraiment tordu...

– Pas tant que ça ! souffle M. Zanz, qui semble réfléchir à toute vitesse. Si nous gardions nos souvenirs, nous aurions conscience d'avoir été manipulés. Tout le monde comprendrait que cet Examen n'a pas de valeur. Ce serait la révolution.

Linus quitte la fenêtre et s'approche de Toscane.

– J'ai tourné le problème dans tous les sens depuis six mois, lui dit-il. Je suis sûr qu'il reste des traces de l'Examen dans ton esprit. Des traces tellement enfouies que tu ne peux pas y avoir accès. Mais le traumatisme est forcément là, quelque part.

Toscane pose les mains sur ses tempes et commence à se masser le crâne vigoureusement, comme si elle avait une migraine.

– Linus a sûrement raison, intervient M. Zanz. Et c'est cette trace qui empêche la plupart des gens de se poser des questions à propos de l'Examen et du Grand Ordonnateur. L'expérience qu'ils ont vécue, seuls dans la petite cabine noire, entretient leur peur. Leur esprit est marqué au fer rouge, et ils sont prisonniers de cette terreur gravée dans leur inconscient.

Après un lourd silence, M. Zanz se lève de son fauteuil et se met à marcher en se frottant le menton.

– Certaines personnes doivent être plus résistantes que d'autres à ce traumatisme. Sinon, nous serions tous soumis à cette peur, personne ne tenterait d'agir contre le système et mon organisation n'existerait même pas. C'est la faille. Il y a toujours une faille...

À moitié étourdie, Toscane s'affale dans le fauteuil, prenant la place de M. Zanz. D'un doigt tremblant, elle désigne le cachet que Linus tient toujours dans la main :

– Et si nous trouvions le moyen pour que plus personne n'avale ce truc ?

Linus secoue la tête et ouvre les bras pour montrer son impuissance.

– C'est impossible ! gémit-il. Ils ont été capables de tuer des gens ! Ils ont arrêté le docteur Ambrose, et ils recommenceront ! Et nous... nous sommes coincés ici, à la merci de... de ce foutu monte-plats ! Il n'y a rien à faire !

Il s'écroule sur un des lits et frappe du poing sur le matelas.

– Et Chem, tout seul dans sa colonie de redressement ! Et Yosh, et Mieg, avec ma mère qui déprime et mon père qui a honte de moi ! Et toi, Toscane, avec ton père qui lance la police à nos trousses ! Nous ne pouvons compter sur personne !

Il se laisse brusquement aller en arrière sur le lit, en proie à une angoisse atroce. Lentement, Toscane vient s'allonger sur l'autre lit, à bout de forces elle aussi. Dans le contre-jour, Linus devine son visage tourmenté.

Petit à petit, son corps fatigué se détend, et il se sent gagné par un sommeil proche de l'évanouissement. M. Zanz s'approche, rabat la couverture sur lui. Penché au-dessus du lit, il murmure :

– Nous sommes devenus des citoyens sans badge, Linus. Des sortes de fantômes, qui n'appartiennent plus à aucune sphère. Mais nous avons des amis dans chacune d'elles. C'est notre force. Avec un peu de chance et beaucoup d'obstination, nous apprendrons un jour qui se cache derrière ce « ils » dont nous parlons depuis tout à l'heure. Il faut garder l'espoir et se battre encore.

Linus et Toscane ont sombré dans le sommeil, sans résistance. M. Zanz éteint la petite lampe et s'installe dans le fauteuil. Dans l'obscurité, il ajoute :

– Demain, je vous montrerai comment les fantômes passent à travers les murs.

Chapitre 32

Linus est réveillé en sursaut par le bruit désagréable du volet roulant. D'un bond, il se redresse dans le lit, le cœur en vrac, les idées en bataille, ne sachant plus du tout où il se trouve. Dans la gueule du monte-plats grand ouvert, il aperçoit Berthalia qui lui fait un large sourire.

– Et si tu venais m'aider ? suggère-t-elle.

Tandis que Toscane et M. Zanz se lèvent aussi, Linus s'approche du monte-plats, se penche et saisit fermement les poignets de la femme. Rouge d'effort, elle parvient enfin à s'extraire de la boîte.

– Faut-il vraiment que je vous aime ! soupire-t-elle en se redressant et en époussetant sa combinaison.

Puis elle se retourne pour prendre quelque chose dans le monte-plats :

– Tenez ! De quoi vous faire repartir du bon pied !

Elle dépose trois sacs en papier sur un des fauteuils. Linus sent l'odeur déplaisante des croissants au faux beurre, mais ce matin il ne fait pas la fine bouche. Pour la première fois depuis des mois, il a faim. Très faim !

– Alors ? Comment trouvez-vous notre établissement ? s'enquiert Berthalia. C'est chic, non ?

Toscane et Linus hochent la tête. Ils ont la bouche pleine. Berthalia leur ébouriffe vigoureusement les cheveux, puis elle rejoint M. Zanz.

– Ça, c'est votre petit déjeuner à vous !

M. Zanz sourit et s'empare de l'enveloppe qu'elle lui tend.

– Pas trop de difficulté ?

– Ça va. Mais ne m'en ramenez pas deux comme ça tous les soirs, sinon mon mari va finir par s'en apercevoir...

M. Zanz ouvre l'enveloppe. Linus voit tomber dans sa main deux petits tubes d'acier et trois carrés de plastique.

– Pour les badges, c'est sans problème, ajoute Berthalia. Valables 24 heures, comme d'habitude.

Elle s'approche de la fenêtre et bâille :

– Bon, le centre commercial ne va pas tarder à ouvrir. Faut que je file !

M. Zanz lui serre la main :

– Merci beaucoup.

– Tatata ! rigole Berthalia. Ne me remerciez pas ! Si vous n'étiez pas là, je m'ennuierais comme un rat mort !

Toujours hilare, elle s'adresse à Linus et Toscane :

– Y a rien de pire dans la vie que de nettoyer les cuisines ! Vous imaginez pas la crasse que c'est au bout d'une journée de service non-stop ! Mais depuis que j'appartiens à l'Organisation, ça m'est égal ! Tant que je pourrai vous aider, je nettoierai des fourneaux gras toutes les nuits, et en chantant !

Elle se frappe la cuisse, puis elle se dépêche de retourner vers le monte-plats.

– Merchi pour les croichants ! lui lance Linus alors que le volet se referme.

Dès que Berthalia est partie, M. Zanz vient s'accroupir devant eux. Il étale par terre les trois badges et les tubes d'acier. Puis il remonte ses lunettes sur son front dégarni et se frotte l'arête du nez. Une fois encore, Linus est frappé par l'intelligence qui brille dans ses yeux verts.

– Nouvelle Organisation, nouvelles méthodes, commence M. Zanz. Celle-ci est très contraignante, mais Berthalia est bien placée pour nous aider : son mari est membre de la sécurité du Complex'Eldorado.

Il fait rouler un des tubes entre ses doigts.

– Cette nuit, Berthalia s'est absentée de son poste, et elle s'est arrangée pour lui piquer son passe-partout. Elle l'a porté à un autre membre de notre réseau pour qu'il en fasse ces deux répliques. Les tubes que vous voyez là s'adaptent sur toutes les ouvertures dans l'enceinte du Complex'Eldorado : portes, ascenseurs, et bien sûr... monte-plats.

Il plante ses yeux dans ceux de Linus, puis de Toscane.

– C'est compris, le rassure Linus. Nous ne les perdrons pas.

M. Zanz pousse un soupir :

– Ce serait très embêtant. Quant aux badges...

Il repose les tubes et donne un coup d'ongle dans les deux carrés de plastique.

– J'ai bien cherché un moyen pour m'en passer complètement, mais c'est impossible.

– Alors, nous ne sommes pas des fantômes ? demande Toscane.

– Pas vraiment. Il y a trop de bornes de contrôle. Aucun déplacement n'est possible sans badge. Mais ceux-là sont très particuliers... Comme pourra vous le confirmer votre ami Yosh, ils proviennent directement d'un bureau à l'Administration des personnes.

Linus avale de travers son dernier morceau de croissant :

– C'est Yosh qui vous fournit ces badges ?

– Non, c'est son directeur de stage, M. Kandhour.

Linus retient son souffle. L'ancienne Organisation regroupait de nombreux membres, des agitateurs pour la plupart, qui menaient des grèves dans la Zone Industrielle Enterrée ; la nouvelle semble encore plus étendue, encore plus puissante malgré les contraintes résultant de la surveillance de la police.

– Chaque fois que quelqu'un meurt, continue Zanz, son badge est envoyé à l'Administration des personnes. Avant de le détruire, on doit vérifier, classer, cataloguer toutes les données sur le passé du mort. Ce travail est vite fait, puisque tout est numérisé. C'est pourquoi nous ne pouvons disposer des badges qu'une seule journée. C'est une petite faille de plus dans notre système si parfait : à nous de nous en servir comme il faut.

Linus regarde fixement les deux carrés de plastique :

– Nous utilisons les badges des morts ?

– C'est ça.

M. Zanz en tend un à Linus.

– Ils sont vides, mais ils fonctionnent. L'intérêt, c'est qu'ils ne transmettent plus aucune donnée identifiante : ni photo, ni date, ni empreintes génétiques...

– Alors, nous sommes quand même un peu des fantômes, conclut Toscane d'une petite voix.

Elle regarde Linus. Ses yeux noirs ressemblent à des fenêtres ouvertes sur l'infini de l'univers. Il sourit. Un sentiment d'ivresse s'empare de lui. Être un clandestin, un déserteur, un fantôme ! Passer à travers les murs, ne plus considérer le monde comme divisé en cases, en compartiments bien séparés, mais comme un tout, un espace de liberté totale !

– Ça me plaît ! dit-il.

Il se lève et va vers la fenêtre. Derrière les vitres qui ne laissent passer aucun bruit, le Complex' Eldorado a repris vie. Sous les guirlandes de Noël, des centaines de personnes montent et descendent d'alvéole en alvéole, en fonction des signaux lumineux qui les appellent pour les promo-flashes. Les fontaines se sont mises en route, ainsi que les engins d'autonettoyage, qui glissent le long des allées en un étrange ballet silencieux et absurde. Tout en haut, un immense écran à plasma, fixé au dôme par des filins transparents, diffuse des spots publicitaires. Entre chaque spot, le visage d'un homme apparaît, souriant et accueillant. Des lettres clignotantes répètent : « Olf Bradman, fondateur des centres de consommation, vous souhaite une journée pleine de bonnes affaires ! » Linus se laisse un instant hypnotiser par ce visage paternel. Enfin, il sort de sa rêverie.

– On peut vraiment aller partout ? demande-t-il.

– Partout, confirme Zanz. Je te l'ai dit : les zones n'ont plus de sens pour nous. Mais, aujourd'hui, il y a quand même un problème...

M. Zanz se tourne vers Toscane :

– Je crains fort que ton père n'ait déjà transmis vos photos aux services de police.

Toscane se renfrogne et secoue la tête, dépitée.

– Mon père ne perd jamais de temps pour dénoncer le moindre incident. Alors, là...

Linus se raidit. Il tient son badge, son passe-partout, sa liberté... et il devrait s'abstenir de sortir ?

– Si vous quittez l'enceinte du centre commercial, vous risquez d'être contrôlés, continue M. Zanz. Deux évadés comme vous, ça va mobiliser les unités de police, surtout dans le Tub. Il ne faut absolument pas sortir pour le moment, je suis désolé.

Toscane acquiesce, mais Linus trépigne de rage.

– En restant prudents, vous pouvez vous promener dans le Complex'Eldorado, le console M. Zanz. C'est mieux que rien.

Il pose sa main sur l'épaule de Linus :

– Moi, je peux me déplacer. Je dois reprendre contact avec certains membres de l'organisation. Ils me renseigneront sur les mesures prises par la police. Dès ce soir, nous serons fixés et nous envisagerons des solutions, je te le promets. En attendant... pas de bêtises, d'accord ?

Linus lâche un grognement boudeur en guise de promesse et pêche un autre croissant dans le sac. À son tour, Toscane s'est approchée de la fenêtre.

– On va bien trouver de quoi s'occuper ici, dit-elle avec enthousiasme. Ça fait des mois que je ne suis pas allée au cinéma !

Rassuré, M. Zanz se dirige vers le monte-plats et passe sous le volet roulant :

– Je compte sur votre prudence. À ce soir !

Linus termine son croissant en silence tandis que Toscane s'éclipse dans la cabine de douche. Seul dans la petite chambre soudain silencieuse, Linus rumine sa frustration. Lorsque Toscane revient, vaguement recoiffée, elle se précipite vers la fenêtre et demande, presque joyeuse :

– Alors, quel film on va voir ?

– Aucun, répond Linus.

– Tu préfères aller au GameSpace ?

– Non.

– Au club de sport ?

– Pff !

– Tu n'es pas marrant, se plaint Toscane. Tu n'as envie de rien !

– Si, il y a une chose que je rêve de faire, rétorque Linus. J'en rêve même depuis plus de six mois.

– Qu'est-ce que c'est ? demande Toscane, méfiante.

– Retourner chez moi.

Elle se met à rire pour cacher son inquiétude :

– Linus... nous avons promis à M. Zanz de ne pas quitter le Complex'Eldorado.

– Fais ce que tu veux, dit-il en se levant et s'approchant du monte-plats. Moi, je sais comment occuper ma journée.

Chapitre 33

– Ne fais pas cette tête, chuchote Linus en donnant un coup de coude à Toscane. On est des fantômes, rappelle-toi ! Et puis, je ne t'ai pas obligée à me suivre !

– Si on se fait contrôler, ta journée de liberté va avoir un drôle de goût, lâche Toscane avec colère.

Le train s'arrête, et Linus se penche pour voir le quai.

– Regarde, dit-il, il n'y a pas un flic à l'horizon.

Linus connaît l'endroit par cœur. Il pourrait

s'y déplacer les yeux fermés : sortir du compartiment, longer le quai jusqu'au bout, et là, sous le panneau d'affichage publicitaire, introduire son badge dans le portillon.

Mais aujourd'hui, en arrivant au bout du quai, il ressent une vive appréhension. La bouche sèche, il glisse son badge dans la fente et attend...

– « Accès autorisé », dit sobrement la voix synthétique.

Linus se précipite de l'autre côté. Toscane passe à son tour et le rejoint, les mains tremblantes. Les badges fonctionnent, c'est l'essentiel.

Dans le hall de la gare, il n'y a presque personne, et Toscane et Linus sont les seuls à prendre l'ascenseur. Quand ils se retrouvent enfin dehors, à l'air libre, ils se regardent, à moitié étourdis.

– Tu vois, tout se passe comme sur des roulettes, commente Linus. M. Zanz est trop stressé, parfois.

Dans le silence ouaté de la zone protégée, même le bruit de leurs pas sur le trottoir semble étouffé. Linus a l'impression de flotter. Les grands arbres nus, délicatement décorés de guirlandes lumineuses, bordent les allées larges et propres, où rien n'a changé. Les maisons sont toujours solidement ancrées dans leurs vastes jardins, jouissant de la même qualité d'air, de calme et de sécurité qu'autrefois. Dans le froid sec de décembre, rien ne bouge. Linus connaît bien les habitudes des résidants. À cette heure, ils sont calfeutrés chez eux, réunis autour d'un rôti cuisiné au vrai beurre, et ils discutent des préparatifs de Noël.

– Il n'y a pas de meilleur endroit au monde, non ? murmure-t-il, mi-nostalgique, mi-cynique.

Toscane marche à ses côtés, pas très à l'aise. Mais, à mesure qu'ils avancent dans les rues tranquilles, elle se détend.

– Mon père n'a jamais voulu habiter en zone protégée, dit-elle. Il préfère le logement de fonction du foyer. Il est tellement obsédé par son boulot qu'il n'arrive pas à s'en éloigner. Il faut qu'il surveille tout en permanence. C'était un sujet de dispute entre lui et ma mère, quand elle était encore en vie.

Linus marche en équilibre sur le bord du trottoir. Devinant sa tristesse, il attend pudiquement qu'elle continue.

– J'ai toujours pensé que ma mère était morte de chagrin, soupire Toscane. En tant que citoyens de sphère 1, nous avions droit à tout, mais mon père ne voulait rien. Jamais de vacances, jamais de loisirs... Depuis toujours, il ne vit que pour le foyer, pour traquer les fautes des uns et des autres, pour surveiller, pour assurer sa sacro-sainte sécurité. Je suis sûre qu'il a détecté un problème dès que le docteur Ambrose t'a retiré le bracelet. Il voit tout. C'est un malade. Tu comprends pourquoi je n'imaginais pas suivre la même voie que lui...

– Tu mérites bien mieux !

– Mieux, je ne sais pas. Quelque chose de

différent, en tout cas ! C'est pour ça que je suis entrée au service de M. Zanz et de son Organisation.

Linus lui tend la main :

– Viens, je vais te montrer ma maison.

Poussé par une joie extraordinaire, Linus se met à courir, entraînant Toscane par les petites rues privées, se faufilant dans les allées couvertes, à l'abri des regards indiscrets.

Il ralentit et s'arrête devant une haie de troènes. En se hissant sur la pointe des pieds, il aperçoit le toit de sa maison. De là où ils se trouvent, aucun voisin ne peut les voir. Linus écarte les branches et jette un coup d'œil dans le jardin. Le givre matinal a fondu. Des gouttes d'eau scintillent sur les brins d'herbe. Linus lève les yeux et retient un cri. Sur la terrasse vide, faisant face aux arbres et au ciel pâle, il vient de voir sa mère qui prend l'air, emmitouflée dans un manteau, seule et immobile.

Toscane le tire en arrière.

– Qu'est-ce qu'il y a ? murmure-t-elle.

Linus est incapable de prononcer un mot. Sa mère est là, à quinze mètres de lui ! Soudain, la porte de la terrasse s'ouvre, et Mieg apparaît. Elle s'approche doucement de sa mère. De loin, Linus a l'impression qu'elles sont de la même taille... Peut-être même que Mieg dépasse un peu Mme Hoppe.

La gorge nouée, Linus voit Mieg déposer un baiser sur la joue de sa mère, la tirant d'une profonde rêverie. Puis Mme Hoppe se laisse guider par sa fille vers la maison, et la porte de la terrasse se referme derrière elles. Linus n'ose plus bouger. Cette apparition, douloureuse et merveilleuse, le laisse pétrifié.

– Qu'est-ce qu'on fait ? s'impatiente Toscane dans son dos.

Il sort de la haie à reculons, les yeux embués de larmes.

– Tu n'aurais pas dû revenir, souffle Toscane. C'est trop dur.

Linus avale l'air par petites gorgées. Dans son crâne, le sang bat avec un bruit de pompe. Il a envie de se boucher les oreilles pour ne plus l'entendre. Être là, si près du bonheur, lui fait prendre violemment conscience de l'absurdité de la situation.

– Je dois voir ma mère, lâche-t-il. Je dois lui dire que je suis vivant, que je suis libre, que je l'aime, que...

Toscane le prend par les épaules et le secoue :

– Ne fais pas ça, c'est trop risqué ! Et si ta mère nous dénonce ? Imagine les conséquences !

Linus serre les dents et fusille Toscane du regard.

– Ma mère ne nous dénoncera pas ! grogne-t-il. Elle a besoin de me voir. Tout comme j'ai besoin de la voir.

– Comment peux-tu être si sûr de toi ? s'emporte Toscane.

– Ma mère n'est pas comme ton père !

Il la repousse brutalement, s'échappe et s'engouffre dans la haie de troènes. Puis il se dégage du fouillis des branches et court sans bruit jusqu'à la maison. Là, il se colle contre le mur et ferme les yeux, le temps de calmer les battements de son cœur.

Il glisse le long du mur, jusqu'au coin de la terrasse, à l'arrière de la maison. Autour, tout est tranquille. Quelques corbeaux croassent dans les arbres et s'envolent au-dessus de l'appentis où son père entrepose les bûches chaque automne. Il pose un pied sur la terrasse, avance encore. Lorsqu'il est tout près de la porte-fenêtre, il ose se pencher pour jeter un regard à l'intérieur.

Dans le salon, toute la famille Hoppe est réunie. Sa mère, assise dans le canapé, lui tourne le dos. À côté d'elle, Linus devine la masse sombre des cheveux de Mieg. M. Hoppe, debout, sert à boire à la ronde. Il tend un verre à quelqu'un, et Linus doit se pencher un peu plus pour voir de qui il s'agit : une personne menue, aux cheveux argentés...

– Mamé ? souffle-t-il.

C'est bien elle ! Sa grand-mère est sans doute venue passer les fêtes de fin d'année en France ! Sous le coup de l'émotion, Linus sent ses jambes fléchir. Il détourne la tête et s'adosse au mur. Ils sont tous là, si près de lui ! Il suffirait d'un rien pour qu'il retrouve sa vraie place.

Il entrerait tout naturellement dans le salon et irait s'asseoir pour compléter le cercle familial. Pourquoi ne le ferait-il pas ? Pourquoi cela lui serait-il interdit ? Une simple note à un Examen a-t-elle le pouvoir de vous priver de l'affection d'une famille ? Linus se laisse glisser le long du mur, jusqu'à terre. Les larmes lui piquent les yeux.

À cet instant, un bruit le fait tressaillir. Quelqu'un a ouvert la porte-fenêtre ! Il se jette à terre et rampe aussi vite qu'il peut pour se mettre à couvert. Au moment où il disparaît derrière le coin du mur, il entend une voix demander :

– J'en prends combien, monsieur Hoppe ?

– Trois ou quatre, répond son père depuis le salon.

Puis il rappelle :

– Hé ! Yosh ! Je t'ai déjà dit de m'appeler Tobias !

– J'y penserai, monsieur... enfin, Tobias.

Recroquevillé sur le sol froid, Linus a l'impression qu'une flèche vient de lui transpercer le cœur. Il se mord les lèvres pour ne pas hurler. Yosh ! Yosh est là aussi ! On est samedi, et il s'apprête à déjeuner avec sa famille ! Il vit donc ici, dans cette maison !

Linus attend un instant, puis retourne au coin et observe. Il voit Yosh, de dos, traverser le jardin et ouvrir l'appentis. Linus se passe la main sur le front. Son visage est en feu. Au moment où Yosh fait demi-tour, il se relève brusquement et se montre. Yosh pousse un cri et lâche les bûches, qui roulent avec fracas sur la terrasse.

Chapitre 34

– Yosh ! appelle M. Hoppe par la porte restée entrouverte. Tout va bien ?

Sans quitter Linus du regard, Yosh répond d'une voix étranglée par la surprise :

– Oui, oui... J'ai buté ! Ce n'est rien !

Puis il chuchote :

– Tu es fou de venir là !

Linus le toise si hargneusement que Yosh a du mal à soutenir son regard. Il s'accroupit lentement pour ramasser les bûches.

– C'est chez moi, ici, murmure Linus, les poings serrés. Je viens si je veux.

Depuis le salon, M. Hoppe demande :

– Tu as besoin d'aide ?

– Non, non ! crie Yosh. Je me débrouille !

La bouche tordue par la colère et la jalousie, Linus crache :

– Ça, pour te débrouiller, tu es champion ! Nous avions parlé d'échanger nos notes à l'Examen... mais pas nos familles ! J'espère que mon lit est confortable ?

Yosh baisse les yeux et tente de rassembler les bûches éparses. Ses mains tremblent et glissent sur le bois.

– Je voulais te le dire l'autre soir, gémit-il, mais nous n'avons pas eu le temps... C'est Mieg qui a poussé tes parents à se porter volontaires pour m'accueillir. Ne m'en veux pas. Je... je ne cherche pas à prendre ta place.

– Tu ne cherches pas, mais c'est fait.

Yosh secoue la tête :

– Non, non, Linus. Ta famille n'est pas la mienne. Tu ne peux pas dire...

Linus le coupe en énumérant avec rage :

– Mon lit, ma maison, ma famille, un stage à l'Administration des personnes... Tu n'as pas perdu ton temps pour te couler dans le moule !

Yosh tombe à genoux, profondément blessé.

– Ne me reproche pas ça, supplie-t-il. Si je suis entré à l'Administration des personnes, c'est pour chercher mon frère. Et pour retrouver Chem, aussi, je te le promets. Je ne fais pas ça contre toi.

– Qu'est-ce qui se passe, Yosh ? demande soudain quelqu'un.

Et tout à coup, Mamé apparaît sur la terrasse.

Il y a comme un flottement ; c'est un moment très particulier, comme si le temps passait en mode ralenti. Le regard de Mamé va de Yosh aux bûches éparpillées, puis se tourne vers Linus, qui n'a pas le temps de s'éclipser. Les yeux bleus de Mamé, agrandis par la surprise, se rivent sur lui. Il a l'impression d'entendre une déflagration : c'est son propre cœur qui explose dans sa poitrine.

L'instant d'après, les mains de Mamé le touchent et le contraignent, doucement mais fermement, à reculer derrière le coin de la maison. Là, Mamé l'enveloppe dans ses bras.

– Mon Dieu, Linus ! soupire-t-elle, des sanglots dans la voix.

Puis elle lui saisit le visage entre ses mains.

– Il ne faut pas que tes parents te voient tout de suite. Le choc serait trop violent.

Elle se retourne vers Yosh et lui fait signe de rentrer.

– Attends-moi une seconde, dit-elle à Linus.

Elle le plante là et disparaît dans la maison. Complètement sonné, Linus plaque les mains sur ses yeux. Mamé revient peu après, son manteau sur les épaules.

– Je leur ai dit que j'allais prendre l'air cinq minutes, murmure-t-elle. Viens.

Elle l'entraîne vers un autre pan de la maison et l'invite à descendre les marches qui mènent au sous-sol. En pénétrant à l'intérieur, Linus

touche les murs comme pour s'assurer qu'il ne rêve pas. Sa maison ! Il est à l'intérieur de sa maison !

– Quel bonheur de te voir ! souffle Mamé. Personne ne savait où tu étais. Depuis que je suis revenue en France, je remue ciel et terre pour te retrouver.

– Tu as quitté la Floride ?

– Évidemment. Je me sentais tellement inutile, là-bas !

Linus se mord les lèvres pour ne pas pleurer. Son départ a causé tellement de bouleversements ! Mamé le serre de nouveau dans ses bras.

– Je suis venu sur un coup de tête, explique Linus. J'avais tellement besoin de vous voir...

Mamé s'écarte de lui et prend un air désolé :

– Tu ne peux pas débarquer comme ça, sans prévenir. Ta mère est très fragile. Laisse-moi du temps pour la préparer...

Soudain, elle met un doigt sur sa bouche et tend l'oreille pour écouter les bruits qui parviennent du salon. Puis, en baissant encore la voix, elle demande à Linus comment il a fait pour entrer en zone protégée.

– C'est compliqué. Je me suis échappé du foyer où j'étais enfermé. Je ne peux pas te donner de détails.

– Alors ne dis rien.

Pour faire baisser la tension, Linus avance de quelques pas dans le sous-sol. Il y découvre tout un matériel qui n'était pas là auparavant. Sur un carré de moquette, un rameur, une table de musculation, un simulateur de descente à skis, des haltères...

– C'est ton père, soupire Mamé. Il s'est pris de passion pour le sport. Depuis que tu n'es plus là, il a besoin de se défouler.

Elle donne un petit coup de pied dans une pile d'haltères.

– Il essaie de faire taire son chagrin en transpirant. C'est idiot, non ?

Linus laisse échapper un rire. Mamé va s'asseoir sur la table de musculation et sourit.

– Tu te souviens de la dernière fois que nous nous sommes parlé ? Même à dix mille kilomètres, j'ai compris que l'Examen n'allait pas se dérouler comme prévu. Mais tu semblais déterminé, sûr du chemin à prendre.

Linus approuve d'un mouvement de la tête. Mamé a toujours été perspicace ; elle l'a toujours compris à demi-mot.

– Je suppose que Mieg était au courant ? Et Yosh ? Ce garçon n'est pas là par hasard non plus...

Linus retient ses larmes et avoue dans un murmure :

– Je ne pensais pas que Yosh viendrait vivre ici. Quand je l'ai vu sur la terrasse, j'ai eu l'impression qu'il... qu'il m'avait volé ma vie.

Les yeux de Mamé deviennent flous :

– Tu ne peux pas croire ça, Linus. Personne ne peut te remplacer, tu m'entends ! Quoi que tu aies fait, et quoi que tu fasses, nous t'aimons.

Linus se hisse à son tour sur la table de

musculation. C'est tellement étrange d'être là avec elle !

– Toi, tu as toujours été contre l'Examen, n'est-ce pas ? demande-t-il.

– Tu as remarqué ? rigole Mamé. Ton père et moi, nous nous sommes toujours disputés à ce sujet ! Mais depuis ton passage en sphère 2, je suis certaine qu'il a changé d'avis. Il ne peut plus vraiment croire à la légitimité de ce système ridicule.

Linus pousse un gros soupir :

– J'ai été égoïste. Je n'ai pas imaginé ce que cela allait provoquer pour vous...

Il se laisse aller contre l'épaule de Mamé, qui lui caresse doucement les cheveux.

– Il ne faut pas regretter. Tu as agi selon ta conscience, non ? Comment pouvons-nous t'aider ? Quels sont tes projets ?

Linus regarde sa grand-mère, soulagé d'entendre ces mots. Les questions lui tournent dans la tête et se heurtent aux parois de son crâne comme des papillons de nuit prisonniers d'un rond de lumière.

– Je ne sais pas encore ce que je vais faire, dit-il. Mais je ne suis pas seul, de toute façon.

Il pense à Toscane, qui l'attend toujours derrière la haie de troènes et qui doit avoir drôlement froid. C'est vrai, il n'est pas seul : il y a aussi M. Zanz, la grande Berthalia, tout ce réseau de personnes qui œuvrent dans le même sens, et puis il y a Chem, Sadko... Ce sont eux, les projets ! Et puis, peut-être, tous les autres ! Ceux qui vont passer leur Examen dans quelques mois et qui ignorent avec quelle violence ils vont être traités. La poitrine gonflée, il serre Mamé dans ses bras.

– Dis à Yosh que je ne lui en veux pas,

murmure-t-il. J'ai été surpris, mais, en réalité, c'est mieux qu'il soit là, auprès de Mieg.

– Je lui dirai.

– Et pour maman...

– Je vais m'en occuper. Dès que je la sentirai prête, je lui dirai que je t'ai vu... C'est promis.

Linus saute au bas de la table, dépose un baiser sur la joue de sa grand-mère et se dirige vers l'escalier. Un morceau de ciel laiteux flotte au-dessus du jardin. Il regarde passer les nuages, nostalgique. Avant l'Examen, il se sentait ici chez lui, alors qu'aujourd'hui il est comme ces nuages. De passage.

Ce qu'il aimerait, c'est pouvoir revenir un jour librement voir ses parents, en compagnie de Chem. Cela serait sans doute possible dans un monde différent. Et c'est peut-être ça, son projet : vivre dans un monde différent. Il se retourne une dernière fois vers Mamé. Il a l'impression d'avoir retrouvé des forces à son contact.

– Je reviendrai bientôt, dit-il.

Le cœur plus léger, il s'enfuit vers l'extérieur.

Chapitre 35

Toscane tape des pieds, cachée derrière la haie. Ses joues sont rouges, son nez aussi.

– J'ai failli partir ! fulmine-t-elle. Qu'est-ce que tu faisais ? M. Zanz sera furieux d'apprendre que tu as pris autant de risques !

– Comment le saurait-il ? demande Linus en retirant une brindille restée accrochée dans sa manche.

Toscane hausse les épaules. Ses yeux ressemblent à deux morceaux de charbon incandescents, et la colère donne un éclat particulier à son visage. Malgré ses traits un peu bouffis, Linus la trouve presque jolie.

– Je me demande à quoi tu ressemblais quand tu étais anorexique, dit-il.

Décontenancée, Toscane se détourne et fronce les sourcils :

– Ne traînons pas ici. Retournons à la gare maintenant.

Linus jette un dernier regard vers sa maison avant de se décider à rebrousser chemin. C'est vrai, c'était très risqué. Mais, en même temps, ça lui a fait un bien fou de parler avec Mamé.

Finalement, tout n'est pas aussi compliqué que M. Zanz le disait ! En traversant les pelouses, il se sent soudain d'excellente humeur.

Lorsqu'ils arrivent aux abords de la gare, Toscane a retrouvé le sens de l'humour. Avec des grimaces comiques, elle essaie de lui montrer comment elle était quand elle pesait vingt kilos de moins. Elle creuse ses joues, tire sous ses yeux, rentre le ventre et lâche des grognements grotesques.

– Franchement, je te préfère maintenant ! dit Linus entre deux hoquets de rire.

Soudain, Toscane se fige. Encore hilare, Linus lui envoie une bourrade :

– Je t'ai dit que je préf...

Il se tait brusquement en la voyant pâlir. Il se tourne vers la gare. Là, juste devant l'entrée des ascenseurs, deux hommes vérifient l'identité des voyageurs. Ils portent sur la poitrine l'insigne de la police. Occupés avec un groupe de jeunes, ils ne les ont pas encore aperçus.

– Demi-tour, chuchote Toscane. Pas trop vite, il faut que ça ait l'air naturel.

Le souffle coupé par la surprise, ils pivotent sur leurs talons et repartent dans l'autre sens. Surtout, ne pas courir. Ne pas faire de bruit. Rester calme. Linus réfléchit à toute vitesse : par où s'enfuir ? Il ne voit pour le moment qu'une solution : retourner voir Mamé. Il murmure :

– Suis-moi.

Toscane marche à ses côtés, la nuque raidie par la peur. Ils bifurquent à droite et reprennent le chemin des pelouses en courant. Tout à coup, alors qu'ils approchent de la maison des Hoppe, il aperçoivent un véhicule à écopropulsion qui arrive juste en face. Linus pousse Toscane derrière un taillis. Ils s'y dissimulent, terrorisés. Seule la police, sur ordre de la préfecture, a le droit de rouler dans les parties résidentielles de la zone protégée ! Effectivement, lorsque le véhicule s'arrête, ils voient deux policiers en sortir.

– Ils vont chez moi, souffle Linus en jetant un coup d'œil entre les branches. Ils s'approchent du portail...

– Alors, c'est foutu, gémit Toscane. Ils vont nous coincer.

Linus lui saisit la main et la serre à l'écraser. Il vient d'avoir une idée.

– Non, dit-il. Il y a encore une issue.

Il entraîne Toscane en arrière, dans une ruelle déserte. Tandis qu'ils longent le mur d'une grande propriété aux fenêtres discrètement éclairées, Linus a l'impression furtive que quelqu'un les observe derrière un rideau.

– On court ? demande Toscane.

Il avale sa salive :

– Maintenant, oui !

Ils s'élancent ensemble, droit devant. Poussés par la peur, ils accélèrent tant qu'ils peuvent. Toscane trébuche, encombrée par son corps trop lourd. Au bout de la rue, ils dévalent un escalier, coupent à travers une étendue d'herbe détrempée et parviennent au bas d'une butte, les chaussures alourdies par la boue. Toscane s'arrête, cassée en deux, les mains sur les cuisses. Elle souffle comme un bœuf.

– Tu sais vraiment où aller ? s'inquiète-t-elle.

– C'est sans garantie, mais... par là, de l'autre côté de la butte.

Ils grimpent ensemble en dérapant à chaque pas. En haut de la butte, des panneaux de bois se dressent en une longue barrière, apparemment infranchissable.

– Avec Mieg, on venait souvent ici, explique Linus. C'est un mur antibruit qui date de l'époque des voitures à essence. Viens voir.

Plus loin, derrière un bosquet de noisetiers, ils découvrent un passage entre deux panneaux cassés. Comme les voitures sont désormais silencieuses, personne n'a dû juger utile de les réparer. Linus se penche et regarde par l'ouverture. De l'autre côté, il y a une portion à ciel ouvert d'un boulevard qui plonge ensuite dans un souterrain. Il se faufile dans l'étroit passage et tire Toscane, qui s'égratigne le front et manque de déchirer son manteau sur les échardes de la palissade. À ce moment, une voiture surgit du parking excentré, où les citoyens de la zone protégée garent leurs véhicules qui, selon les normes établies par l'écoplan, ne doivent servir qu'exceptionnellement.

– Ce boulevard permet de quitter la zone protégée, explique Linus. On a nos chances.

– Tu veux qu'on fasse du stop ? s'étrangle Toscane.

– Tu as une autre idée ?

– Et si on tombe sur quelqu'un qui te connaît ?

– On verra, on improvisera !

– Et si personne ne s'arrête ?

Linus commence déjà à descendre vers le boulevard.

– On n'a pas le choix ! crie-t-il.

Toscane le suit sans conviction.

Le boulevard est maintenant désert. D'un côté, les barrières à l'entrée du parking et, de l'autre, l'ouverture béante du tunnel. Ils se postent sur le bas-côté et attendent la prochaine voiture. Un vent glacial s'est levé, qui fait tourbillonner les dernières feuilles mortes sur l'asphalte. Tout est silencieux. Les barrières du parking restent immobiles, fermées. « Si on m'avait dit qu'un jour je serai prisonnier de la zone protégée ! » songe Linus, mi-amusé, mi-amer.

Démoralisée, Toscane secoue la tête.

– J'aurais dû t'empêcher de sortir de la chambre d'hôtel, ce matin ! J'aurais dû t'assommer. Si on se fait arrêter, ce sera de ma faute !

– On ne va pas se faire arrêter ! On va filer d'ici. Il n'y a qu'à attendre la prochaine voiture.

Toscane hausse les épaules et se renferme dans un silence buté.

– Je ne regrette pas d'être venu, poursuit Linus. J'en avais besoin. Regarde mon cou ! Il n'est presque plus enflé. Le docteur Ambrose avait raison : pour me guérir, il fallait me libérer !

Il fait quelques pas le long de la voie. En revenant près de Toscane, il demande soudain :

– Raconte-moi comment c'était dans la colonie de redressement. À chaque fois que je te pose la question, tu évites de répondre.

Toscane a un curieux mouvement de recul, puis elle croise les bras et lance :

– Ce n'est pas du tout le moment pour parler de ça.

– Si, justement ! Dès ce soir, je compte demander à M. Zanz de trouver une solution pour me permettre de rejoindre Chem. L'Organisation a besoin de lui autant que de moi.

Le vent a encore forci, et Toscane se met à claquer des dents. Elle tourne en rond, donne quelques coups de pied dans le vide, hésitante. Enfin, elle se plante face à Linus et pousse un gros soupir.

– Il est impossible de sortir ton ami Chem de sphère 3, lâche-t-elle.

Linus sautille sur le bord du boulevard.

– Et pourquoi pas ? L'Organisation me semble encore plus puissante qu'avant !

– M. Zanz te le dira aussi, continue Toscane. C'est impossible ! Complètement impossible !

Linus s'immobilise.

– Ce n'est pas impossible ! crie-t-il. Je le sortirai de ce bagne, coûte que coûte !

Toscane s'apprête à crier à son tour quand un bruit les fait sursauter. Cela provient du côté de la palissade. Ils lèvent la tête. Et tout à coup, surgissant entre les deux planches cassées, Linus reconnaît le bonnet rouge marqué du sigle de l'Institut Supérieur d'Architecture. Sous le bonnet, il découvre le visage inquiet de Mieg.

– Ouf, vous êtes bien là ! dit-elle.

Stupéfaits, ils la regardent dégringoler vers eux.

– La police vous cherche partout ! dit Mieg. Ils ont débarqué à la maison, et ils sont en train d'interroger papa ! Vous êtes dingues d'être venus !

Elle regarde Linus et lui fait un clin d'œil.

– Heureusement que je te connais, petit frère ! J'ai tout de suite pensé à notre passage secret !

Elle se tourne vers le parking. Linus et Toscane font volte-face. Les barrières viennent de s'ouvrir, et une voiture apparaît. Aussitôt, Mieg bondit au milieu de la chaussée et se met à faire de grands signes.

La voiture stoppe devant eux. Derrière le pare-brise teinté, Linus ne distingue pas les traits du conducteur. Un déclic, et la portière arrière s'ouvre.

– Montez vite, les presse Mieg. La police va sans doute boucler toute la zone !

Abasourdis, Linus et Toscane grimpent dans la voiture. Mieg claque la portière et reste seule sur la chaussée. Linus se retrouve soudain entouré par des bras, qui se referment sur lui avec une telle force qu'il manque d'étouffer. Un parfum qu'il connaît depuis toujours pénètre dans ses narines.

– Maman ? murmure-t-il.

– Linus..., soupire Mme Hoppe, tandis que la voiture démarre.

Depuis le siège du conducteur, Mamé lance :

– Ta mère était prête, tu vois ! Quand j'ai vu la police arriver, j'ai eu soudain très envie d'essayer sa nouvelle voiture de fonction !

Chapitre 36

Durant un long moment, Linus a l'impression de flotter hors du temps, hors de l'espace, hors du monde. Il n'est qu'un enfant dans les bras de sa mère, enveloppé par sa chaleur, blotti contre elle, protégé des agressions de l'extérieur. Il n'entend plus rien d'autre que son cœur, qui bat contre son oreille. Mamé, Toscane, voiture, tunnel, police : rien n'existe plus. Un bonheur extraordinaire se diffuse en lui comme une drogue.

Mme Hoppe rompt le silence la première.

– Pardonne-moi, souffle-t-elle. Je n'avais rien deviné, rien compris...

Linus se défait de son étreinte et la regarde, les yeux mouillés, incapable de prononcer un mot. Mme Hoppe contemple le visage bouleversé de son fils.

– Ce matin, j'ai trouvé un album dans le placard de Mieg.

Linus se mord la lèvre. L'album contenant sa correspondance avec Yosh avant l'Examen !

– Je sais, je n'aurais pas dû fouiller, s'excuse Mme Hoppe, mais c'était plus fort que moi. Ton absence m'a tellement fait souffrir ! Je ne pouvais plus supporter de rester sans explication. J'avais déjà cherché dans ta chambre, mais ce n'est que ce matin que j'ai trouvé l'album.

Elle ouvre sa combinaison doublée et en retire une grosse enveloppe. Elle sourit :

– J'ai bien fait de le garder avec moi ! Si la police était tombée dessus...

Linus s'empare de l'enveloppe. L'album est là, écorné à force d'avoir été feuilleté. Et, dedans, les photos, les messages imprimés, toutes les preuves concernant son projet d'échange avec Yosh.

– J'ai eu un choc en découvrant ce que vous aviez manigancé, toi et Yosh, continue Mme

Hoppe. Après, je suis restée longtemps dehors, sur la terrasse, sans rien faire.

Elle serre le bras de Linus.

– Finalement, je me suis sentie fière.

– Fière ? s'étonne Linus.

Sa voix est enrouée par l'émotion.

Mme Hoppe hoche la tête. Son visage, éclairé par les néons du tunnel, tressaute comme une image de vieux film.

– Il y a seulement six ou sept mois, je n'aurais pas compris pourquoi tu voulais changer de sphère. Je ne m'étais jamais interrogée sur la justice de notre système. Je me contentais d'en profiter, puisque j'étais du bon côté... Je pensais que j'avais mérité ma place, et que les autres, ceux de sphère 2, n'avaient pas à se plaindre de leur sort. Tout était bien en ordre : les puissants d'un côté, les faibles de l'autre, bien séparés. Et puis, tu as disparu. J'ai cru mourir de désespoir. Nos voisins, nos amis, tous les gens se sont mis à nous considérer avec une sorte de pitié... ou de dégoût. Un fils en sphère 2 ! Une véritable honte ! Mais moi, je continuais à t'aimer, à t'estimer. Alors, je me suis rendu compte que nous vivions dans un monde mal fait. Et là, Yosh est arrivé à la maison. Au début, je n'arrivais pas à me faire à sa présence. Je le trouvais bizarre. Avec le temps, je l'ai mieux connu, et il m'a raconté sa vie en sphère 2, avec ses parents. De nouveau, je me suis posé des questions. Personne ne mérite de vivre de cette façon !

Elle reprend son souffle avant de continuer :

– Quand j'ai lu les messages collés dans l'album, j'ai compris que tu avais l'impression d'étouffer, de ne pas pouvoir agir librement en sphère 1. Et je me suis aperçue que nous n'avions jamais parlé de tes désirs, de tes envies. Ton père et moi étions tellement certains de t'offrir le meilleur que nous avons oublié de t'écouter.

Elle pose une main tremblante sur sa bouche :

– La leçon est dure, tu sais.

Linus tend les bras vers sa mère pour la consoler. Mais il croise soudain le regard sombre de Toscane et, retenu par une pudeur soudaine, il ne va pas au bout de son geste.

– Tu m'as manqué, dit-il simplement en lui prenant la main.

– Nous allons bientôt sortir du tunnel, annonce Mamé. Il faudrait savoir où on va !

Ses yeux bleus fixent Linus dans le rétroviseur. Il lui sourit :

– Heureusement que tu as été rapide, soupire-t-il.

– C'est Yosh et Mieg qu'il faudra remercier. Ils m'ont fait sortir discrètement par le fond du jardin. Et ta mère m'a suivie. Quant à ton père, il a dû tomber des nues ! Une perquisition, tu te rends compte ! Chez un cadre de l'Observatoire Économique, ça ne s'était jamais vu !

Toscane commence à s'impatienter. Elle s'agite sur son siège et tortille ses cheveux.

– Conduisez-nous jusqu'au Complex'Eldorado, dit-elle à l'adresse de Mamé. C'est en zone ouverte, il n'y aura pas de contrôle.

Mme Hoppe se penche vers Toscane, interloquée :

– Au Complex'Eldorado ? Mais... pour quoi faire ?

Toscane hésite à répondre et consulte Linus du regard.

– N'allez pas là-bas ! s'écrie Mme Hoppe. C'est le pire endroit qui soit ! Vous êtes recherchés ! Vous n'échapperez pas aux caméras !

– Tu connais ce centre de consommation ?

s'étonne Linus. Il est réservé aux gens de sphère 2, pourtant !

Mme Hoppe se tord les mains :

– C'est moi qui ai conçu le réseau de vidéosurveillance. Rappelle-toi, je travaillais sur ce chantier au printemps dernier. Le Complex' a ouvert juste avant l'Examen...

Linus se frappe le front. Voilà pourquoi ce nom ne lui était pas inconnu ! Il l'avait déjà entendu chez lui, le soir, pendant un dîner ! C'est évident ! Mais à l'époque, il était tellement absorbé par ses propres soucis que ce nom n'a fait qu'effleurer son esprit !

– Alors ? s'impatiente Mamé. Où va-t-on ?

La voiture débouche soudain sur un pont profilé, suspendu au-dessus de la Seine. Au bout du pont, le boulevard se divise en plusieurs embranchements.

– Au Complex'Eldorado ! commande Linus fermement.

Il se tourne vers sa mère.

– Nous devons nous réfugier là-bas. Quelqu'un nous y attend, et nous avons des passes.

Mme Hoppe hoche la tête et se tourne vers la vitre. La voiture file dans une sorte de tube en plexiglas, à travers lequel on aperçoit les contours flous des arbres, des immeubles et, en contrebas, les berges de la Seine. Bien que l'hiver et la nuit tombante rendent le paysage un peu triste, on aimerait pouvoir s'y promener, y marcher en silence, respirer.

– On ne peut pas renverser le cours du temps, murmure-t-elle d'une voix à peine audible.

Une larme glisse sur sa joue.

– Tu ne pourras plus revenir habiter à la maison, avec nous. Que vas-tu devenir, Linus ?

Il tend une main vers cette joue, vers cette larme, et il la laisse monter sur son doigt, comme il le faisait avec les coccinelles quand il était petit.

– Je ne sais pas ce que je vais devenir, c'est vrai. Mais j'ai des amis qui comptent sur moi. Je dois tout tenter pour les aider.

– Chem ? demande Mme Hoppe, la voix brisée.

– Oui. Et puis Sadko Flavitch, qui est enfermé dans le foyer de transit où j'ai vécu et travaillé pendant les six derniers mois.

La larme scintille au bout du doigt de Linus. Il regarde cette goutte d'eau salée qui frémit, et il se demande bêtement si elle va s'envoler.

– Pendant six mois, poursuit-il, j'ai chargé et déchargé des cartons sur une chaîne d'emballage.

J'ai cru devenir fou. Si Toscane n'avait pas été là...

La larme vient de couler le long de son doigt. Elle se perd maintenant dans les sillons de sa paume.

– Ne t'inquiète pas, dit-il. Un jour, je rentrerai peut-être à la maison.

Comme la voiture vient de pénétrer dans le parking abrité du centre de consommation, Mamé programme la direction automatique pour laisser l'engin trouver une place. L'après-midi touche à sa fin, et de nombreux clients quittent le Complex'Eldorado, leurs coffres pleins d'objets, indispensables et superflus. Mme Hoppe lève les yeux. Par les interstices de la voûte recouvrant le parking, elle voit la tour qui domine l'ensemble.

– J'ai travaillé plusieurs mois ici, dit-elle, rêveuse. À l'époque où tout allait bien. J'étais fière d'avoir élaboré le système de surveillance d'un endroit aussi vaste, aussi fréquenté. À la fin de mon contrat, Olf Bradman, le patron, était tellement content qu'il a tenu à m'inviter à dîner chez lui, avec sa femme et son fils. Quel honneur !

Elle pouffe dans sa main :

– Si tu avais vu ça, Linus ! Ce type habite un véritable palace ! Et son fils de treize ans, qui se sentait déjà l'âme d'un grand patron ! Il m'a expliqué un tas de choses sur un projet qu'il était en train de mettre en pratique concernant certains délinquants. Il parlait comme un chef d'entreprise. Avec assurance et mépris. Son père était si fier de lui ! J'aimerais voir la tête de Bradman si son rejeton se faisait recaler en sphère 2, lui aussi !

Elle cesse de rire. Un silence gêné plane dans l'habitacle de la voiture.

– Tu comprends, Linus, poursuit Mme Hoppe, j'avais le sentiment d'être dans le vrai, d'apporter ma pierre à l'édifice parfait de notre société. Pourquoi surveille-t-on les gens ? Pour faire régner la sécurité ! Pour le bien de tous et pour le malheur des hors-la-loi, des voleurs, des casseurs, des trafiquants de produits illicites... Et maintenant, mes caméras vont te surveiller, toi. Elles vont te traquer, te démasquer. Et si tout marche comme je le voulais, tu vas te faire repérer, et tu seras arrêté par la police.

Elle se tait brusquement, comme si elle avait une idée. Puis elle se penche vers Mamé.

– Va te garer là-bas ! souffle-t-elle. À côté de la porte grise, tu la vois ?

Mamé reprend le contrôle manuel du véhicule.

– Ici ?

– Oui, c'est bien, murmure Mme Hoppe. Si mes souvenirs sont exacts, cette porte permet d'accéder à un réseau de couloirs réservés aux pompiers. Nous n'y avons pas mis de caméras.

Elle se tourne vers Linus, les yeux pleins d'espoir :

– Ton passe devrait l'ouvrir. Faites-moi confiance, passez par là !

Le déverrouillage centralisé de la voiture se déclenche et les portières s'ouvrent.

– Dès que possible, je reprendrai contact avec Yosh et Mieg, promet Linus. Tu auras de mes nouvelles.

Toscane le tire par la manche. Il sort de la voiture, le cœur déchiré. Par la vitre, il envoie un baiser à sa mère et à sa grand-mère, puis il rejoint Toscane, qui fait déjà tourner le tube métallique dans la serrure de la porte grise.

Chapitre 37

– Mes p'tits choux ! s'exclame la grande Berthalia en leur ouvrant la porte.

Elle retire ses gants en plastique et se précipite vers le volet roulant.

– Montez vite ! M. Zanz vous attend. Mais, d'abord, rendez-moi vos badges. Je vous en procurerai deux autres dès demain matin.

Linus et Toscane obtempèrent, et Berthalia les aide à grimper dans le monte-plats. Au moment de refermer le volet, sa figure rouge s'éclaire d'un sourire chaleureux :

– Un p'tit creux après cette journée de liberté ?

Toscane grimace :

– Pas ce soir, merci.

– Alors, en route pour le paradis !

Dans la chambre, M. Zanz les accueille avec soulagement.

– Où étiez-vous ? demande-t-il un peu sèchement.

– Au cinéma, répond Toscane.

M. Zanz fronce les sourcils, dévisage les deux enfants et pousse un soupir résigné. Puis il se met à arpenter la chambre, les mains dans les poches. Linus s'est allongé sur son lit. Il se sent presque aussi fatigué qu'après une journée de travail dans la ZAE. Avec cette différence que, ce soir, le muscle le plus courbatu, c'est son cœur. Les visages anxieux de sa mère, de Mamé et de Mieg le hantent, et il n'arrive pas à se débarrasser d'un gros vague à l'âme.

– Je me suis rendu chez un des membres de l'Organisation, commence M. Zanz. D'après ses renseignements, le père de Toscane a donné votre signalement, et vos photos sont diffusées sur tous les réseaux d'alerte.

Toscane lâche un petit rire nerveux :

– Merci, papa !

D'un sac qu'il a rapporté de l'extérieur, M. Zanz sort une bouteille d'eau, qu'il propose aux enfants avant de boire lui-même au goulot. On dirait qu'il n'a pas bu depuis des jours.

– Le docteur Ambrose a été interrogée toute la nuit par la police, poursuit-il en s'essuyant la bouche. Nous avons tenté de savoir où elle était et...

Il se tait. Ses mains tremblent. Enfin, il ajoute :

– En fin d'après-midi, nous avons appris que son badge venait d'être renvoyé à l'Administration des personnes.

Linus se redresse péniblement et s'assied sur le lit, la respiration haletante. A-t-il bien compris ce que cela signifie ? Il jette un regard perdu vers Toscane.

– Ça veut dire que... que le docteur Ambrose est morte, c'est ça ? demande-t-il d'une voix étranglée.

M. Zanz lève les bras, puis les laisse retomber. Toute sa colère, toute son impuissance, toute son angoisse peuvent se lire dans ce simple geste.

– Les enfants, nous sommes entrés dans une phase particulièrement difficile. La disparition du docteur Ambrose confirme nos craintes. Les services de police ne transigent plus. Leur objectif est clair : ils veulent anéantir toute contestation. Dès qu'ils soupçonnent quelqu'un d'agir contre le système, ils le tuent.

Ces derniers mots claquent comme un coup de fouet aux oreilles de Linus.

– Toute l'Organisation est menacée, continue M. Zanz, quels que soient les niveaux de responsabilité de ses membres. Pour une fois, on ne fait plus de différence : les citoyens de sphère 1 et de sphère 2 se retrouvent à égalité, et la sanction sera la même pour tous. La mort.

Abasourdi, Linus se recroqueville sur son lit. Son cerveau patine. « Jusqu'où suis-je capable d'aller ? se demande-t-il. Suis-je prêt à mourir pour l'Organisation ? »

Le monde dans lequel il vit semble marcher sur la tête. Une force tentaculaire, puissante et sans visage est en train d'opérer, écrasant ceux qui s'opposent à elle.

Il se redresse brusquement, la gorge nouée, les yeux pleins de colère :

– Je croyais que votre système fonctionnait bien ! Que nous étions en sécurité. Que nous pouvions nous déplacer et agir. Et vous êtes en train de me dire exactement le contraire ! La nouvelle Organisation n'est pas aussi puissante que vous le laissiez entendre.

Il saute au pied du lit et s'approche du fauteuil où M. Zanz est assis.

– Vous m'avez fait évader du foyer, et pourtant vous saviez que le danger serait pire une fois que je serais dehors !

Il se tourne avec rage vers Toscane :

– Qu'attendiez-vous de moi ? Je vous ai raconté tout ce que je sais sur l'Examen, je vous ai montré le cachet qui efface la mémoire, qu'est-ce que je peux faire de plus ?

Toscane secoue la tête sans rien dire, les larmes aux yeux.

– Notre seule intention était de te protéger, répond M. Zanz. En restant au foyer, tu étais à la merci de la police.

– Ici ou là-bas, quelle différence ? lâche Linus avec amertume. De toute façon, vous n'êtes plus en mesure de me protéger !

M. Zanz se lève, s'approche du mur et appuie son front dessus, accablé.

– Nous n'avons plus le choix, c'est vrai, dit-il d'une voix presque calme. La seule solution qui nous reste, c'est de saboter le prochain Examen. Cela fragilisera le système, et le fera peut-être voler en éclats. C'est notre unique chance.

Il se retourne et regarde Linus droit dans les yeux :

– Nous devons trouver qui se cache derrière le Grand Ordonnateur. Ce n'est pas une simple machine ! Il y a forcément des gens qui l'ont conçu, qui l'ont programmé ! Nous devons les démasquer, car ce sont eux qui donnent les ordres et qui font régner la terreur.

– Quitte à être arrêtés et à subir le même sort que le docteur Ambrose ? demande Linus, les dents serrées.

– Oui.

Il bondit :

– Vous ne pouvez pas me forcer à mettre ma vie dans la balance ! C'est plus facile pour vous ! Vous êtes adulte, vous n'avez pas de famille...

M. Zanz tressaille et fait un pas en arrière comme s'il venait de prendre un coup dans le ventre. Une profonde détresse se lit sur ses traits.

– Je n'ai pas eu cette chance, dit-il avec difficulté. Ma famille, je l'ai inventée, je l'ai construite. Ce sont mes amis, les membres de mon organisation. Et tu en fais partie, Linus.

Il ajoute, tremblant d'émotion :

– Je ne joue pas avec ta vie. Si tu dois en vouloir à quelqu'un, c'est à ceux qui ont bâti ce monde injuste contre lequel nous nous battons. Pas à moi.

Penaud, Linus bat en retraite vers la fenêtre. Un silence pesant s'abat sur la petite chambre.

Derrière la vitre teintée, le Complex'Eldorado, avec ses guirlandes de Noël, ses enseignes, ses boutiques surchargées et, au-dessus, l'immense écran noir sur lequel sourit Olf Bradman, ressemble à une provocation. Linus serre les poings. Il serait tellement plus simple, plus facile, d'être un citoyen de sphère 2 obéissant ! Durant quelques secondes, il s'imagine passer dans les allées, de magasin en magasin, content de pouvoir s'acheter des babioles avec ses économies. Si la vie pouvait se résumer à ça ! Mais non, c'est une illusion : les babioles, les vêtements, les objets, les voitures, ça ne suffit pas. Ce que veut Linus, ça ne s'achète pas.

– D'accord, admet-il. Battons-nous, allons jusqu'au bout, sabotons l'Examen. Mais à une condition : je veux que nous sortions Chem de sa prison.

Il détache son regard du centre commercial et revient vers M. Zanz et Toscane, immobiles dans la pénombre, hébétés.

– Vous m'avez entendu ? Il faut libérer Chem ! C'est tout ce que je demande. L'Organisation a besoin de lui. Il a réussi à inverser nos résultats, à embrouiller le Grand Ordonnateur. Il saura nous aider à saboter l'Examen. Nous ne pouvons pas le laisser...

Toscane ferme les yeux et se mord les lèvres.

– C'est impossible, dit-elle d'une voix à peine audible.

M. Zanz s'approche de Linus, lentement. Ses yeux verts, son visage rond et pâle, le cercle de ses lunettes, sa bouche qui tremble... Linus a un pressentiment épouvantable.

– Toscane a raison, souffle M. Zanz. Il y a quelques semaines, le badge de Chem Nogoro a été renvoyé à l'Administration des personnes. C'est là que j'ai eu vraiment très peur pour toi.

Toscane pousse un gémissement :

– Pardonne-moi, Linus ! Je n'arrivais pas à te le dire. Mais c'est la vérité ! Chem est mort, lui aussi !

Linus sent ses forces l'abandonner. Il

s'effondre par terre. Alors, Toscane se baisse vers lui et lui saisit les mains.

– J'ai connu Chem dans la colonie de redressement où je faisais mon apprentissage. J'ai essayé de l'aider, mais il n'en faisait qu'à sa tête. Un jour, il a réussi à pénétrer dans le local de contrôle informatique. Il a déverrouillé les systèmes d'alarme, les portes des cellules, les issues de secours, tout !

Entre le rire et les larmes, elle continue :

– Il a semé une pagaille énorme. Si tu avais vu ça ! Les élèves délivrés couraient dans les couloirs, dressaient des barricades, saccageaient le matériel. Personne, même en sphère 3, n'avait jamais osé aller jusque-là.

Elle s'assombrit :

– Le soir même, une unité de répression a maté la révolte, et Chem s'est fait prendre. Il a passé une semaine dans un bloc d'isolement. Et puis il a disparu. C'était quelques jours avant la fin de mon stage. Quand M. Zanz a appris que Chem avait été éliminé, il m'a contactée pour que j'essaie de te faire sortir au plus vite. Il craignait pour ta vie.

M. Zanz s'agenouille devant Linus.

– Je suis désolé pour Chem. Terriblement désolé.

Chapitre 38

Lundi 24 décembre, tôt

Paris est sous la neige. En une nuit de bourrasques blanches, les rues, les immeubles, les monuments et les squares ont été entièrement recouverts. Des stalactites de glace brillent sous les branches des arbres, le long des avenues désertes. Au milieu de la chaussée, les rails autochauffants des voies du tramway dessinent des balafres noires et rectilignes, comme des cicatrices profondes dans la peau parfaite de la neige. Il est encore trop tôt pour que les transports fonctionnent. Sous les lampadaires, Linus marche, les mains dans les poches. Il lui a fallu plus de deux heures pour atteindre la capitale, et maintenant il ne sent plus ses pieds. « L'anesthésie est une bonne chose, finalement, pense-t-il. Tant pour les douleurs physiques que pour celles du cœur. » Il avance, sachant parfaitement où il va. Il n'a pas peur ; il est une flèche lancée vers la cible. Quand M. Zanz et Toscane se réveilleront, ils trouveront son lit vide. Pas un mot, pas une explication. S'ils ont été capables de lui cacher la vérité sur Chem, ils ne sont plus dignes de sa confiance. Berthalia leur dira qu'elle l'a vu descendre et qu'il n'a pas daigné lui dire où il allait. Ils se mettront à sa recherche, mais il sera loin.

Après une journée de silence et de réflexion, qu'il a passée enfermé dans la chambre d'hôtel, il a trouvé ce qu'il devait faire.

Lorsqu'il parvient dans le quartier des Ministères, Linus commence à noter des signes de l'agitation matinale. Les fenêtres des immeubles s'éclairent, des volets s'ouvrent, et il entend grésiller les fils électriques du tramway que l'on remet sous tension. Il accélère le pas. La tête baissée, le nez enfoui dans son écharpe aux couleurs du foyer, il pense à Chem. « Il y a quelques semaines, son badge est revenu à l'Administration des personnes. » Aussi irrationnel que cela puisse paraître, sa disparition a coïncidé avec les premiers maux de gorge de Linus. Les ganglions ont enflé comme si son corps avait compris ce qui arrivait.

En passant près d'un porche, Linus fronce le nez. Dans l'entrée, le concierge de l'immeuble s'active près des incinérateurs, vidant les ordures dans les conteneurs ignifugés. Une odeur de brûlé s'en échappe. De l'autre côté de la rue, une des entrées du Tub vient de s'éclairer. Bientôt, la ville va s'ébrouer, se remettre en route. Des milliers de gens entameront leur journée de travail, dans l'ordre et l'indifférence. Des milliers d'enfants se rendront au collège, obnubilés par l'Examen du mois de mai, tout comme lui un an auparavant.

Enfin, Linus arrive à destination. Là, au fond d'une petite place figée sous la neige, un bâtiment ultramoderne arrondit sa charpente métallique. Il ressemble à un drakkar viking renversé. Sur la façade, une inscription gravée dans une plaque argentée indique : « Administration des personnes ».

Linus s'avance entre les arbres de la place et s'arrête près d'un vieux kiosque à journaux. Derrière lui, le premier tramway vient de passer en silence. Quelques piétons ensommeillés traversent l'avenue, les yeux baissés, prenant garde de ne pas déraper. Près de la porte d'entrée, Linus aperçoit des vigiles réunis dans une cabine de verre. Il doit attendre.

À huit heures, les premiers employés de la prestigieuse administration se présentent à l'entrée et font contrôler leurs badges. Caché derrière le kiosque, Linus les observe en plissant les yeux.

Brusquement, tournant au coin du square, il reconnaît la silhouette de celui qu'il attendait. Cette démarche, cette allure si singulière... Linus bondit dans sa direction et appelle le plus discrètement possible :

– Yosh !

Son ami s'arrête. Dans la nuit encore noire, Linus se faufile jusqu'à lui. Le visage de Yosh s'illumine.

– Linus ?

Yosh enjambe les arceaux qui délimitent un parterre de fleurs et le rejoint sous les arbres.

– Décidément, tu as la manie de venir dans les endroits les plus dangereux !

– Je n'ai pas le choix, souffle Linus. Tous les endroits sont devenus dangereux pour moi.

Dans son long manteau d'hiver en matière thermique, Yosh semble déguisé. Il porte une chapka en peau retournée, qui accentue l'étrangeté de son visage lunaire.

– Je suis désolé de t'avoir parlé si durement l'autre jour, commence Linus. Je ne m'attendais pas à te voir chez mes parents. J'ai dit n'importe quoi...

Yosh hausse les épaules :

– Ta grand-mère m'a dit que tu me pardonnais, n'en parlons plus. N'empêche, tu l'as échappé belle. Si tu avais vu la tête de ton père quand la police est venue perquisitionner ! Il a failli faire une crise cardiaque ! Deux flics sont restés dans les parages tout le week-end. Ils n'ont abandonné la surveillance de la maison que ce matin. Dis-moi comment je peux t'aider.

– Fais-moi entrer, dit Linus en désignant la bâtisse d'un coup de menton.

Yosh s'étrangle :

– Tu es tombé sur la tête ou quoi ? Tu es recherché partout !

– Ça m'est égal, fais-moi entrer.

Yosh se balance d'un pied sur l'autre, indécis, paniqué.

– Quand tu vivais en sphère 2, tu n'étais pas si trouillard ! le provoque Linus. Trouve un moyen pour me faire passer le contrôle ! C'est très important !

Yosh réfléchit en contemplant la façade du bâtiment, perplexe.

– Procure-moi un badge vide, insiste Linus. Ton directeur de stage fait partie de l'Organisation. Il nous aidera.

– Je sais, murmure Yosh. Mais les caméras à l'entrée ? Tu es fiché sur le réseau d'alerte, c'est trop risqué !

Son visage et ses mains commencent à s'agiter, comme chaque fois qu'il est nerveux. Linus le saisit fermement par les épaules. Il prend une grande respiration, et il plante son regard dans celui de Yosh.

– Chem est mort, dit-il.

Les tics de Yosh cessent aussitôt. Son visage se vide littéralement de son sang.

– Zanz le savait depuis plusieurs semaines. Il me l'a avoué il y a deux jours. Je veux comprendre ce qui s'est passé. Il faut que tu m'aides à accéder au fichier confidentiel de Chem.

Yosh ouvre la bouche sans arriver à parler.

– Fais ça pour lui, supplie Linus. Je t'attends ici, dépêche-toi.

Comme propulsé par une force invisible, Yosh s'élance vers l'entrée. Linus le regarde disparaître à l'intérieur et retourne se cacher derrière le kiosque.

Les minutes s'écoulent ; le ciel commence à blanchir au-dessus des toits des immeubles. Linus sautille sur place pour se réchauffer. Le temps lui paraît s'étirer à l'infini. Sous les vitres du kiosque, il aperçoit les lambeaux superposés des anciennes affiches. Il n'y a plus grand-chose de lisible : des dates – 2001, 2015... –, des lettres, autrefois écarlates, qui faisaient les gros titres des magazines et qui parlent de guerres oubliées, d'attentats et de vengeances. Il gratte le givre du bout de l'ongle. La mémoire perdue du monde s'est cristallisée là, dans ce petit kiosque fermé ; il faudrait gratter longuement pour la retrouver.

Soudain, il sent une présence et sort de sa rêverie.

– Enfile ça ! lui dit Yosh en essayant de reprendre son souffle.

Il lui tend une sorte de passe-montagne en tissu blanc.

– Je t'ai trouvé un badge au nom d'Esteban Perez.

– Qui est Esteban Perez ?

– Un jeune qui travaille dans la Zone Industrielle Enterrée. Il a survécu à un accident chimique... jusqu'à ce matin. Nous devions le recevoir à 14 h 30 pour une reconstitution d'identité, mais il est mort à l'hôpital cette nuit. Le temps que les informations soient digérées par le central informatique, tu vis à sa place. À 14 h 30 pile, les ordinateurs recevront l'ordre d'effacer son identité.

Linus enfile le passe-montagne.

– Surtout, pas un mot aux vigiles ! recommande Yosh. Depuis ton accident, tu es incapable de parler, c'est compris ?

– Compris.

Yosh lui met le badge dans la main, puis il le guide jusqu'à l'entrée de l'Administration. Sous le tissu qui lui couvre le visage, Linus transpire déjà.

Dans le hall d'entrée, un portillon électronique barre le passage. Yosh entraîne Linus vers la cabine des vigiles et y donne deux petits coups secs.

– On m'a dit de vous avertir qu'un rendez-vous était avancé.

– Le nom de la personne ? demande un des vigiles en jetant un regard soupçonneux vers Linus.

– Esteban Perez, répond Yosh avec aplomb. Son visage a été brûlé au deuxième degré. Il ne peut pas parler.

Linus avale sa salive et essaie de garder son calme. Le vigile va-t-il croire à une histoire pareille ? L'homme jette un coup d'œil sur l'écran d'un ordinateur :

– Il avait rendez-vous à 14 h 30.

– Il doit se rendre à l'hôpital pour une greffe, explique Yosh sans se démonter. Nous avons dû avancer son rendez-vous à cause de cela.

– Vous avez l'ordre du responsable de service ?

Yosh montre un formulaire au vigile, qui le lit à travers la vitre.

– C'est bon, allez-y.

Yosh prend Linus par le bras et le pousse vers le portillon.

– Ton badge, lui souffle-t-il à l'oreille.

Linus passe le carré de plastique dans le portillon, qui émet aussitôt un son rassurant : Esteban Perez est autorisé à pénétrer dans le sanctuaire.

Sans un mot, les deux garçons traversent le hall majestueux. Il règne ici un silence particulier, précieux, élégant, le silence caractéristique dont savent s'entourer les citoyens de sphère 1. Malgré son inquiétude, Linus remarque que son ami paraît très à l'aise dans cet endroit. « Et moi ? se demande-t-il avec amertume. À quoi est-ce que je ressemble, maintenant ? »

Ils empruntent un escalator, puis un autre, passent sur une mezzanine et pénètrent finalement dans une salle toute en longueur. À l'intérieur de bulles transparentes, des employés travaillent en réseau. Les parois de la salle sont tapissées de caissons qui abritent des milliers de disques numériques. Au fond, une porte est ouverte sur un corridor qui dessert une série de bureaux réservés aux dirigeants. Yosh frappe à la première.

– Je vais te présenter à M. Kandhour, dit-il. C'est lui qui fournit tous les badges à M. Zanz.

Et c'est lui qui a trouvé l'idée pour te faire entrer.

Yosh pousse la porte et laisse passer Linus. Un homme très grand et singulièrement maigre se lève de son fauteuil et tend une main amicale par-dessus son bureau.

– Alors ? Comment vont ces brûlures ? plaisante-t-il.

Linus soulève son passe-montagne.

– Merci de votre aide, dit-il.

M. Kandhour s'incline, une main sur la poitrine :

– J'espère que tu trouveras ce que tu cherches. Notre Administration ressemble à un immense catalogue. Ici, tout est codé, puis archivé : les morts, les naissances, les mariages, les caractéristiques génétiques de chacun, les historiques médicaux, scolaires, bancaires, politiques, et même les traces de nos déplacements ! Yosh est un excellent stagiaire ; il va te servir de guide.

Linus se tourne vers Yosh en souriant.

– Je savais bien que tu n'étais pas un idiot !

Chapitre 39

Lundi, plus tard

Enfermés dans une bulle insonorisée au fond des archives, les deux garçons passent en revue le contenu du fichier de Chem. Les données codées défilent sur un écran plat et Yosh, en véritable virtuose, traduit les informations à Linus.

– C'est dingue ! murmure Linus, les yeux fixés sur l'écran. Cette machine sait absolument tout sur la vie de Chem !

Yosh passe son index sur l'écran tactile.

– Regarde, ce sont les bulletins que l'hôpital a transmis après son accident. Et le rapport de police sur l'incendie.

Linus se concentre pour essayer de comprendre la signification des codes numériques, mais pour lui c'est aussi obscur que du chinois.

– Voilà les pièces du jugement rendu par le Grand Tribunal, explique Yosh. Et la sentence qui interdit à ses parents d'avoir un autre enfant.

Linus suffoque. Il sait que la vie de Chem n'a jamais été très marrante, mais voir ces événements crûment inscrits sur un écran lui paraît révoltant. Il déboutonne le haut de sa combinaison. Autour de la bulle, des employés circulent, transportant des disques vers le laboratoire génétique, ou des caisses d'archives papier vers les broyeurs. D'après ce qu'en a dit M. Kandhour, le service a presque terminé le transcodage des vieux registres datant des trois siècles précédents.

– Je n'arrive pas à croire que Chem soit mort, murmure Yosh en retenant ses larmes.

Linus lui pose une main sur l'épaule :

– Moi non plus ! C'est pour ça que je suis venu. Je veux lire l'information, noir sur blanc.

Yosh s'essuie discrètement les yeux et fixe de nouveau l'écran.

– Le problème, dit-il en poursuivant sa lecture, c'est que certaines informations sont ultraconfidentielles. Il faut des autorisations. Je me suis rendu compte que ça concernait non seulement les affaires criminelles, mais aussi les personnalités publiques, les gros transferts d'argent, bref, tout ce qui ne correspond pas à la norme. J'ai eu le même problème pour retrouver les traces de l'adoption de mon frère.

– Alors, tu ne l'as pas encore localisé ?

– Si, il y a trois jours, murmure Yosh.

Linus sursauta :

– Alors ? Où est-il ?

Yosh pousse un soupir et, reportant son attention sur l'écran, il explique :

– À l'époque où mon frère est né, il y a eu une grande campagne dans toute la Fédération pour inciter les familles pauvres de sphère 2 à n'élever qu'un seul enfant. C'est un lobby de sphère 1 qui a promu cette idée. Ce lobby était constitué de couples stériles de sphère 1 qui voulaient adopter. Ils ont donné de l'argent aux parents.

– Ils ont acheté des bébés ?

– Exactement.

Linus n'en revient pas :

– Qui a acheté ton frère ?

– Un type assez connu, répond Yosh. Celui qui a créé les centres de consommation suburbains.

– Olf Bradman ? s'étrangle Linus. Tu es en train de me dire que ton frère est le fils adoptif d'Olf Bradman ?

Yosh confirme d'un mouvement de tête. Son visage traduit autant le désarroi que le soulagement. Au comble de l'excitation, Linus se lève de son fauteuil et lui explique le lien étrange qui les unit, par l'intermédiaire de sa mère.

– Maman a même été dîner chez Bradman ! dit-il. Et elle m'a parlé de son fils ! C'est-à-dire... de ton frère. Mais c'était sans savoir, bien sûr...

Profondément troublé, Yosh murmure :

– Olf Bradman a adopté mon frère sous le nom de Seth. Seth Bradman.

Il sourit :

– Seth a vécu jusqu'à présent comme un pacha. Grande villa, études poussées, voyages... Le contraire de moi, quoi !

Il chasse ses idées sombres d'un revers de main et dit :

– Je m'occuperai de tout ça plus tard. Revenons à Chem.

De nouveau, les données défilent, sans que Linus y comprenne quoi que ce soit. Le front soucieux, Yosh ouvre les fichiers, décrypte, enregistre. Finalement, il cesse ses manipulations et se concentre sur une page précise :

– Voilà, j'ai le dossier sur son internement en colonie de redressement ! Eh ben ! Chem a dû enfreindre le règlement à plusieurs reprises. Il y a des dates, des durées de séjour au bloc d'isolement et, là, une note qui émane du service médical.

Linus regarde fixement l'écran, en proie à une tristesse profonde. Hier, quand Toscane lui a décrit les conditions dans lesquelles a vécu Chem, il a compris ce que signifiait le mot « redressement » : un régime quasi militaire, des coups, des punitions, des insultes, des privations et des séances de lavage de cerveau. Chaque fois que Chem jouait les insolents, il était envoyé dans une cellule isolée, sans lumière, sans nourriture. La colonie était établie en montagne, à une altitude élevée. Dès les premiers froids, Chem a subi le pire : jeté dehors, pieds nus et sans même un T-shirt sur le dos, il devait passer la journée à courir pour résister aux températures hivernales. La mention de son passage dans le service médical n'a donc rien d'étonnant. À ce compte, n'importe qui serait tombé malade.

Soudain, Yosh se penche vers l'écran, intrigué par une suite de chiffres qui apparaît au bas du fichier.

– Encore ! murmure-t-il. C'est bizarre, ces chiffres ne correspondent à rien ! Et pourtant ce n'est pas la première fois que je tombe dessus.

Linus regarde les chiffres, sans même chercher à comprendre : 1.5.0. 03. 1.9.0, suivis d'une multitude de dièses. Tout à coup, Yosh frappe du plat de la main sur la table.

– Je sais où j'ai vu ces chiffres ! s'écrie-t-il. Exactement les mêmes ! Ce matin, quand j'ai expliqué ton problème à M. Kandhour, il a ouvert les fichiers concernant les derniers badges qu'on nous a renvoyés. Parmi ceux-là, il y avait celui du docteur Ambrose. Et c'est dans son fichier que j'ai remarqué ces chiffres ! Les mêmes, j'en suis sûr !

Linus s'aperçoit que les tics nerveux de Yosh recommencent. Son bras gauche bouge tout seul. Il se lève de son siège et pose une main sur son plexus pour se calmer. Les deux garçons échangent un long regard perplexe. Que signifie cette suite codée ? Linus ferme les yeux, puis s'appuie contre le dossier de son fauteuil pour réfléchir.

– Le seul lien entre Chem et le docteur Ambrose, c'est qu'ils connaissaient tous les deux M. Zanz...

Et, tout à coup, quelque chose se précise dans son esprit. Ce n'est qu'une intuition, une idée complètement folle... Il demande :

– Yosh, peux-tu trouver l'historique d'une certaine Mme Flavitch ? Je ne connais pas son prénom. Celui de son fils est Sadko.

Lundi, 14 heures

Linus et Yosh viennent d'entrer dans le bureau de M. Kandhour. Ce qu'ils ont découvert est tellement étrange qu'ils ne savent plus qu'en penser. Dans le fichier de Mme Flavitch, ainsi que dans tous ceux des membres de l'Organisation arrêtés le jour de l'Examen, ils on retrouvé les mêmes chiffres. Et en poussant leurs investigations plus loin, ils sont tombés sur un détail qui les a intrigués.

– Avez-vous obtenu les informations que vous cherchiez ? demande M. Kandhour.

Yosh s'avance vers lui.

– Oui et non. Nous avons surtout des questions à vous poser.

– Croyez-vous qu'il soit possible d'effacer les données numériques de quelqu'un qui n'est pas mort ? enchaîne Linus.

M. Kandhour lève les sourcils, surpris. Puis il secoue la tête.

– Ici, on n'efface rien. Tant que les gens sont vivants, leurs dossiers numériques sont en permanence alimentés. Une fois qu'ils sont morts, les informations sont archivées et sécurisées. Plus personne n'y touche.

– Mais comment a-t-on la preuve qu'une personne est morte ? demande Linus.

– Eh bien, lorsque les services concernés nous renvoient son badge !

– Quels services ?

– En général, ce sont ceux de la préfecture, des hôpitaux ou de la police... Je ne crois pas qu'il soit possible d'effacer quoi que ce soit. Ce serait très compliqué.

Linus jette un regard dubitatif vers Yosh :

– Mais, en théorie, ce serait quand même possible ?

– En théorie, oui, admet M. Kandhour. Mais ce serait un acte grave et parfaitement illégal.

Yosh pousse un soupir et poursuit :

– Lorsqu'une personne meurt, elle est enterrée ou incinérée, n'est-ce pas ? Et, pour clore son dossier, on inscrit la date et le lieu de la cérémonie.

– C'est exact.

– Et si ces renseignements ne figurent pas dans les dossiers ?

M. Kandhour sursaute :

– Impossible ! Si le lieu d'enterrement n'est pas signalé, c'est qu'il y a une erreur, un oubli !

– C'est bien ça qui cloche, répond Linus. Nous avons trouvé plusieurs « oublis » de ce type.

M. Kandhour le regarde, éberlué :

– Combien de dossiers sont concernés ?

– Une quinzaine.

– Et ce sont tous des membres de l'Organisation, précise Yosh en posant sur le bureau une liste de noms qu'il a imprimée. Qu'est-ce que cela signifie, d'après vous ?

M. Kandhour s'empare de la liste. Il la parcourt rapidement, tandis qu'une ride de perplexité creuse son front.

– J'ignore ce que cela signifie, avoue-t-il. Il faudrait faire des vérifications.

Linus désigne du doigt la liste des noms, parmi lesquels figure celui de Chem.

– Nous pensons que ces personnes ne sont pas mortes, dit-il. Nous n'avons aucune preuve, c'est juste une intuition...

– Je ferai moi-même les vérifications, promet M. Kandhour. Si votre intuition se révèle bonne, je m'arrangerai pour vous avertir, ainsi que les responsables de l'Organisation.

– Merci, dit Yosh. En attendant, pouvez-vous procurer un nouveau badge vide à mon ami Linus ? Celui d'Esteban Perez ne sera plus valable d'ici peu.

M. Kandhour hoche la tête et s'installe devant l'écran de son ordinateur.

– Je ne vais pas laisser ton ami sans badge le jour de Noël.

Linus sourit :

– Merci pour le cadeau.

– Un cadeau éphémère, s'excuse M. Kandhour. Valable vingt-quatre heures, comme d'habitude.

Chapitre 40

Une fois dehors, Linus retire son passe-montagne avec soulagement, sourit à Yosh et lève le visage vers le ciel. Le soleil dessine un disque pâle derrière les nuages, et la neige gelée craque sous leurs pas tandis qu'ils se dirigent vers la station du Tub. Linus est tout étourdi. Quand il a émis l'hypothèse que Chem pouvait encore être vivant, il s'est senti mieux. Ce n'est pas une certitude, bien sûr, mais il y a un espoir. Pourquoi ne pas croire aux miracles ? C'est Noël, après tout !

– Tu ne veux pas qu'on essaie d'avertir M. Zanz ? demande encore Yosh. Ce que nous avons découvert est peut-être très important...

Linus secoue la tête :

– M. Kandhour s'en chargera. Il vaut mieux limiter nos déplacements pour aujourd'hui.

– Tu lui en veux beaucoup, hein ?

Linus remonte le col de son blouson et regarde son ami. Oui, il en veut terriblement à M. Zanz.

– S'il ne t'a pas dit la vérité tout de suite, c'est qu'il ne voulait pas te faire de peine, plaide Yosh. Ce n'est pas facile d'annoncer à quelqu'un la mort de son meilleur ami...

– Ce n'est pas la seule raison, lâche Linus avec morgue. M. Zanz m'a caché la vérité parce qu'il craignait que je n'abandonne l'Organisation et que je n'arrête tout. C'est pour ça que je lui en veux. Il m'a manipulé.

– Tu exagères ! murmure Yosh. M. Zanz n'est pas comme ça. Il nous aide depuis le début.

Linus hausse les épaules :

– Il nous aide tant qu'il y trouve son intérêt. Si j'avais su que Chem avait disparu, je n'aurais peut-être pas accepté de m'évader du foyer de transit. Il m'a forcé la main pour que je ne puisse plus reculer.

– Peut-être, dit Yosh, mais si Chem n'est pas mort ?

– Si Chem n'est pas mort... ça change tout.

Les deux garçons pénètrent dans le Tub et passent sans encombre le portillon. Linus applique le passe-montagne sur ses narines pour filtrer l'odeur de vanille qui stagne dans les couloirs de la station et marche tête baissée pour éviter d'être filmé de face par les caméras. Retourner en zone protégée est assez risqué, mais il est extrêmement déterminé. Il ne passera pas Noël tout seul, loin des siens, comme un chien abandonné ! Et puis, les jours de fête, la police concentre en général sa surveillance autour des lieux de rassemblement comme les grands magasins, les salles de spectacle ou les églises. En zone protégée, il sera plus tranquille qu'au Complex' Eldorado.

Une fois assis dans la rame, il se penche vers Yosh.

– J'ai hâte de voir leur tête, dit-il avec amusement.

– Pourvu que ton père le prenne bien ! soupire Yosh.

Les stations défilent, les voyageurs montent, descendent, s'entassent, se dispersent au gré des arrêts. Parmi cette foule anonyme, Linus se sent presque en sécurité.

– Et tes parents ? demande-t-il à Yosh. Tu ne vas pas les voir ?

– J'ai prévu de leur rendre visite demain. De toute manière, ils sont obligés de travailler tard ce soir. Ce n'est pas comme en sphère 1, où les gens décident de leurs horaires de travail. Depuis que je suis né, c'est la première fois que je vais passer un réveillon avec...

Il hésite à prononcer le mot. C'est Linus qui le dit à sa place :

– Avec de la famille ?

Yosh sourit tristement :

– Si tu veux bien me prêter ta sœur et tes parents, bien sûr.

– Les autres années, tu restais tout seul ?

– Pas vraiment ! J'avais la télé ! rigole Yosh.

Mais, immédiatement, ses yeux s'embuent.

– Mon rêve, ce serait de passer le prochain Noël avec mes parents et mon frère. Tous les quatre, ensemble. Mais j'ai peur que ça ne soit pas possible.

Linus n'ose pas le contredire. Yosh ne pouvait guère plus mal tomber, en effet. Il se remémore ce que sa mère lui a appris à propos de Seth Bradman : « À treize ans, il parlait comme un chef d'entreprise. Avec assurance et mépris. » Autant dire qu'il y a un gouffre entre Yosh et lui. Les retrouvailles risquent de ne pas être faciles.

En bout de ligne, Linus et Yosh descendent du train. Ils traversent le quai avec méfiance, en s'assurant qu'il n'y a aucune unité de police dans la gare. Tout semble calme. Yosh passe le portillon de contrôle avant de faire signe à Linus : tout va bien, la voie est libre.

Mais au moment où il sort son badge, Linus entend des pas précipités derrière lui. Il n'a même pas le temps de se retourner qu'une main se pose sur son épaule. Le sang se fige dans ses veines. Il pivote lentement. Avec stupeur, il découvre la grande Berthalia, qui se tient devant lui, le visage rouge de confusion.

– Mais... qu'est-ce que vous faites là ? bredouille-t-il.

– Excuse-moi, murmure Berthalia. Je t'ai suivi.

– Quoi ? Depuis quand ?

– Depuis ce matin ! Et ce n'était pas une partie de plaisir ! J'en ai plein les pattes, mon p'tit chéri ! On peut dire que tu m'as fait voir du pays !

Linus secoue la tête, estomaqué.

– M. Zanz m'avait donné l'ordre d'ouvrir l'œil, explique Berthalia. Il se doutait que tu risquais de faire une bêtise. Je ne devais pas te lâcher d'une semelle. Seulement, je ne peux plus continuer, maintenant ! Comment veux-tu que je passe en zone protégée avec mon badge de sphère 2 ? Qu'est-ce que je vais dire à M. Zanz ? Oh là là, il va être furieux si je lui annonce que j'ai perdu ta trace !

Linus se frotte nerveusement le visage. Il se tourne vers Yosh, qui s'impatiente de l'autre côté du portillon, et lui fait un signe pour le rassurer.

– Alors ? insiste Berthalia en se tordant les mains.

– Dites-lui que tout va bien, chuchote Linus. Je passe le réveillon chez moi. Dites-lui aussi que quelqu'un de l'Administration des personnes va le contacter à propos de Chem et des autres personnes disparues. S'il a des renseignements à me donner, qu'il vienne demain en début d'après-midi.

– Chez toi ?

– Non. Ici, à la gare.

– C'est tout ?

Linus réfléchit :

– Non. Embrassez Toscane pour moi. Et souhaitez-lui un joyeux Noël de ma part.

Berthalia sourit et lui envoie une petite tape amicale dans le dos :

– Joyeux Noël à toi aussi, mon chou.

Puis, soulagée d'en avoir fini avec sa filature, elle quitte Linus et retourne sur le quai pour attendre le train.

– Qui c'était ? demande Yosh quand Linus le rejoint de l'autre côté du portillon.

Linus sourit, énigmatique :

– C'était... la gardienne du paradis.

Enfin, ils sortent de la gare. Tout en avançant dans les rues calmes, Linus essaie de ne plus penser à M. Zanz, ni à Berthalia, ni à Toscane, ni à Sadko, qui doit se sentir particulièrement triste un soir comme celui-ci, tout seul au foyer... Il tente de retrouver l'excitation qu'il éprouvait les années précédentes à l'approche du réveillon, mais il n'y parvient pas. Il a peur de revoir son père : ne va-t-il pas le rejeter ? Après tout ce temps, va-t-il encore l'accueillir comme son fils ?

Lorsqu'ils arrivent devant la maison, Linus marque une pause. En se dressant sur la pointe des pieds, il aperçoit le jardin noyé de brume, et la maison qui émerge de ce flot vaporeux comme une île perdue en mer. Les lumières du salon brillent dans le jour finissant.

– Mieg doit être rentrée, chuchote Yosh. Tu ne veux pas la voir pour l'avertir ?

– Non, non. Allons-y carrément. Tu as ta clé ?

Yosh la lui tend :

– À toi l'honneur.

Réprimant un tremblement, Linus appuie sur le déclencheur électronique, et le portail s'ouvre. Au-dessus de la porte d'entrée, la veilleuse de l'alarme centrale se déconnecte. Pourtant, Linus éprouve un sentiment étrange, comme s'il rentrait chez lui par effraction, en voleur. Yosh, très pâle, a croisé les bras sur sa poitrine.

– Tu ne vas pas faire de crise ? s'inquiète Linus.

– Je vais essayer.

À peine se sont-ils glissés dans l'entrée qu'ils entendent M. Hoppe demander depuis le premier étage :

– Francesca ? C'est toi ?

– Zut, murmure Yosh, ta mère n'est pas encore revenue.

Linus sent son cœur battre plus vite. La voix de M. Hoppe se rapproche :

– Il faudrait rappeler le traiteur. Il s'est trompé dans la commande ! Figure-toi qu'il a compté une personne en tr...

M. Hoppe vient d'apparaître en haut de l'escalier, en tenue de sport, une serviette enroulée autour du cou. Il s'est immobilisé, la bouche ouverte, la jambe droite en suspension dans le vide. Linus lève les yeux vers lui, essayant de contrôler son émotion et de paraître détendu.

– Bonsoir, papa.

M. Hoppe ne bouge pas, ne parle pas. Ses yeux expriment une surprise, une incompréhension absolues. À cet instant, Mamé fait irruption dans l'entrée. En découvrant Linus, elle pousse un cri et se retient au mur pour ne pas tomber.

– Je viens passer le réveillon à la maison, annonce tout simplement Linus.

Il y a un long silence. Tout le monde reste figé. On croirait que la Terre s'est arrêtée de tourner.

– Mieg est dans sa chambre. Je vais la prévenir, murmure Mamé en retrouvant ses esprits.

Elle monte, et au moment où elle croise M. Hoppe elle lui chuchote :

– Tu devrais aller embrasser ton fils, Tobias.

– Mon fils..., répète bêtement M. Hoppe.

Linus voit sa grand-mère disparaître sur le palier du premier étage. Le silence est si oppressant qu'il a l'impression de manquer d'air. Une fraction de seconde, il est tenté de s'enfuir en courant.

M. Hoppe pose son pied droit sur la marche et, s'agrippant à la rampe, il descend, lentement. Linus remarque que des cheveux blancs sont apparus sur ses tempes et qu'une ride soucieuse lui barre le front. En dehors de ces détails, son père n'a pas vraiment changé. Mais cette longue séparation a creusé un fossé entre eux, et Linus se sent tout à coup très intimidé. Quand son père arrive enfin en bas de l'escalier, il est livide. Sa serviette pendouille sur sa poitrine, et sa respiration est tellement altérée qu'on croirait qu'il vient de courir le marathon.

– Tu t'entraînes pour les Jeux olympiques ? demande Linus en se forçant à sourire.

– Hein ?

– Rien.

Linus baisse les yeux, troublé et gêné. Yosh s'agite à côté de lui ; il a du mal à contrôler ses tics. Sa tête bouge par saccades.

– J'allais descendre au sous-sol, déclare M. Hoppe comme si c'était l'information la plus importante du jour. J'y ai installé une salle de gym.

Linus lève les yeux. Ce n'est pas possible ! Son père ne va tout de même pas...

– C'est étrange, continue M. Hoppe, je n'ai plus du tout envie de soulever des haltères.

Et, tout d'un coup, il attrape Linus sous les aisselles, le hisse à hauteur de son visage, le regarde intensément, puis, le serrant de toutes ses forces contre lui, il se met à tournoyer dans l'entrée comme un fou.

– Linus ! crie-t-il. Tu es revenu ! Tu es à la maison ! Merci ! Oh, merci !

Accroché aux épaules de son père, Linus est pris de vertige. Serrés l'un contre l'autre, ils sont emportés par un tourbillon d'émotion. Soudain, Linus sent son cœur gonfler, gonfler... puis crever comme un ballon de baudruche. Il éclate en sanglots en même temps que son père. Et ils pleurent tous les deux, sans cesser de tourner. À travers ses larmes, Linus aperçoit en haut de l'escalier Mieg et Mamé, qui les regardent, bouche bée.

Soudain, la porte d'entrée s'ouvre en grand, et Mme Hoppe apparaît, emmitouflée dans son manteau, un panier à la main.

– Francesca ! s'écrie M. Hoppe en se précipitant vers sa femme.

Il la saisit par la main, referme la porte et l'amène devant Linus. Mme Hoppe laisse tomber son panier.

– Linus est revenu ! Il va réveillonner avec nous !

Linus sourit à sa mère.

– Je t'avais bien dit que je reviendrais à la maison, murmure-t-il.

Et tandis qu'ils s'enlacent tous les trois, Mamé et Mieg osent enfin descendre. Dans le silence entrecoupé de sanglots, Mieg vient poser doucement ses mains sur les épaules de Yosh.

– Je suis heureuse de vous voir, chuchote-t-elle. Mais vous auriez pu vous faire arrêter. Vous êtes complètement dingues !

Yosh tourne vers elle son visage de lune.

– Je sais..., soupire-t-il. C'est ce qui fait notre charme, non ?

Chapitre 41

Un instant après, ils sont assis dans le salon. Linus a du mal à croire qu'il est là, avec sa famille au grand complet, sous son toit, comme avant. Il regarde tour à tour sa mère, son père, sa sœur, sa grand-mère, et il se sent comme un petit gamin au retour d'une longue colonie de vacances. Les objets de la pièce lui paraissent à la fois proches et lointains, presque irréels. Yosh se tient à l'écart, roulé en boule au bout du canapé.

– Tu as pris des risques pour venir jusqu'ici, n'est-ce pas ? demande enfin M. Hoppe.

La police a perquisitionné chez nous, samedi dernier. Ils te cherchent. Ils n'ont pas voulu me dire pourquoi.

– Je me suis évadé du foyer de transit où j'étais enfermé.

– Évadé ? s'étrangle M. Hoppe. Mais pourquoi ? Tu ne pouvais pas prendre ton mal en patience et attendre la fin de la période de transition ? Nous aurions pu venir te voir dans ta famille d'accueil !

Mme Hoppe pose une main ferme sur le genou de son mari et lui fait signe de laisser parler Linus.

– J'étais malade, dit celui-ci. Et puis, pour des raisons assez compliquées, des amis ont jugé qu'il était urgent de me faire sortir.

– Des amis ? Quels amis ? demande M. Hoppe.

Linus se tourne vers Yosh, puis vers Mieg, cherchant leur soutien. Mieg se lève. Elle regarde son père et dit d'une voix mal assurée :

– Nous ne pouvons pas te dire leurs noms. Fais confiance à Linus, papa.

M. Hoppe fronce les sourcils :

– Ah, parce que tu es au courant, toi aussi ?

Il se tourne vers sa femme, puis vers Mamé, et le rouge lui monte subitement au front :

– Ne me dites pas que vous êtes tous au courant... Ne me dites pas que je suis le seul, dans cette maison, à ignorer ce que trafique mon fils !

– Tobias, supplie Mamé. Ne gâche pas tout !

– Alors expliquez-moi, bon sang ! fulmine M. Hoppe. Linus !

Linus sursaute.

– Pourquoi m'avoir tout caché ? Je t'ai toujours fait confiance, il me semble ! Depuis que vous êtes nés, ta sœur et toi, j'essaie de vous apprendre à respecter les règles, à être honnêtes, à agir en bons citoyens ! Sans règles, une société s'écroule ! Tu as été admis en sphère 2, envoyé dans un foyer de transit : très bien, c'est la règle ! Et là, tu m'annonces sans rougir que tu t'es évadé ? Que tu es devenu un hors-la-loi, un déserteur ? Comment dois-je le prendre ?

Mamé bondit du canapé et frappe du pied :

– Tu as raison, Tobias ! Une société a besoin de règles ! Mais est-ce une raison pour accepter n'importe quelles règles ? Tu ne vois pas à quel point celles qui régissent notre monde sont injustes ?

– Oh non, pitié ! supplie Mieg. Vous n'allez pas recomm...

– Taisez-vous ! crie Linus. S'il vous plaît, taisez-vous !

Le silence se fait brutalement. Linus pose la tête dans ses mains, et reste prostré un long moment. Il respire avec difficulté. La détresse de son père lui fait mal. Il lui doit des explications.

– Écoute-moi jusqu'au bout, sans m'interrompre, dit-il. Tu promets ?

Dominant son énervement, M. Hoppe fait signe que oui. Il se rencogne dans son fauteuil, les bras croisés, l'air buté.

– La vérité, c'est que j'ai fraudé à l'Examen, commence Linus sans oser le regarder en face. Avec l'aide de Yosh et de Chem. Nous avons échangé nos résultats. Si j'ai fait ça, c'est parce que...

Sa voix se brise. Il redresse la tête et se force à continuer en regardant son père.

– ... C'est parce que je ne voulais pas d'un avenir prêt à consommer, tout préparé, comme une soupe en sachet. Je sais, cet avenir n'était pas mauvais. Il était même parfait, en quelque sorte. Mais j'avais l'impression de ne pas exister. Cette vie qu'on me proposait, ce n'était pas vraiment ma vie, tu comprends ? Je voulais construire mon avenir moi-même, prendre des décisions, chercher ma propre voie. Mais dans notre système d'examen, je me suis aperçu que ça m'était interdit.

M. Hoppe reste figé dans son fauteuil, le visage dur comme une pierre. Linus reprend son souffle et poursuit :

– J'ai rencontré Yosh et, grâce à lui, d'autres personnes qui se battent contre le pouvoir du Grand Ordonnateur. Il y a beaucoup de gens qui ne sont pas heureux de vivre dans des cases, sans possibilité d'agir, de changer... C'est avec eux, et puis avec Chem... et Mieg que j'ai réussi à passer en sphère 2.

M. Hoppe ferme les yeux. Il fait visiblement un énorme effort pour ne pas exploser. D'une voix contenue, il demande :

– Et maintenant ? Tu es heureux ?

– Non, répond Linus. Je ne suis pas heureux.

– Alors... tu regrettes ? Tu aurais préféré rester en sphère 1, c'est ça ?

Linus secoue la tête.

– Ce n'est pas ça. Je me suis aperçu que je n'étais bien ni ici, ni là-bas.

Il jette un coup d'œil à la dérobée vers Yosh, qui s'enfonce dans le canapé comme s'il voulait disparaître à l'intérieur.

– Les travailleurs de sphère 2 vivent dans des conditions très pénibles, continue Linus, et je ne pense pas qu'ils en soient satisfaits. Moi, ce que je voudrais, c'est... c'est qu'il n'y ait plus de sphères. Ce que je voudrais, c'est avoir le droit de vivre avec vous, mais aussi près de Yosh ou de Chem ! Je voudrais qu'il n'y ait plus de séparations arbitraires entre les gens. Je voudrais inventer ma vie sans courir le risque d'être arrêté par la police ! Je voudrais avoir droit à l'erreur, avoir la possibilité de revenir sur une décision, avoir le droit de faire des projets et de les réaliser.

Des sanglots lui soulèvent la poitrine.

– Quand j'ai passé l'Examen, j'ai compris que leur calcul ne reposait sur rien. Comment peut-on réduire les personnes à une simple note ? C'est absurde ! Le Grand Ordonnateur est un leurre, une excuse pour prendre le pouvoir sur les gens. Regarde Yosh ! Sa note ne l'autoriserait pas à vivre ici, ni à travailler à l'Administration des personnes. Or, il se débrouille très bien ! Le but de l'Examen est de nous bâillonner et de nous faire peur, c'est tout. Et ceux qui ont peur se soumettent à la loi du plus fort, comme des chiens bien dressés.

Tu trouves ça bien, toi, que le système exploite les faiblesses des gens ?

Pris à partie, M. Hoppe tressaille, ouvre la bouche, se ravise... Linus continue, les larmes aux yeux.

– Mon ami Chem a été envoyé en sphère 3. Pourquoi ? Parce qu'il critiquait ouvertement le système. Et maintenant, il est peut-être mort !

Cette fois, c'est Mieg qui fait mine d'intervenir.

– Ce n'est pas sûr, reprend Linus. Il a été arrêté par les services de répression, et nous n'avons plus de trace numérique le concernant. Je ne peux pas m'empêcher d'espérer qu'il est encore en vie, quelque part. Mais ce que je veux dire, c'est que... que je suis triste de vivre dans ce monde-là. C'est pour ça que j'essaie de faire autrement. C'est pour ça que j'ai désobéi.

M. Hoppe se lève brusquement et quitte le cercle des fauteuils pour s'approcher de la baie vitrée. Linus le suit d'un regard anxieux. Son menton tremble, et il a du mal à retenir ses larmes. Heureusement, sa mère s'approche, lui prend la main et lui sourit avec confiance.

– Il faut du temps à ton père pour remettre en

cause ses certitudes, murmure-t-elle. Laisse-le réfléchir.

Linus baisse la tête : M. Hoppe est sans doute blessé et très en colère. Tout ce que son fils vient de dire va complètement à l'encontre de son éducation, Linus le sait.

Au bout d'un moment, comme le silence s'éternise, Mamé s'impatiente :

– Et si nous fêtions quand même ce réveillon ? Le traiteur a livré la commande. Nous pourrions mettre la table et réchauffer les plats, qu'en dites-vous ?

Personne ne répond. M. Hoppe quitte la fenêtre et revient vers le canapé.

– Justement, dit-il d'une voix étonnamment calme, le traiteur s'est trompé. Il a prévu une personne de trop dans sa livraison.

Il se tourne alors vers Linus, un sourire vacillant sur les lèvres :

– Ce traiteur est formidable, non ? C'est comme s'il avait su que tu serais là !

Le cœur battant, Linus regarde son père, attendant son jugement comme un criminel au tribunal.

– Je n'ai pas de commentaire sur ce que tu as fait, déclare M. Hoppe. Je ne vois pas le monde de la même façon que toi, mais j'admets que tu as eu beaucoup de courage. Et puis, il y a une chose dont je suis sûr, Linus, c'est que je tiens à fêter Noël avec toi. Ce Noël-là, et tous les autres, si possible.

Un quart d'heure plus tard, ils sont à table. La tension est retombée, Mieg a mis de la musique, et de délicieuses odeurs s'échappent de la cuisine. Sur la nappe blanche, au milieu des bouteilles de champagne à l'ancienne, Mamé a disposé des bougies et des petits paniers de fruits exotiques. Mme Hoppe, les pommettes rouges de plaisir, sert les coquilles Saint-Jacques en sc brûlant les doigts.

– À ton premier réveillon sans télé ! glisse Linus à Yosh en versant un fond de vin dans son verre.

Yosh sourit, mais Linus voit bien qu'il n'est pas vraiment heureux. Il tortille nerveusement le coin de sa serviette en songeant sans doute à ses parents et à son frère. Discrètement, Mieg se penche vers l'oreille de Linus :

– Ça fait des mois que je n'ai pas vu maman aussi joyeuse. C'est un très beau cadeau de Noël. Seulement... qu'est-ce que tu vas faire demain ?

– Je partirai, murmure Linus. J'ai donné rendez-vous à M. Zanz à la gare. Il m'apportera peut-être des renseignements à propos de Chem.

– Alors, j'irai avec toi, dit fermement Mieg.

M. Hoppe lève son verre et fait tinter le cristal. Malgré la ride sur son front, il paraît plus détendu. Tout le monde aimerait croire que ce réveillon est normal, gai et tranquille, comme à l'accoutumée. Mais une gêne persiste. Une fois que tout le monde est servi, Yosh prend soudain la parole :

– Je vous remercie de m'avoir accueilli chez vous, commence-t-il. Vous êtes tous des gens super, et je n'aurais pas pu mieux tomber, j'en suis sûr.

Il se racle la gorge :

– Linus vous a expliqué pourquoi il avait voulu faire l'échange avec moi. Mais moi, je ne vous ai pas dit mes raisons.

Les coquilles Saint-Jacques fument dans les assiettes, sans que personne ose y toucher. M. Hoppe arbore une mine contrariée. Quelles révélations va-t-on encore lui faire ?

– Peu avant l'Examen, j'ai appris que j'avais un frère, poursuit Yosh sans lâcher sa serviette.

Il a un an de moins que moi. Il a été adopté juste après sa naissance par un couple de sphère 1 qui n'arrivait pas à avoir d'enfant. Depuis, je n'ai plus qu'une idée en tête : le retrouver.

Tous les regards sont braqués sur Yosh. Les flammes des bougies tremblent, jetant des ombres mouvantes sur les visages des convives. Yosh continue d'une voix de plus en plus enrouée.

– J'ai cherché sa trace pendant des mois dans les bases de données de l'Administration des personnes. Et puis je l'ai trouvée. Mon frère s'appelle Seth. Il a été adopté par Olf Bradman.

Mme Hoppe sursaute et se penche vers Yosh :

– Tu es certain de ce que tu dis ?

– Absolument.

Au comble de l'étonnement, Mme Hoppe hoche la tête :

– Si ce que tu dis est exact, j'ai rencontré ton frère. C'était l'année dernière, peu de temps avant l'Examen, lorsque le Complex'Eldorado a ouvert. J'ai dîné chez les Bradman pour fêter l'inauguration.

– Comment est-il ? demande Yosh d'une voix éteinte.

Mme Hoppe le regarde attentivement.

– Maintenant que j'y pense, murmure-t-elle, il te ressemble un peu, Yosh. C'est vrai... Peut-être les cheveux... Oui, c'est ça, il a les mêmes cheveux que toi, et la même forme de visage. Mais pour le reste..., je ne sais pas comment t'expliquer. Il était très déplaisant. Dérangeant, même. Pendant le dîner, il m'a exposé les grandes lignes d'un projet qu'il venait de mettre en pratique avec l'aide de son père. Il se vantait d'avoir eu une idée géniale pour faire rentrer dans le rang une certaine catégorie de délinquants. D'après lui, c'était un système beaucoup plus efficace que les colonies de redressement de sphère 3. Il n'arrêtait pas de se vanter, de toute façon.

Linus fronce les sourcils. La première fois que sa mère a parlé de Seth Bradman, il n'y a pas prêté grande attention, mais ce soir une pensée vertigineuse lui traverse l'esprit.

– Il t'a expliqué ce projet en détail ? demande-t-il à sa mère. De quels délinquants s'agissait-il ? Des rebelles ? Des pirates informatiques ? Essaie de te souvenir !

– Je n'écoutais que d'une oreille, s'excuse sa mère. Je ne peux pas t'en dire plus. Avec ses sourires victorieux et son vocabulaire d'homme d'affaires, Seth me gênait terriblement. On aurait dit qu'il avait vingt ans de plus.

Yosh baisse la tête et lâche sa serviette. Linus a l'impression qu'il pense à la même chose que lui. M. Hoppe s'empare de sa fourchette, se décidant enfin à manger.

– Olf Bradman est un patron puissant, dit-il à Yosh entre deux bouchées. Dans le classement annuel de l'Observatoire Économique, il figure parmi les dix plus grosses fortunes de la Fédération européenne. Cela ne va pas être simple pour toi d'entrer en contact avec cette famille.

Mamé et Mieg, perplexes, prennent elles aussi leurs couverts et entament l'entrée, tandis que Yosh et Linus restent immobiles, les yeux dans le vague.

– Et si ce projet de Seth..., commence Linus, pensif.

– ... avait un rapport avec la disparition de Chem ? achève Yosh d'une voix tremblante.

Les deux garçons se regardent. Leurs pensées semblent se rejoindre. Cette hypothèse est fragile, mais elle tient debout. Les Bradman sont puissants. Rien ne doit leur paraître impossible. Pas même d'effacer des identités ! Oui, il y a peut-être un lien entre eux et les « morts » de l'Organisation de M. Zanz.

Chapitre 42

En ce 25 décembre glacé, les rues de la zone protégée semblent encore plus figées et plus mornes que d'habitude. Un ciel tourmenté surplombe les toits des maisons, et la neige menace. Dans l'entrée, Linus achève de boutonner son blouson, sous le regard consterné de sa mère.

– Reste encore quelques jours ! insiste-t-elle. Nous pouvons te cacher ici. Si la police revient, tu sortiras par le jardin. Pourquoi partir maintenant ?

– Je dois voir quelqu'un, dit Linus.

Depuis la veille, il n'a cessé de penser à Chem et à Seth Bradman. Il en a parlé une bonne partie de la nuit avec Yosh. Ils ont examiné l'idée sous toutes les coutures, et ils ont échafaudé des tas de suppositions : Seth et son père ont peut-être créé une sorte de prison secrète, dans laquelle ils retiennent des délinquants spéciaux, comme Chem ou le docteur Ambrose ? En les faisant passer pour morts ils évitent sans doute des tracas avec la justice... Évidemment, Linus et Yosh ne sont sûrs de rien. Ils attendent maintenant avec impatience que M. Zanz leur transmette les informations que M. Kandhour aura réussi à obtenir.

– Après avoir vu cette personne, continue Mme Hoppe, tu reviendras à la maison, non ?

– Impossible, dit Linus. Dans vingt minutes, mon badge ne sera plus valide.

Il jette un coup d'œil dans le salon pour voir l'heure affichée sur l'écran à plasma de l'ordinateur familial.

– Yosh ! appelle-t-il. Dépêche-toi !

Yosh apparaît en haut de l'escalier, accompagné de Mieg.

– Je viens avec vous jusqu'à la gare, déclare-t-elle.

Linus pousse un soupir résigné face à la détermination de sa sœur et se tourne vers sa mère.

– Je suis désolé de partir, Maman, mais tant que je n'aurai pas retrouvé Chem, je ne me sentirai pas bien.

Mme Hoppe s'approche de lui, les mains tremblantes.

– La maison sera toujours ouverte pour toi, murmure-t-elle. Reviens dès que possible.

– Promis. Dis au revoir de ma part à Mamé et à papa. Ils ont dû sortir, et je n'ai pas le temps d'attendre leur retour.

Yosh, Mieg et Linus quittent la maison précipitamment. Dehors, quelques flocons voltigent dans le ciel lourd. Ils rejoignent la gare d'un pas pressé, sans dire un mot.

Lorsqu'ils débouchent dans le hall désert, leurs pas réveillent un écho sinistre sous la haute voûte en pierre et en métal.

– Tu es sûr que M. Zanz va venir ? demande Mieg en ajustant son bonnet.

– Il y a un train dans deux minutes. Nous verrons !

– Et s'il ne vient pas ? insiste Mieg.

– Cela voudra dire qu'il ne sait rien de nouveau sur Chem et sur les informations manquantes dans son dossier. Il faudra chercher encore.

Linus s'avance près du portillon translucide et observe le quai. Il n'y a pas un chat. Tous les citoyens de sphère 1 sont chez eux, tranquilles, en train de savourer le bonheur écœurant de leur vie sans accroc.

– Tu as jeté un sacré pavé dans la mare, hier soir ! continue Mieg. Papa aura du mal à s'en remettre...

– Je ne l'ai pas convaincu, soupire Linus. Tant pis ! Je sais qu'il ne me dénoncera pas, et qu'il ne dira rien non plus pour Yosh.

– J'espère que tu n'as jamais cru ça ! dit Mieg, indignée. Il t'aime trop pour faire une chose pareille !

À cet instant, le train entre en gare et s'arrête sans bruit. Linus sent les battements de son cœur s'accélérer. À travers le portillon, il distingue quelques silhouettes qui descendent et se dirigent vers le hall. Il reconnaît M. Zanz et Toscane, à l'autre extrémité du quai. Il prend son badge et se tourne vers Yosh :

– Ils sont là. Tu viens ?

Mais au moment où il va introduire son badge dans le portillon, il entend une voix qui l'appelle :

– Linus ! Linus ! Attends !

Il pivote sur ses talons. Son père et Mamé viennent de faire irruption dans le hall. Ils courent vers lui en agitant les bras.

– Attends ! répète son père, qui le rejoint, très essoufflé. Nous avons trouvé quelque chose qui peut t'intéresser...

– C'est à propos des Bradman, reprend Mamé d'une voix saccadée. Ton père et moi revenons tout juste de l'Observatoire Économique...

M. Hoppe opine nerveusement :

– Oui, un aller-retour éclair ! Quand ta mère nous a dit que tu étais parti, nous avons couru jusqu'ici !

Linus ne comprend rien. Il jette un coup d'œil vers le quai. M. Zanz et Toscane s'approchent lentement, tandis que les autres voyageurs passent le portillon et quittent la gare.

– Écoute, Linus ! souffle M. Hoppe. Ce que tu as raconté hier soir m'a tourmenté toute la nuit. Il fallait que je vérifie. Ce matin, j'ai retrouvé la trace informatique de certaines dépenses faites par Olf Bradman.

– Il a versé plusieurs millions d'euros sur le compte de son fils, poursuit Mamé.

– Et Seth dépense de façon inconsidérée au nom d'une Fondation, reprend M. Hoppe, très excité. C'est assez fumeux. L'argent s'évapore dans le plus grand secret. Je pense qu'il s'agit d'opérations illicites.

Yosh tire soudain Linus par la manche. Derrière le portillon, M. Zanz et Toscane les attendent. Linus plante ses yeux dans ceux de son père :

– Alors, tu crois que j'ai raison ? Tu crois que les Bradman...

– Peut-être ! le coupe M. Hoppe. En tout cas, je vais ordonner que les services de contrôle fiscal s'occupent du dossier !

Juste à ce moment-là, Yosh pousse un cri étouffé :

– Merde ! La police !

Linus tressaille. Sur le quai de la gare, un petit groupe d'hommes en uniforme, surgis de nulle part, s'avancent au pas de charge vers le portillon. M. Zanz et Toscane viennent de les voir. Tétanisés, ils n'esquissent même pas un mouvement de fuite. En un clin d'œil, les policiers sont devant eux et réclament leurs badges. Linus, les yeux agrandis de terreur, est incapable de bouger. Son père l'attrape violemment par le bras :

– Suis-moi ! dit-il entre ses dents serrées. La

police ne te contrôlera pas si tu es avec moi ! Tu es du bon côté !

Linus regarde Yosh, puis Mieg, puis son père et Mamé. L'horloge de la gare indique 14 heures 10. De l'autre côté du portillon, sans aucun éclat de voix, M. Zanz et Toscane se sont laissé encercler par les quatre hommes.

– Je ne peux pas les abandonner, murmure Linus, le cœur déchiré.

Il réfléchit à toute vitesse. S'il se fait arrêter, il suivra peut-être le même chemin que Chem et que tous les autres... S'il se fait arrêter, il y a une chance pour qu'il les retrouve !

– Pardonne-moi, souffle-t-il à son père.

D'un geste brusque, il se dégage de son étreinte. M. Hoppe pousse un cri. Dans un même élan, Linus se rue vers le portillon et y passe son badge. La machine déclenche comme prévu son signal d'alarme. « Badge non valide ! » dit la voix synthétique tandis qu'un clignotant rouge se met en route. Avec une dextérité de prédateurs, les policiers se précipitent, débloquent le portillon, saisissent Linus par les poignets et lui arrachent son badge. Juste derrière, Yosh bondit en criant. Il se fait intercepter à son tour. Lorsque le portillon se referme, Linus a tout juste le temps de voir le visage de son père, devenu blême, et les yeux effarés de Mieg, qui le regarde sans comprendre.

Chapitre 43

Linus ne voit plus rien. La cagoule enfoncée sur sa tête l'en empêche. Une ouverture pratiquée au niveau du nez lui permet de respirer, mais un lacet fortement serré à l'arrière de son crâne lui écrase un tampon de tissu sur la bouche. Il ne peut même plus crier. Il se trouve dans un espace froid et sonore, qui lui donne l'impression d'être prisonnier d'une boîte de conserve. Dans son dos, ses mains menottées tentent de se raccrocher à quelque chose, mais elles ne trouvent aucune prise. La boîte vibre. De temps à autre, un cahot le fait rouler au fond, et il heurte une paroi.

M. Zanz, Toscane et Yosh ont sans doute subi le même sort, mais où sont-ils ? Linus suffoque sous sa cagoule. Pendant de longs instants, il n'entend plus autre chose que les battements désordonnés de son cœur. Tout à l'heure, à la gare, les policiers l'ont saisi par la nuque, comme un lapin. Ensuite, il a senti une décharge électrique. Un éclair l'a foudroyé. Il a perdu connaissance, puis il s'est retrouvé là, tout seul, ligoté, bâillonné, effrayé.

« J'ai voulu cette arrestation, se répète-t-il en essayant de se raisonner pour calmer sa peur. J'aurais pu écouter mon père, j'aurais pu échapper au contrôle, mais j'ai choisi de passer le portillon. »

Soudain, la boîte cesse de trembler. Linus parvient à se remettre sur le dos et à s'asseoir. À chaque inspiration, le tissu de la cagoule se colle à ses narines. Une odeur de poussière et de vomissure imprègne ses mailles grossières. Il déglutit douloureusement, sans arriver à faire passer sa nausée.

« Et si je me suis trompé ? pense-t-il, avec une angoisse épouvantable. Et si Chem et les autres sont vraiment morts ? »

Des bruits lui parviennent de l'extérieur. Des éclats de voix, des cris ? Et puis, des coups frappés sur les parois de sa boîte. Linus tourne la tête d'un côté, de l'autre, cherchant vainement à comprendre ce qui se passe. Il sent la sueur lui brûler le front, dégouliner entre ses yeux. Tout à coup, il entend un grincement métallique.

– Sortez-le de là ! ordonne une voix.

Linus sursaute. Il sent des mains le soulever, le tirer hors de la boîte. Et puis, il a l'impression qu'on lui arrache la tête. Le tissu rêche de la cagoule lui lacère le visage. Il se met à tousser. Soudain, il respire mieux. Il peut de nouveau voir et ouvrir la bouche.

Devant lui se tiennent plusieurs officiers de police. Sans aucun commentaire, l'un d'eux le pousse vers l'entrée d'une petite pièce. Là, Linus découvre M. Zanz et Toscane, assis sur une banquette, serrés l'un contre l'autre, les mains attachées dans le dos. Ils échangent un regard plein d'effroi. En silence, Linus prend place à côté d'eux.

Au milieu de la pièce, deux hommes consultent un écran d'ordinateur. Linus avise trois badges posés sur le bureau : le sien, celui de M. Zanz et celui de Toscane. Mais alors, où est Yosh ?

Un long moment se passe, sans qu'aucun mot soit prononcé. Linus sent des picotements dans la nuque. Il a du mal à bouger son cou, comme s'il avait un torticolis. Zanz et Toscane semblent aussi mal en point que lui. Filtré par une vitre sale armée de solides barreaux, un jour blafard éclaire faiblement les lieux. Le cuir de la banquette est froid et collant. Linus se tortille, espérant détendre ses muscles meurtris.

Enfin, un des deux hommes se lève et s'approche d'eux. Il a de très grosses mains et le visage piqué de taches de rousseur.

– Vos dossiers sont accablants, dit-il sur un ton administratif. Devant le Grand Tribunal, vous n'aurez rien pour votre défense. C'est la prison assurée, même pour les deux plus jeunes.

Il laisse passer quelques instants, puis il ajoute :

– Mais vous avez encore le choix. Si vous le souhaitez, vous pouvez éviter de passer en jugement.

Linus se tourne légèrement vers M. Zanz, le cœur battant : que signifie cette proposition ?

– À vous de voir, dit l'homme. Mais décidez-vous vite.

Comme il fait mine de s'en aller, M. Zanz le retient :

– Attendez ! Expliquez-nous ! Comment pouvons-nous éviter le Grand Tribunal ?

L'homme fait un sourire entendu et plisse les yeux :

– En acceptant le compromis que nous vous proposons.

– Quel genre ?

– Ce n'est pas moi qui en ai la charge. Si vous choisissez cette option, je dois contacter un de nos partenaires. C'est lui qui vous exposera ses conditions. Je vous laisse deux minutes de réflexion.

Sur ce, il quitte la pièce. L'autre homme est toujours absorbé dans son travail sur l'écran. Linus pivote sur la banquette et regarde M. Zanz.

– Il faut éviter le Tribunal, chuchote celui-ci. C'est sans doute le chemin qu'ont choisi les autres avant nous.

– Vous avez eu des informations ? souffle Linus.

– Hier soir, par M. Kandhour. Après vérification, il pense que tu as raison. Chem et les autres ne sont pas morts. Pas physiquement, en tout cas.

Toscane se penche vers Linus en grimaçant de douleur à cause de sa nuque raide :

– Ils sont morts d'un point de vue informatique. Ils ont été effacés. Mais ils doivent être quelque part, cachés. C'est ce que nous voulions te dire à la gare, tout à l'heure.

Linus hoche la tête :

– Alors, il faut faire comme eux. Accepter le marché.

M. Zanz ferme les yeux :

– C'est un gros risque. Nous ne savons rien de ce compromis ! C'est peut-être pire que la prison.

Toscane et Linus se regardent fixement.

– C'est possible, finit par dire Linus. Mais si les autres sont en vie, je veux le savoir.

À cet instant, l'homme revient dans la pièce.

– Alors ? lance-t-il. Votre décision ?

– Nous acceptons le compromis, dit M. Zanz.

– Parfait.

Il retourne vers le bureau et commence à dicter des ordres codés dans le micro de l'ordinateur.

– Où est Yosh ? murmure Linus. Je croyais qu'il s'était fait prendre, lui aussi. Je l'ai vu bondir vers nous.

– Ils l'ont relâché, souffle M. Zanz. Son badge était en règle.

Linus pousse un soupir. Évidemment, avec son badge de sphère 1, Yosh avait parfaitement le droit de se trouver là où il était, et la police n'avait aucun motif pour l'arrêter.

Derrière le bureau, l'homme aux taches de rousseur pose son casque et son micro.

– Allez ! Embarquez-les ! commande-t-il.

Trois policiers surgissent dans la pièce. Ils brandissent des matraques électriques. Linus est soulevé brutalement et, sans avoir le temps de pousser un cri, il sent une nouvelle décharge lui brûler la nuque.

Chapitre 44

Le premier visage que Linus voit en se réveillant ne lui est pas inconnu. L'homme sourit avec exagération, ses lèvres charnues ouvertes sur une rangée de dents blanches, parfaitement alignées. Linus cligne des yeux. La nuque lui fait mal. Il essaie de se rappeler où il a rencontré ce type. Et puis, soudain, il sait. C'était au Complex'Eldorado, sur l'écran géant fixé au dôme ! Il se souvient même de la formule en lettres clignotantes qui défilait sous l'image : « Olf Bradman vous souhaite une journée pleine de bonnes affaires. »

Mais, cette fois, ce n'est pas une photo qu'il a devant les yeux. Olf Bradman est bien là, en chair et en os, debout, le ventre avant. À son air satisfait, on a l'impression que c'est lui qui vient de réaliser une bonne affaire.

– Je suis sincèrement désolé des mauvais traitements que vous avez subis, dit-il d'une voix chaleureuse. La police a des méthodes que je désapprouve. Mais c'est fini, maintenant. Puis-je vous offrir quelque chose à boire ?

Linus parvient à s'asseoir. Son crâne lui semble lourd comme un rocher de dix tonnes.

Hébété, il s'aperçoit qu'il se trouve sur un canapé, dans un salon confortable de forme circulaire. Les menottes lui ont été enlevées. Non loin de lui, M. Zanz et Toscane sortent du brouillard.

– Citronnade ? propose Olf Bradman.

Il tend un verre à Linus.

– Vous avez fait le bon choix, continue-t-il. Je vous en félicite. Avec votre passif chargé, le Grand Tribunal vous aurait condamné à de lourdes peines. Et, malheureusement, les prisons publiques de ce pays sont des lieux de désespoir et de perdition.

Il pousse un soupir :

– Quel gâchis, n'est-ce pas ? Toute cette jeunesse brillante, toutes ces intelligences perdues ! Que des personnes de votre valeur puissent être emprisonnées, cela me révolte. Heureusement, nous avons trouvé le moyen de contourner le Grand Tribunal.

Linus regarde le verre de citronnade. Il a très soif, mais il se méfie et préfère ne pas y toucher. Il jette un coup d'œil vers M. Zanz et Toscane qui, immobiles, écoutent le discours de Bradman.

Celui-ci sourit :

– Vous vous demandez sûrement comment un tel arrangement est possible ? Pourtant, avec beaucoup d'argent et quelques relations bienveillantes, il n'y a rien de plus simple ! La Fondation Bradman a passé un accord avec la police, qui nous envoie les délinquants qu'elle arrête. Attention, je ne parle pas des voleurs ni des criminels ! Ceux-là, qu'ils crèvent... Je parle de délinquants beaucoup plus intéressants : ceux qui, comme vous, s'attaquent au système, se rebellent contre l'ordre établi et tentent de contrarier le fonctionnement de notre société.

Bradman avale un verre de citronnade d'un trait avant de déclarer :

– Vous m'intéressez au plus haut point ! Et savez-vous pourquoi ? Parce que vous avez réussi à déjouer la loi ! Pour cela, vous avez dû faire preuve de qualités rares et précieuses : l'énergie, la détermination, l'intelligence, la rapidité, l'adaptation, la créativité, le courage !

Très exalté, Bradman se sert un autre verre.

– Je vous admire ! poursuit-il. Et cependant, quelque chose me chiffonne...

Il s'approche de Linus. Ses prunelles ressemblent à deux morceaux de glace.

– Ce qui me chiffonne, c'est que vous êtes mes ennemis ! crache Bradman sur un ton méprisant. Vous avez déclaré la guerre au système qui sert mes intérêts ! Et ça, je n'ai pas l'intention de le supporter.

Linus est à présent tout à fait réveillé. La poitrine oppressée, il se concentre sur le discours de son interlocuteur et tente de comprendre où il veut en venir. Bradman s'est déplacé vers M. Zanz. Il pointe le doigt, menaçant :

– Vous avez mal estimé l'adversaire, Zanz ! Votre organisation n'était pas de taille. Maintenant, je vous tiens. Vous n'avez plus d'existence officielle. Vos badges ont été renvoyés à l'Administration des personnes, et vous êtes considérés comme morts.

Linus tente de réprimer un tremblement. Il a le sentiment d'être au cœur du labyrinthe, dans l'antre du Minotaure. Le monstre est là, si près de lui qu'il pourrait le toucher. Mais s'il veut le terrasser, il doit attendre. Il doit le comprendre, mesurer sa force.

– Cependant, poursuit Bradman en reprenant son sourire artificiel, comme vous le constatez, vous n'êtes pas morts ! Je vous offre la vie... et bien d'autres choses encore ! Il suffit pour cela que nous passions un contrat, vous et moi.

M. Zanz se lève du canapé, très tendu. Des gouttes de transpiration perlent sur son front dégarni.

– Qui êtes-vous réellement, monsieur Bradman ? Qu'attendez-vous de nous ?

– Ne soyez pas si méfiant, Zanz ! s'esclaffe Bradman. En réalité, c'est une idée de mon fils ! Une idée de génie : notre Fondation achète les délinquants, les rebelles de votre trempe, et les recycle comme du vieux papier ! Ne vous vexez pas, on fait de jolies choses très... intéressantes avec du vieux papier ! Mon fils va vous expliquer tout ça en détail !

Il se dirige à pas rapides vers une porte au fond de la pièce.

– Et si nous refusons le contrat ? l'interpelle M. Zanz.

Bradman se retourne, surpris :

– Personne n'a encore refusé !

D'un geste, il commande l'ouverture de la porte.

– Je vous présente mon fils, Seth. Il saura vous convaincre.

Sur ce, il s'éclipse et laisse sa place à Seth, qui s'approche avec nonchalance, tandis que la porte se referme derrière lui. Quand Linus découvre son visage, il manque de pousser un cri de surprise. Sa ressemblance avec Yosh est frappante : même face aplatie, mêmes yeux trop grands, même chevelure indomptable. Seuls ses gestes posés et sa carrure d'adolescent bien nourri le différencient de son frère. Il s'arrête au centre de la pièce et sort les mains de ses poches. Sans dire un mot, il tend les bras devant lui et ouvre les paumes. Troublé par l'allure étrangement familière de Seth, Linus ne remarque pas immédiatement ce qu'il a dans les mains. Il regarde fixement ce visage, avec une gêne grandissante.

– Savez-vous ce que j'ai là ? demande soudain Seth d'une voix calme.

Linus reporte son attention sur ses mains. Au milieu de ses deux paumes, il distingue une petite forme noire.

– Ce sont des implants, explique Seth. De petits boîtiers électroniques qu'on m'a fixés directement sous la peau. C'est une opération délicate, mais sans risque.

Linus a un haut-le-cœur. Du coin de l'œil, il voit que M. Zanz et Toscane sont aussi consternés que lui.

– Ces implants sont beaucoup plus commodes que les badges numériques, continue Seth. À terme, ils seront amenés à les remplacer, mais pour le moment nous ne sommes que quelques-uns à en être équipés.

Il sourit, et Linus constate avec effroi qu'il a la même façon artificielle de montrer ses dents que son père adoptif.

– Si vous aviez eu ces implants, vous n'auriez pas pu utiliser des badges vides, comme vous l'avez fait. Avec ce nouveau marquage, la fraude devient impossible. À moins de s'arracher la main.

Il vient de prononcer ces paroles avec assurance et détachement. Linus commence à comprendre pourquoi sa mère le trouvait si dérangeant.

Avec un gloussement satisfait, Seth remet les mains dans ses poches et vient soudain s'accroupir devant Linus.

– Je connais quelqu'un qui aimerait sûrement te voir, Linus. Il a été arrêté il y a quelques semaines, après que l'on nous a signalé ses actes de... bravoure dans une colonie de sphère 3. Un esprit très, très brillant...

Linus se sent pâlir. Il ne peut pas s'empêcher de murmurer :

– Chem ? Chem est ici ?

– Bien sûr qu'il est ici. Tu veux le voir ?

Linus hoche la tête. Malgré la répulsion qu'il éprouve envers Seth, il est heureux et soulagé. Enfin, il a la confirmation de ses hypothèses : Chem est vivant, et il va bientôt le voir !

Seth sourit en plissant les yeux :

– Patience. Dès que nous aurons passé un contrat, toi et moi, tu le verras.

– Quel contrat ? demande Linus d'une voix étranglée.

Seth sort de nouveau une main de sa poche et expose son implant sous les yeux de Linus. C'est un rond noir et brillant, une petite protubérance au creux de la paume.

– Le contrat est simple. Nous t'offrons la vie sauve et tout ce que tu souhaites. En échange, tu acceptes de te faire poser un implant comme celui-là, et tu travailles pour notre Fondation.

Linus sent un flot de sueur lui inonder le dos. Il fixe la paume de Seth avec dégoût. Cette chose ancrée sous la peau lui semble pire que le bracelet de détection dont le directeur du foyer l'avait muni le soir de son évasion.

– Tout ce que tu souhaites, Linus, reprend Seth en le voyant hésiter. Et je tiendrai parole. Réfléchis bien ! Quel est ton désir le plus profond ?

Comme Linus ne répond pas, Seth se tourne vers Toscane :

– Toi aussi, tu peux avoir tout ce que tu souhaites, en échange de ton accord pour ce petit implant et de quelques services que nous te demanderons.

Toscane, qui n'a rien dit depuis un long moment, lève ses yeux noirs vers Linus. Il y lit le trouble et l'inquiétude. Il y devine des remous insensés, des tourbillons de colère, et en même temps une lassitude et un renoncement extrêmes. Et soudain, il voit deux larmes surgir et rouler sur ses grosses joues.

– Tout est terminé, murmure-t-elle. Ils nous ont eus.

Linus sent sa gorge se nouer, comme si quelqu'un l'étranglait. L'émotion de Toscane le submerge. Il se lève et vient s'asseoir près d'elle.

– Tu vas accepter, je le sais, dit Toscane. Tu vas passer le contrat avec eux parce que tu veux vivre et revoir Chem. Et moi, je vais t'imiter pour rester avec toi, et avec vous tous, parce que je n'ai pas d'autre famille. C'est comme ça qu'ils nous piègent, Linus.

Seth s'est redressé, visiblement amusé par les paroles de Toscane :

– Elle a parfaitement raison ! Tous ceux que nous avons arrêtés avant vous ont eu la même réaction. Ils ont accepté le contrat parce que c'est dans leur intérêt. Votre ami Chem vous le dira : il est heureux de son sort. Nous lui avons donné tout ce qu'il désirait. Pour commencer, nous lui avons offert la liberté. Plus de colonie de redressement, plus de violence, plus d'enfermement ! Mais le plus important, c'est que nous avons obtenu que le Grand Tribunal annule son jugement. Désormais, les parents de Chem ont le droit d'avoir un autre enfant. Grâce à nous, et parce qu'il a su se montrer raisonnable, Chem connaîtra sans doute l'immense bonheur d'avoir des frères et sœurs.

Sidéré, Linus se laisse aller en arrière dans le canapé. Si la Fondation des Bradman peut manipuler la police, la justice, ou bien l'identité des uns et des autres, alors elle peut effectivement tout obtenir. Il regarde Seth et, sans vraiment réfléchir, il balbutie :

– Qu'est-ce que tu connais au bonheur d'avoir des frères et sœurs ? Tu as un frère, et tu ne le connais même pas.

Seth croise les bras et se penche légèrement en avant, un fin sourire aux lèvres :

– Tu veux parler de Yosh ?

Linus bondit, comme électrisé.

– Tu sais qui est Yosh ?

– Évidemment. Mes parents ne m'ont jamais caché qu'ils m'avaient adopté. Ils ne sont pas idiots, contrairement à mes géniteurs biologiques ! Depuis toujours, je sais que j'ai un frère. Un gamin stupide, d'ailleurs. Ça m'a beaucoup étonné qu'il soit admis en sphère 1. Mais peu importe ! Je n'ai jamais eu envie de le rencontrer. Qu'il reste où il est, je ne m'en porterai pas plus mal !

Linus, la gorge bloquée par la colère et l'incompréhension, reste figé à côté de Toscane. Elle, au contraire, semble soudain prise d'une grande agitation.

– Yosh est le frère de Seth Bradman ? lui demande-t-elle, ahurie.

Linus hoche la tête et se tourne vers M. Zanz qui, tassé dans son fauteuil, secoue la tête pour montrer son désarroi.

– Yosh ne connaît son identité que depuis quelques jours, murmure Linus. Cette histoire d'adoption, c'était son secret. Je ne pouvais

rien dire.

Il se redresse soudain et toise Seth :

– Son désir le plus cher est de te retrouver. Il aimerait te parler, lui ! Mais si j'en ai l'occasion, je lui dirai que ce n'est pas la peine d'essayer ! Yosh vaut cent fois mieux que toi ! Il n'est pas stupide ! Il a seulement été élevé dans des conditions difficiles. Pourtant, au fond, je me demande s'il n'a pas eu plus de chance que toi !

Seth éclate de rire et déclare :

– Tu sais quelle est la différence entre toi et moi, Linus ? Tu as la faiblesse de t'attacher aux gens ! C'est un très gros défaut, qui t'empêchera toujours de tirer un profit maximal de la vie !

Il s'assombrit brusquement :

– Trêve de bavardages, maintenant. Nous t'offrons ce que tu veux : la liberté, ton ami Chem, qui t'a tant manqué, l'effacement de ton casier judiciaire et la tranquillité pour ta famille. Alors, tu acceptes, oui ou non ?

Linus se met à trembler. Il cherche le regard de M. Zanz, mais celui-ci, la tête entre les mains, reste prostré et immobile.

– Et si je refuse ? demande faiblement Linus.

– Si tu refuses, nous nous arrangerons pour faire arrêter tes parents et ta sœur. Nous trouverons bien quelques motifs ! Seulement, ils n'auront pas ta chance ! Puisqu'ils n'intéressent pas notre Fondation, ils n'auront pas le choix, et ils seront envoyés directement en prison. À toi de voir.

À ce moment, M. Zanz se lève et vient tout près de Linus. Il pose les mains sur ses épaules et le regarde bien en face. Une lueur incertaine vacille dans ses yeux, mais sa voix est parfaitement claire :

– Accepte. C'est la seule solution.

Chapitre 45

Deux jours plus tard

Linus ouvre les yeux et constate qu'il se trouve dans une chambre, allongé sur un lit mobile, les bras attachés par des sangles, les mains entourées de bandages. À l'instant même où il reprend conscience, la porte s'ouvre, et une femme qu'il ne connaît pas entre dans la chambre. Elle porte une blouse d'infirmière.

– N'essaie pas de bouger, lui recommande-t-elle. Je vais prévenir le docteur.

Elle s'éclipse et, quelques instant après, une autre femme pénètre dans la chambre. Linus a un coup au cœur en la reconnaissant :

– Docteur Ambrose ?

La grande femme aux cheveux beiges s'approche doucement de son lit.

– Je suis heureuse de te voir en vie, Linus, murmure-t-elle. Comment te sens-tu ?

Il avale péniblement sa salive :

– J'ai soif.

– C'est normal. L'anesthésie donne toujours soif. Mais tu vas devoir attendre encore quelques heures avant de pouvoir absorber quelque chose.

Linus ferme les yeux et tente de rassembler ses souvenirs. La dernière chose dont il se souvient, c'est d'avoir dit « oui », puis d'avoir été conduit dans un laboratoire pour subir une série de tests et d'analyses médicales. Il redresse la tête et regarde ses mains bandées, puis le docteur Ambrose.

– C'est vous... c'est vous qui m'avez installé les implants ?

Elle hoche la tête, tire une chaise et s'assied près du lit :

– C'est le service que je rends à la Fondation Bradman. En échange, ils laissent ma famille tranquille et ils me permettent de faire de la recherche médicale de haut niveau.

Elle pousse un soupir :

– C'est la vie, Linus. Parfois, il faut savoir regarder la réalité en face et renoncer à quelques rêves. J'ai également opéré Toscane. Elle est en train de se réveiller dans la chambre voisine.

Linus passe sa langue sur ses lèvres sèches :

– Et M. Zanz ?

Cette question semble contrarier le médecin.

– Au fait, tu as une visite ! lance-t-elle pour changer de sujet. Puisque tu vas bien, je reviendrai plus tard.

Linus fronce les sourcils en la regardant sortir précipitamment. Quelques secondes plus tard, il voit apparaître une tête dans l'embrasure de la porte. Son cœur se serre. Un cri reste bloqué dans sa gorge : l'émotion le rend muet.

Enfin, Chem apparaît tout entier.

– Salut, ma puce ! lance-t-il, joyeux.

La vue de sa large silhouette, de ses épaules de rugbyman, et son gros rire font soudain un bien fou à Linus. Il a l'impression de revenir en arrière, à l'époque où Chem et lui n'étaient que de simples collégiens sans histoire, à l'époque où ils s'asseyaient côte à côte sur le banc dans la cour du collège pour refaire le monde sans prendre de risques. Une vague de nostalgie lui donne envie de pleurer, mais il retient ses larmes et se force à sourire.

– Le docteur Ambrose t'a laissé les sangles ? s'étonne Chem.

Il s'approche du lit, et il les dénoue.

– Voilà, sourit-il. Tu es libre, ma puce !

Ma puce ! Combien de fois, l'année dernière, Linus l'a-t-il supplié de cesser de l'appeler comme ça ? Mais maintenant, il ne rouspète plus : il adore entendre ce surnom idiot ! En

s'asseyant dans son lit, il frotte ses bras endoloris sans lâcher Chem des yeux.

– Alors ? Tu me trouves changé ? lui demande celui-ci.

– Un peu, admet Linus.

– Avec ce que j'ai subi en sphère 3, j'ai pris du muscle, regarde !

Chem remonte les manches de sa combinaison et s'amuse à faire rouler ses biceps.

– Tu as toujours été balèze, rigole Linus. Non, c'est autre chose qui a changé...

Chem s'assoit sur la chaise, l'air ravi. Linus l'examine attentivement. Et soudain, ses yeux s'arrêtent sur le cou de son ami.

– Tes écharpes..., murmure-t-il. Tu n'as plus tes écharpes !

– Bingo ! Et pourquoi, d'après toi, tête d'œuf?

– On ne voit presque plus tes cicatrices...

Chem lève fièrement le menton pour le laisser admirer son cou presque lisse, débarrassé des boursouflures pâles qui le complexaient tant.

– Nouvelle technique de chirurgie esthétique ! s'écrie-t-il. Le docteur Ambrose me l'a fait en même temps que les implants.

Il tourne ses paumes vers Linus. Deux petits ronds noirs et brillants sont incrustés au milieu.

– Ça fait bizarre, dit Linus avec une moue.

Il regarde ses propres mains. Sous les bandages, il va découvrir la même chose, et cette perspective lui arrache une grimace.

– On s'est fait piéger comme des imbéciles, hein ? murmure-t-il. Qu'est-ce qu'ils te demandent, en échange de tout ça ?

Chem se penche vers lui avec un air confidentiel.

– Je travaille sur différents programmes informatiques, souffle-t-il. La Fondation m'a chargé d'optimiser leurs systèmes de contrôle. C'est très intéressant.

Il recule en faisant un clin d'œil encourageant à Linus :

– Te laisse pas abattre, ma puce. Ils nous ont achetés comme de la marchandise, mais... on n'est pas des marchandises, pas vrai ?

Linus secoue la tête. Après la joie intense des retrouvailles, il se sent tout à coup accablé de tristesse.

– Yosh et Mieg étaient avec moi au moment de l'arrestation. Ils vont essayer de nous retrouver, mais...

– Ils peuvent nous chercher longtemps, j'en ai peur..., soupire Chem.

– Nous étions sur la piste des Bradman, explique Linus à voix basse. À force de recouper les informations et de réfléchir, nous étions arrivés à la conclusion que tu étais vivant. Je suis certain que Yosh ne va pas croire à notre mort ! Et puis, Seth m'a promis la liberté. Si je peux me déplacer, je m'arrangerai pour aller voir mes parents...

Chem secoue tristement la tête et montre ses implants :

– Ils m'ont aussi promis la liberté, ma puce. Mais avec ces trucs sous la peau, on est comme dans une cage. Tu penses bien que, sinon, j'aurais essayé de te trouver, moi aussi.

Il donne un coup d'ongle dans le boîtier noir.

– Je suis sorti d'ici, un jour. Je n'ai pas fait plus de cent mètres à l'extérieur !

Linus ouvre des yeux effarés :

– Pourquoi ?

– Dès que tu veux franchir un portillon, dès que tu passes à proximité d'une borne de détection quelconque, tu reçois une décharge électrique tellement forte que tu crois crever. Je me suis effondré de douleur. Je ne suis pas près de recommencer !

Linus regarde ses bandages avec désespoir. Une bouffée d'angoisse lui coupe littéralement la respiration.

– Je ne comprends pas, suffoque-t-il. Seth lui-même a des implants !

– Ce ne sont pas les mêmes que les nôtres ! Seth peut passer tous les portillons qu'il veut. Il se les est fait installer uniquement par goût de la provocation.

– Alors, ils m'ont menti..., soupire Linus.

– Non, ils n'ont pas menti, précise Chem. En théorie, nous sommes libres ! Nous pouvons effectivement sortir. On ne nous en empêche pas. Le seul garde est là, dans nos mains. Personne ne peut supporter une douleur pareille. Et il y a des détecteurs partout : dans les portillons du Tub, aux portes des magasins, des maisons, des tramways... Il n'y a qu'ici qu'on est tranquille.

– Ici ? s'étrangle Linus. Dans cet hôpital ?

– Nous ne sommes pas à l'hôpital, ma puce. Nous sommes...

Chem s'interrompt et demande :

– Tu peux te lever ? Viens voir par la fenêtre.

Linus s'assied, fait un effort pour se mettre debout, et, appuyé au bras de Chem, il se laisse guider vers la fenêtre. Chem soulève le store, et Linus se dresse sur la pointe des pieds. À une

distance vertigineuse, cent mètres plus bas, il découvre une large esplanade balayée par la pluie. Immédiatement, il la reconnaît.

– Le centre d'examen ? murmure-t-il.

– Exact. Les Bradman ont installé leur fondation dans la tour qui domine le centre. Trente étages rien que pour eux. Voilà.

Il laisse retomber le store et regarde Linus :

– Nous savons maintenant qui se cache derrière le Grand Ordonnateur : la Fondation Bradman. Elle est dirigée par un petit groupe de puissants patrons. Ce sont eux qui ont mis en place le système de l'Examen et des différentes zones, il y a des années. Ils travaillent ici, dans cette tour, et ils forment une sorte de microsphère à eux seuls. Ils appellent ça la sphère Zéro. Et maintenant, ils nous tiennent à leur merci... C'est le comble du cynisme, non ? Nous voilà directement au service du Grand Ordonnateur, ma puce.

Linus ferme les yeux. Il a envie de se boucher les oreilles et de hurler de rage. Mais Chem lui pose sa grande main sur l'épaule.

– Hé ! souffle-t-il. On est ensemble, pas vrai ? Il faut garder l'espoir. On a déjà fait des exploits, toi et moi, non ?

Linus prend une grande respiration :

– Et M. Zanz ?

– Viens t'asseoir, murmure Chem.

Linus le regarde, éperdu, et, sentant ses jambes flancher, il accepte de retourner sur le lit.

– La vérité, c'est que M. Zanz a refusé le contrat, dit Chem d'une voix tremblante. Il a attendu que Toscane et toi soyez sortis de la pièce, et il a tout refusé en bloc. Je pense qu'ils l'ont exécuté juste après.

Il pousse un douloureux soupir :

– Cette fois, ce n'est pas du bluff. Le docteur Ambrose a vu son corps. M. Zanz est vraiment mort, Linus.

Le visage de Linus semble se vider de son sang. Il devient si pâle que Chem craint un instant qu'il ne s'évanouisse. Il se penche vers lui pour le soutenir. Linus est devenu mou comme un chiffon. D'une voix encourageante, Chem glisse à son oreille :

– Nous sommes au cœur du système ; il faut prendre cela comme une chance. J'ai commencé à réfléchir...

Linus se tourne vers lui, incapable de parler.

– Le prochain Examen est dans cinq mois, chuchote Chem. Si nous restons prudents, si nous faisons semblant d'adhérer aux règles de la Fondation, nous pourrons peut-être le saboter. M. Zanz serait fier de nous, tu ne crois pas ?

Chapitre 46

Dès le lendemain, Linus et Toscane sont autorisés à quitter le service hospitalier, et un employé de la Fondation les conduit en silence au vingt-troisième étage de la tour. Seth les y attend, adossé à une porte blindée, le sourire aux lèvres.

– Bienvenue au centre de recherche de la Fondation Bradman ! leur dit-il sur un ton obséquieux. C'est ici que vous allez travailler.

Puis, avec une allure de majordome à l'entrée d'un château, il s'efface devant la porte et tend le bras vers Toscane :

– Honneur aux demoiselles.

Elle hésite un moment, puis se résout à s'approcher de la porte. Aucune poignée, aucune serrure, aucun loquet ne semble permettre son ouverture. Seth lâche un petit ricanement :

– Pardon, j'oubliais ! Pour pénétrer dans les laboratoires sécurisés, il faut appliquer la main sur le décodeur génétique.

Il désigne une plaque sombre et lisse près de la porte. Toscane jette un regard en biais à Linus, qui hausse les sourcils et fait une moue perplexe. Elle finit par poser sa main gauche sur la plaque. Mais rien ne se passe.

– Il faut appuyer plus fort, précise Seth.

Toscane obéit, et tout à coup elle se raidit et pousse un cri de douleur. Linus se précipite vers elle. Elle vient de faire un bond en arrière. Une marque rouge, comme une brûlure, s'étend sur sa paume.

– Oh, pardon ! s'esclaffe Seth. Je n'y pensais plus ! Vos implants ne vous permettent pas d'entrer !

Son visage perd brusquement son sourire, et il pose sa main sur le décodeur génétique. La porte blindée s'ouvre aussitôt.

– Le salaud ! grogne Toscane. Il l'a fait exprès.

Linus fusille Seth du regard, mais le garçon s'éloigne déjà sans cesser de ricaner :

– Bien sûr que je l'ai fait exprès ! Cette petite expérience m'a paru nécessaire. C'est comme ça qu'il faut faire avec ceux de votre espèce, non ? Vous ne comprenez que la méthode forte...

En soutenant Toscane par les épaules, Linus passe la porte à son tour. Les précédant à grands pas dans une salle bourrée de matériel informatique, Seth explique avec emphase :

– Ce labo a été conçu selon mes plans. Une puissance de fonctionnement remarquable ! Tous ces terminaux sont équipés de logiciels que nous améliorons de jour en jour, notamment grâce à la précieuse collaboration de votre ami Chem.

Il s'arrête devant une longue table aux formes arrondies et effleure sa surface du bout des doigts. Deux écrans plats surgissent au centre de la table.

– Voici vos postes de travail, dit-il. C'est ici que vous viendrez chaque jour. Allez-y ! Asseyez-vous !

Il indique les coques en résine qui servent de sièges, mais Linus et Toscane restent résolument debout, l'air buté.

– Comme vous voudrez ! soupire Seth. Mais laissez-moi vous expliquer mon idée. Elle est simple, et pourtant... géniale.

Un large sourire éclaire son visage. Linus serre les dents. Il sent monter en lui une hargne incontrôlable.

– Vous êtes des contestataires, des insoumis, poursuit Seth. Mais plutôt que de vous empêcher d'agir, j'ai décidé de vous transformer en chiens de chasse. Maintenant que vous avez signé un contrat avec la Fondation, vous êtes la meute qui chasse pour nous.

Il tapote les écrans.

– Le gibier est là, dans ces fichiers ! Et vous, vous devez le débusquer, le pister et le rapporter à votre maître.

Linus fixe l'écran, sans comprendre.

– Vous aurez accès aux fichiers de tous les candidats à l'Examen, explique Seth. Même les renseignements les plus confidentiels. Vous allez examiner les cas, un par un : dossiers scolaires, de santé, fiches familiales, bancaires, appartenance à des clubs, etc. Vous éplucherez tout. Vous analyserez et classerez les données pour établir le profil psychologique des élèves.

Il se penche à l'oreille de Linus :

– Sauf le mien, bien entendu.

Linus sursaute. Il dévisage Seth, qui continue :

– Votre travail consiste à repérer les élèves qui ont un profil proche du vôtre : un profil de rebelle. Vous reconnaîtrez vos semblables, non ?

– Je croyais que le Grand Ordonnateur savait les détecter, murmure Linus, les dents serrées.

Seth le regarde avec mépris :

– Laisse le Grand Ordonnateur là où il est ! Si tu refuses d'effectuer ce travail, nous donnerons l'ordre d'arrêter tes parents, c'est clair ?

Il se tourne vers Toscane :

– Quant à toi, si tu ne coopères pas, nous nous en prendrons à ta mère.

– Ma mère ? s'étrangle Toscane. Mais... elle est morte !

Seth croise les bras sur la poitrine :

– Nous savons bien qu'elle est morte. C'était d'ailleurs quelqu'un de respectable, qu'elle repose en paix ! Mais, vois-tu, nous pourrions salir sa mémoire... en révélant son appartenance à un réseau terroriste, par exemple.

Toscane blêmit :

– Ma mère n'était pas une terroriste !

– Ce n'est qu'un exemple, réplique Seth. Nous

n'aurons aucun mal à trouver d'autres idées, encore plus déshonorantes ! Tu connais la loi : son cercueil serait retiré du cimetière pour être détruit.

Linus voit le visage de Toscane se décomposer. La rage au ventre, il bondit et saisit Seth par le col de sa combinaison. Leurs regards se croisent, mais celui de Seth reste impassible, privé de toute émotion.

– Tu devrais apprendre à te maîtriser, dit-il calmement à Linus. N'oublie pas : le pouvoir est de notre côté.

À contrecœur, Linus lâche le col de Seth.

– Bien, soupire Seth. Je crois que nous nous sommes compris. Maintenant, au travail. Vous avez l'obligation de nous fournir au minimum trois noms d'élève chaque semaine. Ensuite, nos services de surveillance et de répression se chargeront d'eux.

À cet instant, Linus et Toscane entendent la porte blindée s'ouvrir de nouveau et voient un groupe de personnes entrer dans le laboratoire.

– Ah ! Voilà vos collègues, annonce Seth. Vous en reconnaîtrez sûrement quelques-uns. Ils faisaient tous partie de l'Organisation de Zanz.

Là-dessus, il s'en va vers le fond de la pièce, l'air satisfait. Parmi les nouveaux arrivants, Linus remarque une femme très blonde, grande et maigre. Elle ressemble énormément à Sadko. Sans broncher, elle suit le mouvement et rejoint un terminal informatique. Les premiers cliquetis des claviers se font entendre ; le laboratoire devient brusquement une sorte de ruche où bruissent des abeilles. Les rebelles, les insoumis, sont désormais des esclaves au service de leur ennemi.

La gorge nouée, Linus se retourne vers Toscane.

– Courage ! murmure-t-il. Chem va trouver une idée pour nous sortir de là.

Chapitre 47

En milieu d'après-midi, Linus et Toscane délaissent enfin leurs écrans. Un employé les conduit à leurs chambres, au dernier étage de la tour.

La Fondation n'a pas lésiné sur les moyens : ils disposent chacun d'une grande pièce confortable et lumineuse, ainsi que d'une salle de bains digne d'un palace, équipée d'un espace de relaxation. En faisant le tour de sa chambre, Linus remarque un bouquet de fleurs fraîches posé sur un guéridon, ainsi qu'un distributeur de boissons intégré dans une cloison. Au pied de son lit, dans un meuble en métal, il découvre même une plate-forme vidéo complète, munie d'un fournisseur d'accès multiloisir à commande vocale. À ce moment, on frappe à la porte, et Chem apparaît sur le seuil :

– Tu as vu ce bijou ?

Il désigne l'appareil d'un coup de menton.

– C'est un modèle expérimental. Il n'est pas encore sur le marché. En revanche, ne cherche pas l'ordinateur, ou la ligne téléphonique la plus rudimentaire. Il n'y en a que dans les laboratoires sécurisés des étages inférieurs.

Linus tourne vers lui un visage désappointé et referme le meuble.

– Je ne t'ai pas vu en bas, justement. Tu ne travailles pas au labo ?

– Traitement spécial pour les génies, ma puce ! rigole Chem. J'ai droit à un bureau particulier, à un autre étage. Si tu voyais ça : une pure merveille de technologie !

Linus lui jette un regard amer :

– On dirait presque que ça te plaît de vivre ici.

Chem glousse :

– Moi ? Mais bien sûr que ça me plaît ! On est comme des coqs en pâte, ici ! Regarde ce luxe !

La Fondation nous fournit aussi les vêtements et la nourriture. Que demande le peuple ?

D'un pas traînant, Linus se dirige vers la salle de bains, joue un moment avec le variateur d'éclairage, puis revient se planter au milieu de la chambre, les bras ballants.

– Le peuple, je ne sais pas, murmure-t-il. M. Zanz est mort, je suis de nouveau séparé de mes parents, obligé de dénoncer des innocents, de supporter les menaces permanentes de Seth... Alors, le luxe, je m'en fous.

Chem hausse les épaules :

– C'est une question de point de vue... Moi qui ai passé des mois en colonie de redressement et dix jours en cellule punitive, dans le noir complet, à dormir par terre dans le froid et l'humidité, je peux te dire que je ne crache pas dans la soupe.

Linus s'affale sur le lit et pousse un profond soupir. Il contemple ses mains en grimaçant :

– Je ne m'habituerai jamais à sentir ces implants sous ma peau !

À ce moment, Toscane entre dans la chambre. Linus redresse la tête. Il remarque qu'elle s'est changée ; elle a même pris le temps de nouer ses cheveux en chignon. Elle referme la porte derrière elle et s'approche de Chem :

– J'ai inspecté ma chambre de fond en comble. Je n'ai trouvé aucun micro, aucune caméra. Ils ne nous surveillent pas ?

Chem ouvre sa paume :

– Les implants suffisent. Du coup, dans les chambres, nous pouvons parler librement... et jouer sur ces consoles ! Ça vous dit, une petite partie ?

Il s'agenouille près du meuble en métal, tandis que Linus lève les yeux au ciel. Chem

est vraiment immature ! Comment peut-il avoir envie de jouer alors que la situation est quasi désespérée ?

Chem ouvre le meuble, tire le lecteur audio-vidéo hors de son logement et fait signe à Linus d'approcher.

– Je vous propose un jeu un peu particulier, souffle-t-il. Regardez : dans chaque chambre, il y a le même type de matériel. Cela fonctionne exclusivement en circuit fermé, mais avec un peu de bidouillage...

Chem sourit, fait un clin d'œil à Linus et commence à débrancher les câbles pour les examiner de près. Penché par-dessus son épaule,

Linus sent les battements de son cœur s'accélérer. Il connaît si bien Chem qu'il devine son excitation rien qu'au léger tremblement de sa voix. C'est un signe qui ne trompe pas : le génie de l'informatique est à l'œuvre.

– Il faudrait que je réunisse les éléments de ces différentes plates-formes, poursuit Chem. Là-dedans, il y a tout ce qu'il me faut : câbles optiques, cartes numériques, moniteur à plasma...

Il se tait, absorbé dans ses réflexions.

– J'y pense depuis plusieurs semaines, reprend-il. Avec suffisamment de fibres optiques, en bricolant un routeur, un adaptateur de connexion assez puissant...

Linus sent un frisson lui parcourir le dos.

– Tu fabriquerais un ordinateur pirate ?

Chem pose un doigt sur sa bouche.

– Oui, dit-il tout bas. Une vraie machine de guerre ! Mais pour ça, j'ai besoin de votre aide.

Il se lève et se dirige vers la fenêtre. Linus observe sa silhouette carrée qui se détache sur le ciel uniformément gris. À force d'osciller entre espoir et désespoir, il ne sait plus trop où il en est. Toscane vient s'asseoir à son tour sur le lit. Du coin de l'œil, Linus la voit se tordre les mains nerveusement.

– Dis-nous ce que nous devons faire, chuchote-t-il enfin après un long silence.

– Il va falloir démonter chaque appareil, explique Chem. Nous procéderons par étapes, avec une discrétion absolue. Je vous demanderai des pièces précises, et nous nous débrouillerons pour nous les passer. De mon côté, je combinerai les connexions sur ma plate-forme, dans ma chambre. En travaillant toutes les nuits, je devrais réussir.

Toscane fait craquer ses articulations, tandis que Chem revient vers eux.

– J'ai même réussi à voler quelques outils ! rigole-t-il. Mon bureau est un véritable supermarché !

Il retourne ses poches et exhibe un tournevis, un fer à souder microscopique, une pince à dénuder les câbles...

– C'est risqué, souffle Linus. S'ils remarquent des disparitions, ils vont fouiller les chambres...

– T'inquiète, ma puce ! Je les remettrai à leur place tous les matins.

– Et ensuite ? demande Toscane. À quoi va te servir cet ordinateur pirate ?

– Ce que je veux, murmure Chem, c'est entrer directement dans la mémoire du Grand

Ordonnateur. Si j'y arrive d'ici à l'Examen, je n'aurai plus qu'à concevoir un programme parallèle pour remplacer l'officiel...

Il s'approche de Linus :

– L'échange de tes résultats avec ceux de Yosh n'était qu'un essai. Cette fois, on va agir en grand.

Linus voit danser de petites flammes dans ses yeux et il comprend soudain ce qu'il veut faire. D'une voix altérée, il demande :

– Tu pourrais programmer une inversion générale de tous les résultats ?

Chem se met à rire doucement :

– Tu imagines le souk ? Pas un seul candidat admis dans sa sphère d'origine ! Des milliers d'élèves déclassés ! Des milliers de familles confrontées à l'absurdité du système ! La révolution, à coup sûr !

Linus renvoie son sourire à Chem. C'est une idée dangereuse et complètement folle, mais elle lui semble tout à coup l'évidence même.

– Cinq mois à tenir, ajoute Chem en reprenant son sérieux. Pendant ce temps, il faudra jouer à fond le jeu des Bradman. Moins ils auront de soupçons, plus je serai tranquille pour travailler.

Linus échange un regard avec Toscane.

– Pour moi, aucun problème, déclare-t-elle. Avec mon père, j'ai l'habitude de me faire passer pour une enfant docile.

Linus pose la main sur l'épaule de Chem. Il sent palpiter dans sa poitrine une boule d'excitation, comme un second cœur.

– Ton jeu me plaît, dit-il. On commence tout de suite ?

Chapitre 48

Les semaines passent. Dans la tour, la vie semble réglée comme une horloge. Le jour, chacun travaille pour la Fondation, et Linus s'applique à obéir aux ordres de Seth pour ne rien lui laisser soupçonner. Olf Bradman fait de fréquentes apparitions dans le laboratoire de recherche. Au milieu des ordinateurs, les mains dans les poches, le ventre en avant, il rayonne de fierté. À voir sa tête, Linus suppose que, dehors, rien ne vient contrarier le bon déroulement des choses : le réseau de M. Zanz est démantelé, la police surveille tout le monde, et plus personne ne s'élève contre l'injustice des sphères. Le monde a retrouvé sa tranquillité, et les Bradman prospèrent, comme des champignons parasites.

Cependant, tous les soirs, au dernier étage de la tour, une effervescence silencieuse et discrète s'empare des lieux. Linus et Toscane vident peu à peu leurs plates-formes multiloisirs de leurs composants électroniques et les font passer dans la chambre de Chem. Il ne dort que quatre ou cinq heures par nuit, il a des cernes bleutés sous les yeux, mais chaque matin son sourire indique que le travail avance.

Mi-mars, il ne reste plus dans le meuble en métal de Linus qu'une carcasse vide. Chem annonce que l'ordinateur pirate est opérationnel : aussi puissant que ceux du laboratoire de recherche, il fonctionne en réseau, avec un système de liaison sans fil que Chem s'est débrouillé pour coder.

– Les interférences sont indétectables, dit-il avec confiance. Maintenant, je dois concevoir un contre-programme pour le jour de l'Examen. Et là, je vais encore avoir besoin de toi, ma puce.

– Moi ? s'étonne Linus. Mais je ne connais rien à la programmation !

Chem applique son index sur le front de Linus et sourit :

– J'ai besoin de ta mémoire. Tu es le seul à te souvenir de l'Examen. Il faut que j'utilise ce que tu sais pour copier le fonctionnement du Grand Ordonnateur.

C'est ainsi que, les semaines suivantes, Linus et Chem reconstituent les différentes phases de l'Examen. Quand il livre ses souvenirs, Linus repense à ce soir de lassitude, au foyer de transit, où il avait failli absorber le cachet à la vanille, et il remercie mentalement Sadko de l'en avoir empêché.

Souvent, d'ailleurs, il profite de son temps libre pour rendre visite à Mme Flavitch, la mère de Sadko. Il lui raconte les mois passés au foyer, les cadences infernales sur la chaîne d'emballage, la fatigue physique, la surveillance permanente. Cela la fait toujours pleurer ; mais, en même temps, l'impression de partager à distance quelques moments de vie avec Sadko semble lui faire du bien.

Lorsqu'il retourne dans sa chambre, Linus se sent exténué. Il fait le bilan de tout ce qui lui est arrivé depuis son examen, et il s'aperçoit qu'il n'a fait que passer de prison en prison : le foyer, la chambre d'hôtel au Complex'Eldorado, la tour... Seuls quelques instants volés, lorsqu'il courait avec Toscane sur les pelouses de la zone protégée, ou ce soir de Noël chez lui, lui ont apporté le goût éphémère de la liberté.

Il ouvre la fenêtre de sa chambre et laisse entrer l'air du dehors. Au loin, dans la lumière rasante du soir, les arbres de la zone protégée dressent leur rempart de verdure. Derrière, il y a sa maison, ses parents, Mieg, Yosh et Mamé. Linus se les représente si précisément ! Il suffirait de tendre la main devant lui pour les toucher. Mais ses doigts ne rencontrent que du vide.

Une boule d'angoisse vient alors lui serrer la gorge : et si Chem échouait ?

Chapitre 49

Deux mois plus tard

Une foule dense a envahi l'esplanade devant le centre d'examen. Des familles entières tentent de se frayer un passage vers la porte en se déplaçant à la queue leu leu, tandis que d'autres forment plutôt des cercles, des grappes compactes autour des candidats angoissés.

– Vu de haut, c'est encore plus impressionnant, hein ? murmure Chem à Linus.

Il vient d'entrer dans sa chambre et de le rejoindre près de la fenêtre. Linus semble totalement absorbé par la contemplation de cette foule immense qui ondule au pied de la tour.

– Si tout fonctionne comme prévu, chuchote Chem, c'est la dernière fois qu'on assiste à un tel rassemblement. Profites-en ! C'est historique !

Linus lui jette un regard en coin, inquiet :

– Tu penses que ça va aller ?

Chem hoche la tête :

– Il le faut, ma puce.

Il dévisage Linus et prend une profonde respiration :

– Tout est en place, mais il y a une dernière difficulté : juste avant le début de l'Examen, je dois absolument remonter dans ma chambre. Il faut que je sois aux commandes pour m'assurer que mon programme démarre en même temps que celui du Grand Ordonnateur.

Linus écarquille les yeux :

– Remonter ici ? C'est impossible ! Rappelle-toi le déroulement de la cérémonie : nous devons tous entourer Olf Bradman durant son discours.

Chem fronce les sourcils.

– C'est risqué, je sais. Mais je n'ai pas le choix. Si la synchronisation n'est pas parfaite, mon programme ne fonctionnera pas. Je pensais pouvoir le déclencher à distance, mais je n'ai pas pu mettre le processus au point.

Il pose sa grande main sur l'épaule de Linus :

– Je trouverai le bon moment, ne t'inquiète pas. Dès que la cérémonie sera terminée, essaie de me rejoindre dans ma chambre avec Toscane.

Fébrile, Linus referme la fenêtre. Cette difficulté imprévue lui paraît insurmontable, mais il n'a plus le temps d'y réfléchir : les portes du centre d'examen ne vont pas tarder à ouvrir.

– Ils doivent nous attendre, dit-il. Allons-y.

Chem et lui se dépêchent de quitter la chambre. Dans le couloir, Toscane les rattrape. Elle semble particulièrement nerveuse.

– Je viens de me rendre compte que mon père sera là, murmure-t-elle à Linus. Sur l'estrade, à côté de nous ! Chaque année, il est invité à la cérémonie d'ouverture de l'Examen en tant que responsable du foyer de transit.

Elle gémit :

– Il va me voir ! Qu'est-ce que je vais lui dire ?

Linus lui prend la main, mais ne trouve aucun mot pour la rassurer. Arrivé au bout du couloir, il appuie sur le bouton de l'ascenseur.

D'autres résidants du dernier étage sortent de leurs chambres. Dans quelques instants, ils entoureront Olf Bradman sur l'estrade qui domine le grand hall. Face aux candidats, ils représenteront l'ordre, l'autorité suprême, la loi, le Grand Ordonnateur. Leur reconversion sera officielle. La Fondation aura fini de les digérer.

Dans la cabine de l'ascenseur, Mme Flavitch se faufile jusqu'à Linus.

– J'espère que ta promesse va se réaliser, lui dit-elle, un brin angoissée.

Il lui sourit pour masquer son inquiétude. Il y a quelques jours, pour la consoler, il n'a pas pu s'empêcher de lui dire qu'elle reverrait bientôt son fils. C'était certainement imprudent, mais, depuis, la grande dame blonde a retrouvé un peu de joie de vivre. Et maintenant, elle attend le miracle dont il lui a parlé. Mais plus ça va, plus Linus doute de la réussite du plan.

Enfin, l'ascenseur s'immobilise au premier niveau et s'ouvre sur un corridor semi-circulaire qui mène vers l'estrade.

– Vous entendez ? souffle Toscane.

Linus et Chem hochent la tête. Depuis le grand hall, un bourdonnement de voix leur parvient. Les candidats sont déjà dans l'enceinte du centre et attendent le discours d'ouverture. Linus est soudain pris d'un trac intense. Ses jambes flageolent, et il doit s'appuyer contre Chem pour avancer. Lorsqu'ils arrivent sur le balcon, près de l'estrade, Olf Bradman les accueille sèchement :

– Dépêchez-vous ! Nous allons commencer !

La tête basse, ils vont se placer sur le côté, le plus loin possible de Bradman.

– Où est Seth ? chuchote Linus.

Chem hausse les épaules. À côté de lui, Toscane se fait toute petite. Quelques pas devant eux, Linus vient d'apercevoir la nuque grasse et luisante du directeur du foyer.

– Mon père est là, souffle Toscane.

– Ne t'inquiète pas, la rassure Linus. Il ne peut rien contre nous.

Elle secoue la tête, désespérée :

– Il voit tout et entend tout ! Il est pire que cent caméras. S'il nous remarque, il ne nous quittera plus des yeux.

Soudain, le silence se fait dans le hall, puis la voix faussement chaleureuse d'Olf Bradman s'élève sous la voûte monumentale :

– Mes enfants, dit-il, nous vous souhaitons la

bienvenue au centre d'examen. Nous savons tous combien ce jour est important pour vous...

Linus se retient de se boucher les oreilles. Ce discours ! Il commence exactement de la même façon que l'année précédente, lorsqu'il se trouvait lui-même en bas, avec les autres.

– ... vous allez quitter le monde de l'enfance pour devenir des citoyens à part entière, continue Bradman. L'un de vous occupera peut-être mes fonctions, un jour !

Linus tourne légèrement la tête. Au parterre, parmi les élèves massés sous le balcon, il vient d'apercevoir Seth, qui bombe le torse, rouge de plaisir. Il se voit déjà à la place de son père, c'est évident. À cet instant, Chem lui donne un petit coup de coude et se penche vers lui.

– Vérifie si personne ne me voit, murmure-t-il.

Linus tressaille :

– Maintenant ?

– Maintenant, affirme Chem.

Et il quitte sa place. Il recule à pas lents, en silence, vers le fond de l'estrade. Linus sent son cœur s'affoler. Chem est en train de s'éclipser pendant le discours ! Il n'ose plus bouger la tête, mais ses yeux vont de droite à gauche à toute vitesse, guettant le moindre signe d'alerte.

– Quel que soit le résultat, vous devrez admettre qu'il est bon pour vous, pour vos familles et pour notre société tout entière, continue Bradman dans son micro.

Tous les dirigeants réunis à ses côtés ont le visage tourné vers les candidats. Ils sont immobiles et dignes, comme l'exige leur fonction. Linus, le front moite et le souffle court, se résout à jeter un regard par-dessus son épaule. Chem a disparu. Il semble que personne n'ait rien remarqué.

– Avant de vous expliquer quelques points de règlement, poursuit Bradman, je me permets, cette année, une petite fantaisie pour ce discours d'ouverture.

Linus se tourne vers le centre de l'estrade, inquiet. Quel genre de fantaisie peut se permettre un type aussi peu fantasque ?

– Je laisse mon fils vous présenter cette petite surprise, annonce Bradman. Seth va nous rejoindre un instant, puis il reprendra sa place parmi vous.

Linus voit alors Seth fendre la foule et grimper sur l'estrade par un escalier. Lorsqu'il arrive en haut, son père lui tend le micro. Intrigué, Linus se penche vers Toscane :

– Tu crois qu'il va nous chanter une chanson ?

Toscane lui lance un regard suppliant.

Elle est littéralement terrorisée par la présence de son père.

– L'année précédente, commence Seth en articulant bien, certains candidats ont tenté d'infléchir les résultats de l'Examen à leur convenance.

Linus sursaute. Son cœur bondit dans sa poitrine. À quoi joue Seth ?

– Ces candidats ont cru pouvoir berner le Grand Ordonnateur. Ils ont cru qu'ils en avaient l'envergure. Eh bien... ils ont fait une grave erreur. Et, afin de vous le démontrer, je vais appeler l'un d'eux à ce micro. C'est un rebelle repenti que vous allez entendre.

Linus se mord la lèvre jusqu'au sang.

– J'appelle Linus Hoppe ! annonce Seth.

Il y a un grand silence. Linus ne bouge pas. Il ne peut pas. Seth réitère son ordre plus vigoureusement. Alors, le cœur serré et la bouche sèche, Linus fait un pas, puis deux, en direction du micro.

– C'est bien, dit Seth en le prenant par les épaules. Je vous conseille d'écouter attentivement ce que cet ancien candidat va vous dire. Ce sera riche d'enseignement pour vous tous.

Il passe le micro à Linus et murmure :

– Vas-y ! Tourne-toi vers eux ! Dis-leur tout le bien que tu penses de notre système et du Grand Ordonnateur. Si tu fais un faux pas, tu connais la sanction.

Dans un état second, Linus regarde la foule des élèves. Des centaines de visages sont tendus vers lui, des centaines d'yeux attentifs, de fronts soucieux. Dans sa main, le micro semble peser des tonnes. Il voudrait le porter à sa bouche pour y hurler ce qu'il pense vraiment de l'Examen. Il voudrait leur crier de s'enfuir, de ne pas se soumettre à cette torture, à cette mascarade insensée. Il voudrait leur raconter l'absurdité et la violence de ce qu'il vit depuis qu'il a été calculé. Mais il ne peut pas... D'une part, à cause des menaces qui pèsent sur sa famille, et de l'autre, parce qu'il sait que Chem est en train de mettre son plan à exécution. Pour que ça marche, l'Examen doit avoir lieu. Alors, Linus approche le micro de ses lèvres et dit d'une voix presque calme :

– Je me suis trompé. J'ai cru que l'Examen n'était pas juste, mais il est juste. Chacun de vous s'en rendra compte dans quelques heures. Il faut accepter vos résultats. Il faut remettre vos destins entre les mains du Grand Ordonnateur. Lui seul peut décider pour vous.

Linus chancelle. À ses pieds, les centaines de visages se mettent à tanguer et à devenir flous. Les couleurs se mélangent et un murmure s'élève de l'assemblée.

– J'ai cru que je pouvais décider moi-même de ma vie. J'ai cru devoir me battre pour ma liberté et celle de tous. Mais j'ai été égoïste et prétentieux.

Il cesse de parler et regarde la foule. Il a l'impression d'être debout à l'avant d'un bateau. Un mal de mer terrible lui tord les entrailles.

– Si je pleure, conclut-il en sentant des larmes rouler sur ses joues, c'est... seulement... de honte.

Seth lui arrache le micro des mains et lance :

– Oui, après ce qu'il a fait, Linus Hoppe peut avoir honte ! Et son message est clair : ne vous avisez pas de l'imiter ! Vous feriez fausse route.

Olf Bradman revient se placer au centre de l'estrade et dit avec solennité :

– Et maintenant, pour vous prouver qu'il n'y a pas de régime de faveur, Seth va redescendre et se soumettre à l'Examen avec vous. Nous vous demandons de respecter scrupuleusement le règlement, afin que tout se déroule au mieux...

Tandis que Seth, triomphant, rejoint la masse des candidats, Linus retourne au fond de l'estrade, la tête basse, humilié comme jamais il ne l'a été de sa vie. Cette épreuve l'a épuisé. Un brouhaha de paroles incompréhensibles emplit le hall. Il cherche Toscane des yeux, espérant un peu de réconfort, mais il ne la trouve pas. Bousculant quelques personnes, il va jusqu'au bout de l'estrade. Aucune trace de son amie. Et, soudain, il s'aperçoit que le directeur du foyer n'est plus là non plus ! Son sang se fige dans ses veines. Dans quelques minutes, l'Examen va commencer... Et si le père de Toscane avait vu Chem quitter l'estrade et remonter vers sa chambre ? Et s'il tentait d'anéantir leur projet ? Toscane l'aurait alors suivi pour l'en empêcher !

La peur au ventre, Linus jette un regard autour de lui. Un employé de la Fondation est en train d'énoncer les dernières recommandations, et les groupes d'élèves commencent à se diriger vers les étages du centre d'examen.

Linus sait qu'il n'a plus rien à perdre. Profitant de l'agitation générale, il quitte à son tour l'estrade et court vers l'ascenseur. Il est peut-être déjà trop tard...

Chapitre 50

Linus sent son angoisse grandir au fur et à mesure que l'ascenseur monte. À chaque palier, il croit entendre des voix, des cris qui dénoncent la trahison. Il secoue la tête. Non, non, ce n'est pas possible ! Son discours n'a pas duré plus de quelques minutes... Même si le père de Toscane a suivi Chem, il n'a pas pu avoir le temps de donner l'alerte !

Lorsqu'il arrive au trentième étage, il a du mal à respirer, ses mains tremblent, et il a l'impression d'avoir du coton dans les oreilles. Le long couloir circulaire où s'alignent les portes des chambres est silencieux. Le cœur serré, Linus s'avance sur la pointe des pieds. Le couloir tourne. Dans son vertige, Linus croit le voir rétrécir. Il s'adosse un moment contre un mur pour reprendre son souffle. Il tend l'oreille. Rien. Pas un murmure, pas le moindre signe de vie. En longeant le mur, il parvient à la porte de Chem. Elle est fermée.

Le cœur battant, Linus y colle son oreille. Silence. Il pose alors une main tremblante sur la poignée. Sans aucune résistance, la porte s'ouvre. Linus est si surpris qu'il manque de pousser un cri.

Le soleil de mai pénètre dans la pièce par les fenêtres ouvertes. On entend même chanter quelques oiseaux. Chem devrait être là, courbé sur son ordinateur, prêt à lancer son programme. Mais il n'y a personne. Au comble de l'inquiétude, Linus s'avance d'un pas et s'approche du meuble en métal où est cachée la machine trafiquée. Il s'accroupit devant et l'ouvre.

L'ordinateur pirate est là, à sa place...

Qu'est-ce que cela signifie ? L'engin émet un ronronnement, comme s'il était en position de veille. Au moment où il tend sa main vers l'écran tactile, Linus entend un son étouffé derrière lui. Il sursaute et se retourne. Personne. Il bondit hors de la chambre, jette un regard dans le couloir et constate qu'il est toujours désert. Soudain, le bruit recommence. On dirait une voix, une plainte lointaine.

– La salle de bains..., murmure Linus.

Il se dirige vers le fond de la chambre et essaie d'ouvrir la porte. Impossible. La serrure est bloquée. Mais, cette fois, il perçoit très clairement un appel, qui provient effectivement de là. D'une voix étouffée, il murmure :

– Chem ?

La plainte lui répond aussitôt.

– C'est toi ? insiste Linus.

– Hummmm...

Linus secoue la poignée. Peine perdue ! Quelqu'un a dû verrouiller la porte et partir avec la clé en laissant Chem bâillonné dans la salle de bains. Linus colle sa bouche contre la porte :

– Je vais essayer de te sortir de là !

– Hummmm, fait la voix.

Linus réfléchit à toute vitesse. Puisque toutes les chambres sont identiques, les serrures le sont peut-être aussi ? Dans ce cas, il suffirait d'aller chercher sa propre clé.

– Je reviens ! dit-il en s'élançant vers le couloir.

Il n'a pas fait trois pas hors de la chambre, qu'il entend les portes de l'ascenseur s'ouvrir. Juste après, des éclats de voix lui parviennent. Pris de panique, Linus se fige, sans savoir que faire. Les voix se rapprochent... Il n'est pas sûr, mais il croit reconnaître celle de Bradman. Il ne réfléchit pas plus : rebroussant chemin à toute vitesse, il retourne dans la chambre de Chem et referme la porte derrière lui. Là non plus, pas de clé ! Il faut bloquer la porte par

d'autres moyens.

Linus jette un regard affolé autour de lui. Le lit ! Il se jette en avant et entreprend de traîner le lit vers la porte. Mais les pieds ont du mal à glisser sur la moquette épaisse. Les muscles tendus, arc-bouté contre le lit, Linus entend très nettement la voix de Chem sortir de la salle de bains :

– Linus ! On est là !

Au même moment, les bruits du couloir s'intensifient. Bradman arrive ! Sous l'effet de l'adrénaline, Linus sent ses forces décupler. Il tire sur le lit et parvient à le caler devant la porte. Depuis la salle de bains, Chem appelle :

– Tu es là ? Linus ! Je suis avec Toscane ! On est enfermés !

D'un bond, Linus retourne vers la salle de bains.

– Je suis là, dit-il à travers la porte. Attendez une seconde !

Il court jusqu'au lit, s'assure qu'il est poussé au maximum contre la porte et cherche d'autres objets lourds à y ajouter. Impossible de déloger le distributeur de boissons ; en revanche, il parvient à déplacer le guéridon en métal. Rouge et dégoulinant de sueur, il le soulève et le dépose sur le lit. Au moment où il cale la lourde tablette contre la porte, il voit la poignée tourner.

Tremblant de la tête aux pieds, il entend :

– Je ne comprends pas, monsieur Bradman, je l'ai laissée ouverte il y a quelques minutes !

C'est la voix du père de Toscane. Linus reconstitue mentalement ce qui s'est passé : le directeur du foyer a suivi Chem dans les étages, et Toscane s'est lancée à sa poursuite. Lorsqu'ils sont arrivés dans la chambre, le directeur a réussi à maîtriser Chem, puis sa propre fille. Il a dû passer dans la salle de bains, les bâillonner avec des serviettes de toilette, leur attacher les mains dans le dos, puis verrouiller la porte avant de redescendre pour avertir Bradman.

– Enfoncez-moi cette porte ! ordonne Bradman d'une voix pleine de colère.

Linus regarde avec terreur le panneau bouger sous les premiers coups d'épaule du directeur. Heureusement, le lit et le guéridon forment un barrage suffisant... pour l'instant, en tout cas !

– Linus ! continue de s'époumoner Chem depuis la salle de bains.

Il se précipite vers la porte :

– Je t'écoute !

500 – On a les bras attachés au pied du lavabo ! J'ai réussi à me débarrasser du bâillon, mais je ne peux pas faire plus !

– L'Examen est en train de démarrer ! panique Linus, tout en jetant des coups d'œil inquiets vers la porte, qui tremble de plus belle.

– Écoute-moi bien, dit Chem. Je vais t'expliquer ce qu'il faut faire et c'est toi qui vas lancer le programme !

Linus ferme les yeux. Les coups pleuvent contre la porte. Des cris résonnent dans le couloir. Bradman va sûrement aller chercher du renfort ; et il sera trop tard pour saboter l'Examen...

– Dis-moi ce que je dois faire ! s'écrie Linus.

– Commence par déplacer l'ordinateur près de la porte ! Grouille !

Linus s'élance, s'empare du meuble en métal, le pousse vers la salle de bains.

– Ça y est !

– Maintenant, touche le côté gauche de l'écran...

Linus obtempère. L'écran s'allume aussitôt.

– Que vois-tu ? demande Chem.

– Des chiffres ! répond Linus. 0:00:45 !

– C'est le compte à rebours, gémit Chem. Tu as 45 secondes pour réussir.

Linus blêmit. Les coups ont cessé, et ce silence ne lui dit rien de bon.

– Tu vois le bouton rond sous l'écran, à droite ? demande Chem.

– Oui !

– Tourne-le à fond !

Linus saisit le bouton entre ses doigts et le fait tourner.

– Il y a d'autres chiffres ! On dirait des mesures de fréquence !

– C'est normal, le rassure Chem. Est-ce que la diode placée en haut est allumée ?

– Oui, elle clignote !

– Tu es sur la bonne voie, l'encourage Chem. Maintenant, tu vas entrer, en parlant d'une voix bien claire, le code que je vais te donner. Le transcripteur vocal te permettra d'accéder à la mémoire du Gand Ordonnateur. Tu es prêt ?

– Prêt.

– Le code est : « Inv-slash-Tot-slash-Ex-slash-Puce. »

Puce ! Linus ne peut s'empêcher de sourire... Chem a toujours eu le chic pour faire de l'humour dans les pires situations. Il prend sa respiration et s'apprête à répéter le code quand la porte est brusquement soumise à une violente poussée qui fait craquer les gonds. Il pousse un cri.

– Qu'est-ce qui se passe ? demande Chem.

– Ils défoncent la porte ! panique Linus.

– Le code ! hurle Chem.

Linus regarde l'écran, désespéré. Les chiffres défilent. Maintenant, il ne reste plus que 11 secondes ! Il fait un énorme effort de concentration, et, oubliant les coups qui ébranlent la porte, il répète lentement le code.

Il achève la phrase quand la diode passe brusquement au rouge.

– C’est normal ! dit Chem. Maintenant, glisse ta main sur le côté droit de l’ordinateur ! Tu vas trouver deux câbles : branche-les en même temps dans les deux prises situées sous l’écran.

À tâtons, Linus attrape les câbles. D’une main fiévreuse, il les enfonce dans leur logement.

– Regarde l’écran ! ordonne Chem.

– Je vois apparaître deux graphiques !

– Quelles courbes ?

– La première descend, la seconde monte !... Elles vont se croiser ! Ça y est ! Elles se recoupent !

– Et maintenant ?

– Un message s’affiche ! « Inv-slash-Tot-slash-Ex-slash-Eff-slash-Puce. »

Un silence suit cette annonce. Linus regarde l’écran, hypnotisé, sans comprendre si ce message est positif ou non. Il est tellement concentré qu’il n’entend plus la porte craquer ni les gens crier dans le couloir. Au bout d’un long moment, il frissonne. Lentement, il va appuyer son front contre la porte de la salle de bains.

– Chem ? Tu es là ? Qu’est-ce que je dois faire maintenant ?

– Rien, ma puce, répond Chem d’une voix tremblante. Tu as réussi.

Linus regarde la porte comme si c'était elle qui venait de parler. D'un air benêt, il lui sourit.

– Alors c'est parti, murmure-t-il. Le Grand Ordonnateur va devenir complètement fou !

En disant cela, il sent des larmes lui monter aux yeux. Toute la tension accumulée est en train de lâcher. D'une voix étranglée, il appelle :

– Toscane ! Tu m'entends ?

– Hummm !

– Elle ne peut rien dire, explique Chem. Elle a toujours son bâillon sur la bouche. Mais je vois des larmes dans ses yeux, ma puce. Je crois

que ça veut dire « merci ».

Linus se redresse lentement, déboussolé. À ses pieds, l'ordinateur pirate s'est remis en état de veille. Il a dû télécharger son programme vers celui du Grand Ordonnateur, et maintenant, même si quelqu'un le débranchait, cela n'empêcherait plus rien. Linus se tourne vers la porte. Le lit et le guéridon ont été déplacés de quelques millimètres. Soudain, il se rend compte qu'il n'y a plus de bruit dans le couloir. Il écoute… Les voix se sont tues et plus personne ne s'acharne pour entrer.

– Que va-t-il se passer, maintenant ? demande-t-il à Chem d'une voix blanche.

– Le Grand Ordonnateur a déjà dû émettre un signal d'alerte, explique Chem. Ceux qui sont chargés de la surveillance vont vite se rendre compte que quelque chose ne va pas.

Il se met à rire, et son rire résonne dans la salle de bains.

– Ils ne pourront rien faire, ajoute-t-il. Dans quelques minutes, l'Examen sera terminé, et les Bradman l'auront dans l'os !

Seul au milieu de la chambre, Linus sourit d'un air las. Quelqu'un est sans doute venu prévenir Bradman qu'il y avait un gros problème. Et c'est pour ça qu'il a abandonné l'idée de défoncer la porte ! L'urgence est ailleurs !

Linus s'avance vers une fenêtre ouverte. Dehors, le temps est splendide. Le ciel azur, immobile et parfait, s'étend à perte de vue au-dessus de la ville.

– Et si tu essayais de nous sortir de là, maintenant ? suggère soudain Chem depuis la salle de bains.

Linus se retourne, le visage serein.

– Vous sortir de là ? Pourquoi ? Tu n'aimes plus les salles de bains luxueuses ?

– Très drôle, ma puce !

Épilogue

— Tout le monde est bien installé ? demande Yosh. Je peux y aller ?

Entassés sur le canapé et les fauteuils, ses parents, Mamé, M. et Mme Hoppe, les parents de Chem et Mme Flavitch approuvent d'un hochement de tête. Assis par terre, autour de la table basse où la mère de Yosh a disposé des rafraîchissements et des paquets de gâteaux secs, Linus, Chem, Mieg, Toscane et Sadko lui font signe qu'ils sont prêts.

– Allons-y, déclare Yosh en appuyant sur le bouton de la télécommande.

L'antique lecteur de DVD se met en marche, et les premières images apparaissent sur l'écran. C'est le père de Yosh qui a gravé ce disque le soir même de l'Examen. Il contient trois heures de journaux télévisés consacrés aux événements qui ont suivi la divulgation des résultats.

La présentatrice annonce un reportage en direct du centre d'examen. On voit une foule immense massée devant la porte. Les gens crient et se bousculent, dans une ambiance extrêmement tendue. Soudain, l'image saute, se brouille et se fige brutalement.

– Oh non ! gémit Yosh. Qu'est-ce qui se passe ?

– C'est un vieux lecteur, s'excuse sa mère auprès des invités. Il est capricieux. Va donc donner un coup dessus, Yosh !

Yosh se lève, frappe sur l'appareil, et le disque se remet à tourner. Un envoyé spécial explique que, depuis deux heures, les parents manifestent devant le centre d'examen et que certains tentent de pénétrer dans l'enceinte. Les forces de l'ordre ont été dépêchées sur place. Ensuite, le reporter se fait violemment bousculer par deux hommes, qui s'emparent de son micro et s'adressent à la caméra :

– Ce qui se passe est inadmissible ! hurle l'un d'eux, la bouche déformée par la colère. Je suis avocat au Grand Tribunal ! Depuis deux générations, les membres de ma famille sont de brillants citoyens de sphère 1 ! Ma fille est une excellente élève et elle vient d'être reléguée en sphère 2 ! C'est un scandale ! Une tromperie !

L'autre homme se met à crier à son tour :

– Tous les parents de sphère 1 sont dans le même cas que ce monsieur ! Nos enfants sont victimes d'une erreur monumentale ! Nous ne pouvons pas accepter ces résultats !

Un mouvement de foule l'emporte un peu plus loin, et une femme échevelée apparaît devant la caméra.

– Rendez-nous nos enfants ! s'époumone-t-elle. Je viens d'apprendre que mes deux fils sont envoyés en sphère 3 ! Ils n'ont rien fait ! Ce ne sont pas des rebelles ni des délinquants ! Je ne partirai pas tant que la vérité n'aura pas éclaté au grand jour : cet examen est truqué !

D'autres parents, éplorés ou scandalisés, défilent devant la caméra. Leurs revendications sont les mêmes, qu'ils viennent de sphère 2 ou de sphère 1 : ils veulent récupérer leurs enfants et ils dénoncent le Grand Ordonnateur. Certains se font même les porte-parole des parents de sphère 3 ou 4, qui n'ont pas eu la possibilité de se déplacer.

– Nous parlons en leur nom ! affirme une dame très chic aux cheveux blancs. S'ils avaient le droit de sortir de leur zone, ils manifesteraient leur colère, tout comme nous ! Ils ont le droit de savoir ! Nous sommes tous égaux devant ce scandale !

Les yeux rivés à l'écran, Chem se met à rire.

– Dire qu'il a fallu en arriver là pour qu'ils se

rendent compte que les gens de sphère 3 ou 4 n'étaient pas des monstres !

– Chut ! fait Mieg. On n'entend plus rien.

Sur l'écran, le journaliste a enfin repris son micro. Il est rouge et ses yeux brillent comme s'il avait la fièvre.

– Ce qui se passe ici est incroyable ! dit-il. Notre société n'avait pas connu une telle agitation depuis des dizaines d'années ! Toute la population fait front contre les dirigeants du centre d'examen, qui se sont retranchés dans les étages de cette tour. La police est débordée. D'après nos informations, aucun candidat n'a encore pu quitter les lieux.

À cet instant, le cameraman zoome sur les étages de la tour. Par une fenêtre ouverte, on aperçoit des mains qui font des signes.

– C'est nous ! s'écrie Toscane en bondissant. Regardez !

De loin, on distingue effectivement trois visages hilares : ceux de Chem, Linus et Toscane.

– C'est là qu'on vous a reconnus, dit Mamé. On regardait les informations... On vous cherchait depuis si longtemps !

– Nous aussi, dit la mère de Chem. Quand nous avons reconnu le visage de Chem, ça nous a fait un choc incroyable !

– Et c'est à ce moment-là que ton père a pris sa décision, Linus ! ajoute Mme Hoppe. Je ne l'avais jamais vu aussi excité !

– Chut ! On me verra après, dit M. Hoppe.

La caméra continue de montrer les visages au trentième étage de la tour. Le feu aux joues, Linus explique :

– Quand j'ai vu la police arriver sur l'esplanade, j'ai compris que c'était gagné.

– Linus a réussi à défoncer la porte de la salle de bains à coups de guéridon pour nous délivrer ! s'esclaffe Toscane. C'était incroyable !

Chem rigole :

– Heureusement que c'était une porte de mauvaise qualité, sinon, on y serait encore !

– Et puis, Linus a eu une idée, ajoute Toscane. Tenez ! Regardez ! Je crois qu'on nous voit balancer des papiers par la fenêtre !

En effet, la caméra suit des morceaux de papier qui s'envolent du dernier étage, tombant vers la foule en colère. Le journaliste tente de se frayer un passage et de trouver quelqu'un qui en aurait ramassé un.

– De quoi s'agit-il ? demande-t-il à un homme en bleu de travail qui brandit un des papiers.

– C'est un des mômes, là-haut ! répond l'homme en pointant un doigt vers la tour. Il vient de jeter ça ! Il a écrit des trucs dessus !

– Lisez devant la caméra, monsieur, s'il vous plaît !

L'homme se racle la gorge et, très ému, se met à lire :

– « Vos enfants viennent de subir une épreuve atroce. Ils sont enfermés dans des salles de réveil, et ils vont être drogués. Cette drogue va leur effacer la mémoire. Ils vont oublier ce qu'ils ont supporté. Ne les abandonnez pas ! Allez les sauver ! »

Dans le salon, il y a un murmure.

– C'est toi qui as écrit ça, Linus ? demande Sadko.

– Oui, répond modestement Linus. Je savais que, cette fois, on allait me croire. Si j'avais dit la vérité sur l'Examen quand personne ne le remettait en cause, on ne m'aurait pas écouté. Mais, là, j'ai fait mouche.

Sur l'écran, on voit défiler d'autres personnes, toutes avec des feuilles de papier. Elles disent la même chose, et la colère monte encore d'un cran. Soudain, la liaison avec le centre est coupée, et la présentatrice du studio reprend l'antenne.

– Ah ! Ça va être ton heure de gloire, papa ! s'exclame Mieg.

M. Hoppe rougit et se cale le menton dans les mains, tandis que Toscane grignote des gâteaux secs et que Sadko se ressert du jus de fruits pressé à l'ancienne.

– Nous apprenons qu'un membre important de l'Observatoire Économique, M. Tobias Hoppe, a rejoint notre studio, dit la présentatrice. Il a des révélations à faire à propos des dirigeants du centre d'examen. Étant donné les circonstances, nous lui donnons la parole.

On voit surgir M. Hoppe dans le studio. Au fond, les silhouettes de Mieg et de Yosh passent le long d'un rideau. M. Hoppe s'installe face à la présentatrice.

– Tu n'avais même pas pris le temps de mettre une cravate ? s'étonne Linus.

Dans le salon, tout le monde rit, puis le silence retombe. Sur l'écran, M. Hoppe déplie un listing.

– Depuis plusieurs mois, mon service enquête sur les transactions financières du groupe Bradman, commence-t-il. Nous avons découvert que l'argent généré par les différents centres de consommation suburbains servait en partie à alimenter une fondation dirigée par Seth, le fils adoptif de M. Bradman.

– Cette fondation a-t-elle un rapport avec le centre d'examen ? demande la journaliste.

– Oui, répond M. Hoppe. L'année dernière, en toute illégalité, la Fondation a racheté les locaux, et elle a pris le contrôle de cette institution. Auparavant, M. Olf Bradman était déjà membre de la direction, mais ses pouvoirs se sont étendus. La Fondation a acheté le silence de certaines personnes qui luttaient contre les abus du Grand Ordonnateur, tout le monde voit aujourd'hui de quels abus je veux parler.

M. Hoppe brandit son papier :

– Les chiffres sont là ! Ils émanent directement de l'Observatoire Économique. Ils accusent les Bradman, père et fils, de fraude fiscale, de corruption et de monopole. Le dérapage auquel nous assistons est extrêmement grave ! C'est l'avenir de nos enfants qui est en jeu ! Comment pouvons-nous laisser de tels individus décider de leur sort ?

La voix de M. Hoppe se brise.

– Je suis d'autant mieux placé pour vous le dire que mon fils, Linus, est actuellement retenu prisonnier dans la tour du centre d'examen. Je l'ai cru mort. Et, pour lui, je vais aller me joindre à la manifestation des parents.

M. Hoppe se lève, très digne, et quitte le studio.

– Tu as été très bien, le félicite Mme Hoppe.

– Et très émouvant, ajoute Mamé.

– Ce qui compte, c'est que mon intervention a décidé le ministre de l'Éducation à rejoindre le mouvement, dit modestement M. Hoppe.

– Et d'autres ministres ont suivi, rappelle le père de Chem. Ils ne pouvaient plus faire autrement ! Ils se seraient discrédités s'ils avaient soutenu les Bradman !

– Oui, ils ont commencé à sentir le roussi ! s'esclaffe Chem. C'était vraiment bien joué !

Sadko pose son verre.

– C'était tellement dingue que la rumeur est venue jusqu'à nous, dans le foyer de transit ! commente-t-il. Et comme le directeur était retenu dans la tour, on est tous sortis de la ZAE. Une vraie émeute ! Si ton père avait vu ça, Toscane...

– Il aurait fait une attaque ! soupire Toscane. Mais pour le moment, il est juste en maison de repos. C'est bien la première fois qu'il passe autant de temps au lit !

– Au fait, tu as décidé ce que tu allais faire ? lui demande Mme Hoppe.

Toscane se tourne vers elle :

– Si vous êtes toujours d'accord, je veux bien m'installer chez vous pour quelque temps.

Linus sourit à ses parents et rougit un peu en croisant le regard de Toscane. Pendant ce temps, Yosh appuie sur la télécommande pour faire défiler l'enregistrement en accéléré. On voit la même journaliste, tard dans la soirée, les traits tirés. Elle fait le commentaire suivant :

– Nous assistons en direct à l'ouverture des portes du centre d'examen et à l'arrestation des dirigeants. L'Examen de cette année a été déclaré non valide par le ministre de l'Éducation. Notre système de classement social est entièrement remis en question...

Yosh avance encore un peu. Sur les dernières images, on voit plusieurs dirigeants de la Fondation, parmi lesquels Seth et Olf Bradman, fendre la foule encadrés par les forces de police. Les parents et les enfants enfin réunis forment une haie hostile. Il fait nuit, mais sous les projecteurs on distingue bien les traits de Seth. À cet instant, Yosh fait un arrêt sur image.

Dans le salon, tout le monde reste immobile et silencieux. Les parents de Yosh, visiblement bouleversés, ont du mal à regarder l'écran. Yosh s'en approche et, d'une voix éteinte, il murmure :

– Voilà mon frère. Il me ressemble, et en même temps... il ne me ressemble pas. Nous sommes nés des mêmes parents, mais ça ne compte presque pas, finalement. Ce qui compte, c'est l'éducation qu'on reçoit.

Il tourne vers Linus et Chem son visage de lune :

– Et ce qui compte, c'est aussi les amis qu'on se fait.

Puis il tend la télécommande vers l'écran, et il éteint.

Après un moment de silence, Mme Flavitch se lève, très émue. Elle regarde chacun, tend les bras et ouvre ses paumes. Deux cicatrices indélébiles marquent sa peau.

Linus baisse les yeux et contemple ses propres mains. Il passe son doigt sur les cicatrices. Le soir même de l'Examen, et jusque tard dans la nuit, le docteur Ambrose les a tous opérés, les uns après les autres, pour leur retirer les implants.

– Je souhaite que ces marques nous rappellent ce que nous avons vécu..., soupire Mme Flavitch. Je vous remercie tous pour ce que vous avez fait.

Un peu plus tard, tandis que les adultes partagent un apéritif apporté par les Hoppe, Linus, Chem, Yosh, Sadko et Toscane s'éclipsent et montent au septième étage de l'immeuble, dans l'ancien appartement de M. Zanz. Cela fait un an qu'il n'est pas occupé. La porte, fracturée par la police, est restée ouverte aux quatre vents. Ils entrent sur la pointe des pieds, silencieux, la gorge nouée, comme dans un sanctuaire.

Dans le couloir, Linus s'attarde près des étagères de livres que personne n'a ouverts depuis longtemps. Il passe une main nostalgique sur les tranches abîmées. Lorsqu'il rejoint les autres dans le petit salon poussiéreux, il a des traces de larmes sur les joues. Toscane s'approche de lui et le serre fort par les épaules.

– Maintenant que j'habite de nouveau ici, dit Yosh tout doucement, je m'occuperai des affaires de M. Zanz.

Il s'adresse à Linus :

– Tu pourras prendre des livres. Je crois qu'il aurait été content de te les donner.

Linus hoche la tête. Chem se penche pour ramasser un petit étui tombé d'une tablette. Il l'ouvre. Dedans, il trouve une paire de lunettes. Délicatement, il referme l'étui.

– Je crois qu'il aurait été content de nous, continue Yosh. Il avait tellement rêvé de voir la chute du Grand Ordonnateur !

– Sûrement, dit Chem, les yeux humides. Il nous aurait dit : « Alors, les enfants, que comptez-vous faire, maintenant ? »

Ils se serrent les uns contre les autres et ils approuvent en silence. La seule certitude qu'ils aient désormais, c'est qu'ils vont pouvoir rester ensemble, quelle que soit leur sphère d'origine. Pour le reste, tout est à inventer.

Linus sourit à travers les larmes. En regardant l'appartement froid et vide, il murmure :

– Vous avez raison, monsieur Zanz. Notre avenir, c'est à nous de le construire.

Dans la même collection

MICHEL AMELIN
La momie décapitée, N° 120

PASCAL BASSET-CHERCOT
Morgane, N° 140

HUBERT BEN KEMOUN
Un cadeau d'enfer, N° 113

PATRICIA BERREBY
ET CHRISTOPHE NICOLAS
L'emm@ileur, N° 155

ANNE-LAURE BONDOUX
Le destin de Linus Hoppe, N° 184

BÉATRICE BOTTET
La fille du pirate, N° 149

JÉRÔME BOURGINE
L'œuf de cristal, N° 146

MARYSE CONDÉ
Rêves amers, N° 119
Chiens fous dans la brousse, N° 185

HORTENSE CORTEX
Garçon manqué, N° 122

STÉPHANE DANIEL
La fille aux yeux noirs, N° 177

JEAN-MARIE DEFOSSEZ
Aïninak, N° 145

MARIE-HÉLÈNE DELVAL
Les chats, N° 160
La dame rouge, N° 165
Parmi nous, N° 186

MARIE DESPLECHIN
Copie double, N° 101
Les confidences d'Ottilia, N° 117
Ma vie d'artiste, N° 138
Dis-moi tout !, N° 150
Petit boulot d'été, N° 171

RÉGINE DETAMBEL
Écoute-moi !, N° 110
Jalouse, N° 142

D. DOYLE ET J. D. MACDONALD
Le cercle magique
Randal, l'apprenti sorcier, N° 151
Le secret de la tour, N° 154
Le pouvoir de la statuette, N° 157
Danger au palais, N° 158
Le château du sorcier, N° 163
La fille du grand roi, N° 166

IRINA DROZD
Un tueur à ma porte, N° 103
Le garçon qui se taisait, N° 107

MALIKA FERDJOUKH
La fille d'en face, N° 129

RENÉ FRÉGNI
La nuit de l'évasion, N° 118

Gilles Fresse
Un rêve si simple, N° 172

Pascal Garnier
Les enfants de la nuit, N° 173

Alain Gerber
Le roi du jazz, N° 127

Laurence Gillot
Coup de foudre, N° 112

Y. Hassan et R. Hausfater
L'ombre, N° 168

Alison Leslie Gold
Mon amie Anne Frank, N° 164

JEAN-PAUL GOURÉVITCH
La vengeance des Barbares, N° 167
Le trésor des Barbares, N° 179

Christian Grenier
Je l'aime, un peu, beaucoup..., N° 116
Le visiteur de l'an 2000, N° 130
Urgence, N° 143

Pierre Grimbert
Le guetteur de dragons, N° 182
La reine des Amazones, N° 184

Paula Jacques
Samia la rebelle, N° 102

Alain Korkos
Akouti-les-Yeux-Clairs, N° 139

Martine Laffon
Fou du vent, N° 152

Christophe Lambert
Le fils du gladiateur, N° 148

Danièle Laufer
L'été de mes treize ans, N° 126

Thomas Leclere
Mauvais garçons, N° 137

W. Lewin et M. Margraf
La troupe du loup
Le moine, N° 159
L'ami, N° 169
La sauvageonne, N° 170
L'otage, N° 175
Le tournoi, N° 180

Claude Merle
La révolte des barbares, N° 131
La déesse de la guerre, N° 132
Le sang de Rome, N° 133

Christian de Montella
Reste avec moi, N° 114
L'équipe, N° 125
La fugitive, N° 135
Le dernier sprint, N° 144

Marie-Aude Murail
D'amour et de sang, N° 123
Jeu dangereux, N° 136
Dragon-mania, N° 156

KENNETH OPPEL
Silverwing, N° 162
Sunwing, N° 174

CHRISTOPHE PAOLINI
L'héritage
Eragon, N° 178

BRIGITTE PESKINE
Mon grand petit frère, N° 111

GISÈLE PINEAU
Case mensonge, N° 153

ANNE-MARIE POL
Mon ennemi, mon amour, N° 181

FLORENCE REYNAUD
Maldonada, N° 115
Le traîneau d'Oloona, N° 121
Enfant de personne, N° 147

MARIE-SABINE ROGER
La saison des singes, N° 124

FRANÇOIS SAUTEREAU
Les kilos en trop, N° 134

BORIS SITRUK
Ma vie est une galère !, N° 128

BRIGITTE SMADJA
Ce n'est pas de ton âge !, N° 105

MARIE-AGNÈS VERMANDE-LHERM
Le carnet disparu, N° 141

CATHERINE ZARCATE
Le prince des apparences, N° 161

Cet ouvrage a été mis en pages
par DV Arts Graphiques à La Rochelle

Impression réalisée sur CAMERON par

CPI
Brodard & Taupin

La Flèche
en février 2008
pour le compte des Éditions Bayard

Imprimé en France
N° d'impression : 45807